Bisher sind im BASTEI-LÜBBE Taschenbuch-Programm von MARION ZIMMER BRADLEY nachstehende Bände erschienen:

13 009 Geschichten aus dem Haus der Träume
13 046 Die Matriarchen von Isis
13 103 Das Licht von Atlantis
13 131 Das Schwert der Amazone
13 149 Das Haus zwischen den Welten

Marion Zimmer Bradley

Der lange Weg der Sternenfahrer

Ins Deutsche übertragen
von Barbara Heidkamp

BASTEI
LÜBBE

BASTEI-LÜBBE-TASCHENBUCH
Allgemeine Reihe
Band 13019

1. Auflage: September 1985
2. Auflage: Dezember 1985
3. Auflage: Mai 1988
4. Auflage: Juni 1989

Deutsche Lizenzausgabe 1985
Bastei-Verlag Gustav H. Lübbe GmbH & Co., Bergisch Gladbach
Originaltitel: Survey Ship
Titelillustration: A. Belasco
Umschlaggestaltung: Quadro-Grafik, Bensberg
Satz: ICS-Computersatz GMbH, Bergisch Gladbach
Druck und Verarbeitung:
Clausen & Bosse, Leck
Printed in Western Germany
ISBN 3-404-13019-7

Der Preis dieses Bandes versteht sich einschließlich
der gesetzlichen Mehrwertsteuer.

PROLOG

Wie macht man einen Menschen zum Raumfahrer?

Man fängt genauso an, wie man einen Schachmeister, einen Ballettänzer, einen Trapezkünstler oder sonst einen Spezialisten für ein schwieriges und komplexes Fach auszubilden beginnt, das speziell ausgebildete und konzentrierte Fähigkeiten verlangt, seien sie nun körperlicher oder geistiger Art; man fängt an, wenn die zukünftigen Profis noch zu jung sind, um zu wissen, ob es das ist, was sie sich von ihrem Leben wünschen oder nicht. Sechs ist nicht zu jung.

United Nations Expeditionary Planetary Survey – die Abteilung für planetarische Erforschung der Vereinten Nationen, kurz UNEPS – fängt jedes Jahr mit einhundert Fünfjährigen an, die sich in frühen Tests als sowohl psychisch wie auch physisch herausragend erwiesen haben.

Es gibt keine Bevorzugung oder Benachteiligung bei der Auswahl. Das Kind eines Weltkontrolleurs oder eines Senators der Vereinten Nationen kann nicht eingekauft oder durch Bestechung eingeschleust werden, während jeder Bettler aus den Slums von Bombay oder Chicago, der feststellt, daß sein Kind außergewöhnlich intelligent ist, es in ein lokales Testzentrum bringen kann. Hundert werden ausgewählt; nach einem Jahr vorbereitender, konzentrierter Ausbildung kehren fünfzig von ihnen zu ihren Eltern oder ihrem Vormund zurück. Sie haben in ihrer Zukunft keine Schwierigkeiten, Stipendien für ganz gleich welche Schulen, Colleges oder Hochschulen zu bekommen, die ihre Eltern für sie aussuchen, und sie brauchen nie Angst vor Arbeitslosigkeit zu haben. Selbst die Durchgefallenen sind Spitzenleute.

Zwischen sechs und siebzehn fallen neun oder zehn weitere wegen eines Unfalls, einer Krankheit oder eines vorher nicht erkannten körperlichen Gebrechens aus; oder das intensive Gruppenleben und die intensive Gruppenausbildung enthüllen eine ernsthafte emotionelle Instabilität. Auch diese Abgänger haben keine Schwierigkeiten, für den Rest ihres Lebens eine hochdotierte, hochinteressante Arbeit zu finden. Im Alter von zwölf, mit dem Äquivalent eines normalen Collegeabschlusses, beginnen sie, sich jeder nach seinem ganz besonderen Talent zu spezialisieren, sei es mathematisch, verbal, mechanisch oder linguistisch. Die meisten von ihnen besitzen mehr als ein Talent. Das mathematische Genie ohne Talent für Worte oder das kreative verbale Kind ohne Talent für Naturwissenschaften oder mechanische Fähigkeiten gehört nicht in diese Ausbildung; sie werden gewöhnlich schon vor ihrem siebten Lebensjahr ausgesiebt.

Wenn sie mit siebzehn ihre Ausbildung abschließen, sind die verbliebenen vierzig oder so hervorragend ausgebildete Polyspezialisten. Es versteht sich von selbst, daß sie sich in einem Zustand fieberhafter Erregung befinden. Und so lag an einem ruhigen Dezemberabend in Australien, während das Kreuz des Südens im Zenit erstrahlte, lag die UNEPS-Akademie im Dunkeln; aber die dreiundvierzig Mitglieder der Klasse, die morgen ihre Ausbildung abschließen würden, fanden kaum Schlaf.

Morgen würden mindestens dreißig von ihnen versagt haben; das letzte demütigende Scheitern. Natürlich war Versagen ein relatives Wort. Denjenigen, die übrigblieben, war eine Stelle sicher, wenn nicht bei der UNEPS, dann bei Regierungen, Raumfahrtbehörden, Kolonien, im Lehr- und Ausbildungsbereich, in der Verwaltung; die derzeitige Rektorin der Akademie und der Minister des Raumfahrtamts der Vereinten Nationen waren beide derartige »Versager«, und niemandem außerhalb der Akademie würde einfallen, sie als solche zu bezeichnen. Aber den glücklichen Absolventen – nie mehr als zehn oder weniger als vier – lag ein Universum zu Füßen, wenn sie lange genug lebten, um es zu gewinnen.

Denn diese Absolventen bekamen ein UNEPS Raumschiff, ein Sternenschiff, mit nur einer Instruktion für ihren letzten Test:

Sucht uns einen Planeten. Sucht uns einen Planeten, den UNEPS kolonisieren kann.

Die Glückspilze würden verehrt, vergöttert, beneidet und manchmal gehaßt werden, vor allem von ihren Klassenkameraden. Ihre Spitznamen und ihre Gesichter würden innerhalb von Sekunden nach ihrer Auswahl überall auf der Erde bekannt sein. Ihre Spitznamen – aber nie ihre richtigen Namen oder ihr Heimatland. Denn die UNEPS-Akademie liegt zwar in Australien, untersteht aber nicht der australischen Regierung, und sobald im Alter von sechs bekannt wird, daß sie bei UNEPS bleiben, verlieren die Kandidaten für immer ihren Namen und ihre Nationalität. Sie repräsentieren nicht Südamerika, Mexiko, die Vereinigten Staaten oder England, sondern die Vereinten Nationen – und die Erde. Sie sind im wahrsten Sinne Erdenbürger. Niemand wußte zum Beispiel, ob der gegenwärtige Minister des Raumfahrtamts ein Schwarzer aus Harlem, Haiti oder Nigeria war; oder ob die Rektorin der Akademie, die einfach unter dem Namen Miri bekannt war, den sie mit sieben auf der Akademie bekommen hatte, in Kalifornien oder Hongkong geboren war.

Das Leben jedes Studenten ist von seinem sechsten Lebensjahr an auf dieses Ziel ausgerichtet, und während ihrer ganzen Ausbildung wissen sie, daß es im günstigsten Fall nur einer von fünf schaffen kann. Manchmal qualifizieren sich sogar nur einer oder zwei aus einer Klasse. In dem Jahr gibt es dann kein Schiff. Denn jede Klasse wird intensiv als eine Einheit ausgebildet – um als perfektes Team mit den anderen Mitgliedern zu funktionieren –, und *nur* mit den Mitgliedern jener Klasse. Der einzige Absolvent einer durchgefallenen Klasse kann unmöglich zu vier, sechs oder acht Besatzungsleuten aus einem anderen Jahrgang gesteckt werden.

Und so lagen an diesem letzten Abend dreiundvierzig Kandidaten wach, voll Unruhe, Angst und Nervosität, und konnten keinen Schlaf finden. Mindestens dreiunddreißig von ihnen würden diese zwölf Jahre als Versager abschließen. Es spielte keine Rolle, daß ihre Zukunft gesichert war und Reichtum und Ansehen auf sie warteten; sie würden trotzdem Versager bleiben. Denn ihr ganzes Leben war auf das Ziel gerichtet gewesen, sie mit einem Sternenschiff auf die Reise zu schicken.

Es ging das Gerücht in der Schule um – niemand wußte, wo es herkam –, daß dieses Jahr nur sechs ausgewählt worden waren.

Jeder der dreiundvierzig hoffte insgeheim, daß er oder sie an

Bord sein würde, wenn das Sternenschiff den Orbit der Erde verließ.

Und zumindest zweiundvierzig der dreiundvierzig *fürchteten* im Grunde ihres verzweifelten Herzens, daß er oder sie zurückbleiben würde.

Jeder von ihnen hatte eine andere Art, mit den Spannungen an jenem letzten Abend fertig zu werden.

I

Peake und Jimson waren zusammen, wie immer, und spielten eine *Nocturne* von Schubert im Musikraum.

Früher an jenem Tag hatte die Zeremonie stattgefunden – sie war über Satellit in der ganzen Welt übertragen worden –, bei der die dreiundvierzig Absolventen ihre Fackeln an die zweiundvierzig jüngeren Studenten übergeben hatten, die im nächsten Jahr ihre Ausbildung abschließen würden. Peake war der gewesen, der übriggeblieben war, derjenige aus seiner Klasse, der keinen gehabt hatte, dem er die Fackel hätte übergeben können, so daß er dagestanden und sie linkisch in der Hand gehalten hatte, bis jemand vom Verwaltungspersonal gekommen war und sie ihm unauffällig abgenommen hatte. So war Peake; hoch aufgeschossen, schwarz und schlacksig, mit wirren Haaren und spitzen Zügen, die Beine eine Idee zu lang für seine Uniformhose; er war der Typ, bei dem man immer erwartet, daß er über seine eigenen großen Füße fällt oder sich die Suppe über den Schoß schüttet. Wie bei einer Giraffe erschien er mit seinen in ihren Proportionen nicht ganz zusammenpassenden Gliedmaßen schwerfällig und ungelenk, und jene entsetzliche Ungeschicklichkeit, wie man sie bei Heranwachsenden oft beobachten kann, hatte ihn still und schüchtern gemacht. Aber wie bei der Giraffe paßten seine losen Teile irgendwie zusammen; er zerbrach auch nicht die feinsten Laborgeräte, und seine großen Pranken mit den langen, biegsamen Fingern, die sich jetzt zärtlich über den Hals der Violine bewegten, besaßen die Präzision eines Chirurgen – das, was er war.

Jimson, der am Klavier saß, war das genaue Gegenteil; klein, blond, fast pummelig - nicht übergewichtig, dafür sorgten der Speise- und Sportplan der Akademie. Aber er hatte rundliche Züge und würde nie schlank sein; mit siebzehn hatte er noch nicht angefangen, sich zu rasieren. Seine Hände allerdings sahen noch muskulöser und kompetenter aus als die von Peake; sie konnten mehr als eine Oktave umspannen. Er hatte

sich Peake anschließen und sich ebenfalls auf Chirurgie oder Medizin spezialisieren wollen, aber sie hatten es durchgesprochen, als sie fünfzehn gewesen waren, und da sie wußten, daß zwei mit demselben Spezialgebiet nie für dieselbe Mannschaft ausgewählt würden, hatten sie beschlossen, verschiedene Wege einzuschlagen. Spezialisierung war immer ein Glücksspiel, und jemand, der das eigene Spezialgebiet teilte, war ein noch größerer Rivale als jeder andere in der Akademie.

Peake ließ seinen letzten Ton verklingen und stand regungslos da, während Jimson die Schlußkadenz spielte; verschlungen, fröhlich, dekorativ. Eine gute, nüchterne Wahl für den heutigen Abend, dachte er, nichts, das Sentimentalität weckte. Jimson stand auf, seufzte ein wenig und sah zu, wie Peake seine Violine in ihrem Koffer auf dem numerierten Gestell verstaute. Es gab dreiundvierzig davon; jeder in der Akademie spielte ein Instrument, und alle begannen im Alter von fünf Jahren mit Geigenunterricht.

Sie suchten zusammen ihre nebeneinanderliegenden Kabinen auf; und wie immer gingen sie in die erste, die Jimson gehörte. Die Kabinen waren schon ausgeräumt worden; vor der Fackelzeremonie wurden traditionsgemäß alle Erinnerungen an die zwölf Jahre Ausbildung weggeworfen, verschenkt oder an jemanden aus der nächsten Klasse weitergegeben, der sie gebrauchen konnte. Schiffsmitglieder nahmen nichts aus diesem Leben – mit Ausnahme ihrer eigenen Musikinstrumente – an Bord des Schiffs mit; und im Laufe der Zeit war es für alle Angehörige einer Abschlußklasse Brauch geworden, sich von ihren Besitztümern zu trennen, als ob jeder von ihnen demnächst auf dem Schiff leben würde. Sie alle würden sich so oder so ein neues Leben aufbauen müssen.

Jimson ließ sich der Länge nach auf das Bett fallen, während sich Peake in einen Sessel hockte, der wie fast alles zu klein für ihn war. Mit sieben war David Akami bereits größer als jeder andere in der Klasse gewesen, und man hatte ihm nach einem Berg in Colorado den Spitznamen »Pike's Peak« gegeben, der sich mit den Jahren allmählich zu Peake verkürzt hatte.

»Du hast Chirurgie, Weltraumnavigation, Geologie, Agronomie«, wiederholte Jimson nervös. »Was mir Sorgen macht, ist diese verdammte Geologie. Ich *wußte*, daß ich statt dessen organische Chemie hätte nehmen sollen! Und da meine anderen Spezialitäten alle biologische Wissenschaften sind ...«

»Sie werden keinen für die Mannschaft finden, der nicht wenigstens eine Überschneidung mit jemand anderem hat«, sagte Peake sanft. Er lächelte seinen Freund an. »Es ist höchstens ein Vorteil, daß du dich auch in einem anderen Bereich als den Biowissenschaften auskennst. Du hast noch Linguistik und Lebenserhaltung – ich glaube nicht, daß die eine Überschneidung eine so große Rolle spielt. Sieh mal, Jimmy«, fuhr er fort, »wir sind ein kalkuliertes Risiko eingegangen, und wir müssen bereit sein, zu unserer Entscheidung zu stehen. Wir beide gehören zur Spitze der Klasse; keiner außer Ching hat einen höheren Notendurchschnitt ...«

»Aber sie gehen nicht immer nach Noten, und das weißt du«, sagte Jimson trübsinnig. »Sie berücksichtigen auch Kompatibilität und Persönlichkeit, und da ist noch etwas, nämlich daß ein Pärchen – wie wir – Schwierigkeiten haben könnte, sich im Zusammenleben mit anderen anzupassen ... deshalb wollten sie auch nicht, daß wir feste Bindungen eingehen, weil wir getrennt würden, wenn einer das Schiff schafft und der andere nicht ...«

»Hey, Jimson, was soll das?« unterbrach ihn Peake grinsend. »Das alles haben wir schon vor drei Jahren durchdiskutiert und waren zu dem Schluß gekommen, daß wir zwei Möglichkeiten hatten: uns zu trennen oder ein so großartiges Team zu werden, daß sie uns beide wollen! Im schlimmsten Fall bleiben wir beide auf der Erde; im besten werden wir beide an Bord des Schiffs sein, wenn es loszieht, du in Lebenserhaltung und ich in Medizin ...«

Jimson funkelte seinen Freund böse an. »Nein, das ist nicht der schlimmste, und das weißt du«, schleuderte er ihm ins Gesicht. »Das schlimmste wäre, daß einer geht und der andere bleibt – und ich hätte es schon vor Jahren wissen müssen, verdammt noch mal. Warum habe ich mich bloß von dir überreden lassen? Ein guter Lebenserhaltungsmann, der gleichzeitig Chirurg ist – damit wäre ich *sicher* auf das Schiff gekommen.«

Peake sah ihn entsetzt an. In den zwölf Jahren in der Akade-

mie, jeder als der engste Freund des anderen, war nie ein hartes Wort zwischen ihnen gefallen. »Das ist nicht fair, Jimson. Wir haben es gemeinsam beschlossen. Außerdem ist es jetzt zu spät, sich darüber den Kopf zu zerbrechen. Wollen wir uns an unserem letzten gemeinsamen Abend noch streiten?«

»Ja, du weißt auch, daß es unser letzter Abend sein wird, nicht wahr?« hielt ihm Jimson mit tiefer Bitterkeit vor. »Du hast es schlau eingefädelt, nicht wahr, wenigstens einen Rivalen auszuschalten?«

Peake starrte ihn entgeistert an. Aber er war intensiv im Gruppenleben und in der Bewältigung von Konflikten trainiert worden. Er erhob sich und blickte auf den Jungen auf dem Bett herab.

»Ich werde nicht mit dir streiten. Ich hatte gehofft, wir würden die Nacht zusammen verbringen – ich glaube, wir könnten es beide gebrauchen. Aber wenn du so denkst, ist es für uns beide nicht gut. Paß auf, morgen wirst du dich wieder besser fühlen, Reuben.« Der Gebrauch des richtigen Namens statt des auf der Akademie üblichen Spitznamens war ebenso eine Liebkosung wie die Berührung der dunklen Finger auf Reuben Jamisons hellem Haar.

»Immer mit der Ruhe. Halt mir einen Platz im Auditorium frei, wenn du vor mir da bist. Sieh mal«, fügte er tröstend hinzu, »was immer geschieht, die Entscheidung ist *gefallen* – wir können so oder so nichts mehr ändern. Versuch zu schlafen, Reuben. Es ist entschieden, ob richtig oder falsch, es ist unabänderlich. Entspann dich.«

»Ja«, schleuderte ihm Jimson in der ganzen Not seiner Verzweiflung hinterher, »es ist entschieden! Du glaubst doch nicht, daß sie sich zwei Perverse auf ihr Sternenschiff holen, oder?«

Peake schloß tief betrübt die Tür.

Die Kapelle war nachträglich zu der Akademie hinzugefügt worden; erbaut in einer Zeit des Agnostizismus oder Atheismus in der Gesellschaft und noch immer im selben Geiste genutzt die Lehrer, und demzufolge fast alle Studenten, waren militante Atheisten. Sie war erbaut worden, um eine kleine Interessengruppe zu beschwichtigen, die sich sehr lautstark dafür eingesetzt hatte, aber jetzt gab es selbst auf dem Papier keinen offiziellen UNEPS-Kaplan mehr. Die Kapelle wurde hin und wieder für Kammermusikkonzerte benutzt, und einer der Freizeitgestalter führte weit unten auf der Liste seiner nominellen Funktionen die eines geistlichen Beraters auf.

Ravi saß jetzt dort, die Beine übereinandergeschlagen, stumm, kaum merklich atmend. Er war klein, dunkelhäutig, mit scharfgeschnittenen, gutaussehenden Zügen. Seinen Spitznamen hatte er wegen einer zufälligen Ähnlichkeit mit einem legendären Musiker aus seinem Heimatland bekommen. Und obgleich er in tiefer Meditation da saß, gingen im Augenblick vordergründige Gedanken in seinem Kopf herum.

Es ist entschieden. Sie haben ihre Wahl getroffen. Es ist zu spät für Wünsche oder Bedauern. Insgeheim wußte Ravi nicht, ob er sich wirklich wünschte, von der Erde fortgeschickt zu werden, obwohl seine einzigen Erinnerungen an seine Welt, außerhalb der sauberen, mathematischen Welt der Akademie, bruchstückhaft waren: sengende Hitze, ausgedörrter Himmel oder wolkenbruchartige, stinkende Regenfälle, die schwärenden Wunden der Mengen von Bettlern, die ihn manchmal in bedrückenden Alpträumen verfolgten. Und so fragte er sich manchmal mit etwas, für das er zu wohlgeschult war, um es richtig als *Schuld* zu identifizieren: Warum bin ich hier, sauber, satt, verhätschelt, während sie da draußen sterben? Bilder blieben in seinem Geist zurück: Sein Vater, der mit gekreuzten Beinen vor einem Seiden-Webstuhl auf dem Boden saß; überfüllte Straßen; Frauen, die noch Saris und Schleier trugen. Aber es war alles Vergangenheit, mit Ausnahme dieser wirren, verblassenden Träume.

Ravi hatte ohne eine bestimmte Absicht mit Meditation angefangen; viele Studenten versuchten es als Methode der Entspannung, als ein einfaches Mittel gegen Schlaflosigkeit. Zu seiner eigenen Überraschung hatte er festgestellt, daß es in einen kleinen, früher unzugänglichen Winkel seiner Psyche paßte, ein Bedürfnis befriedigte, ein Verlangen stillte, von dem er nie gewußt hatte, daß es da war. Ravi war als Wissenschaftler ausgebildet, nicht als Mystiker; das obsessive Studium seiner eigenen Wurzeln, der Kultur seiner Heimat, das er aufgenommen hatte, verursachte ihm Unbehagen, obwohl er es weiterverfolgte – es war nicht verboten, das nicht, aber es wurde auch gewiß nicht gefördert. Er wußte intellektuell, daß er zu UNEPS gehörte, nicht zu seinem eigenen Land. Er wußte auch, daß man ihn in der Schule ausgelacht hätte, wenn er sich etwas von seinen Zweifeln und seinem inneren Suchen hätte anmerken lassen. Und jetzt rang er mit einer Frage, für die seine Ausbildung nicht ausreichte, da sie anderer Natur war.

Man erwartet von mir, daß ich Gott als Aberglauben und Mathematik als Grundwahrheit betrachte. Trotzdem fühle ich, *weiß ich,* daß Gott die Grundwahrheit und Mathematik eines seiner erleseneren Spiele und Mittel ist, um sich selbst zu offenbaren. Ich möchte mehr *darüber* lernen, und wie kann ich die Dinge lernen, die ich wissen muß, wenn ich mit niemanden außer meinen Kameraden aus der Akademie in die unermeßlichen Weiten des Raums geschickt werde? Ich habe gehört, daß es nur fünf sein werden, und sie wissen noch weniger von diesen Realitäten als ich.

Werde ich von Gott getrennt, indem ich vom Planeten der Menschheit, seiner Schöpfung, getrennt werde?

Er ließ sein Bewußtsein in Meditation treiben, bis sich seine Gedanken auf einen einzelnen Bezugspunkt konzentrierten: irgendwo, losgelöst von sich selbst, fragte er sich, ob so vielleicht der Weltraum war, eine Größe, die über das Begriffsvermögen ging … so wie Gott?

Gott existiert; ich muß einfach an das glauben, was für mich notwendig ist. Wenn Gott das Universum geschaffen hat, dann ist er gewiß überall in ihm, in dem Raum zwischen den Sternen … so sehr wie hier in meinem Geist.

Fontana, klein, dunkel und grazil, mit glänzend dunklen Haaren und dicken Sommersprossen, war mit Huff im Bett. Sie erforschten jetzt seit mehr als einem Jahr in ihren Mußestunden ihre Körper mit Neugier und freundschaftlicher Zuneigung, aber beide vergaßen nicht die Warnung vor Pärchenbildung oder permanenten Bindungen, und beide waren oft genug mit anderen gesehen worden.

Jetzt lag sie entspannt und gelöst neben ihm. Sie lächelte ihn an, ein mutwilliges Lächeln, und sagte: »Ich werde dich vermissen, Huff. Ich werde *das hier* vermissen …« Und sie berührte ihn spielerisch. Er lachte leise.

»Du bist deiner Sache sehr sicher, nicht wahr, Mädchen? Na ja, ich kann es dir nicht verdenken; du stehst an der Spitze der Klasse, und man wird dich ganz bestimmt auswählen.«

Fontana lächelte und schüttelte den Kopf. »So sicher ist das nicht. Nur was immer geschieht, wir werden getrennt werden. Es ist erschreckend, Huff. Da verschmelzen sie uns zu einer großen Einheit, bringen uns bei, uns bis zu einem gewissen Grad gern zu haben, und dann, nach dem Abschluß, werden wahrscheinlich kaum welche von uns je wieder zusammen arbeiten. Vielleicht zehn von uns - dieses Jahr sollen es nur sechs sein, habe ich irgendwo gehört – werden zusammen auf dem Schiff bleiben. Der Rest – nun, der Rest wird über das ganze Universum verstreut. Aber du kannst das Schiff genauso gut schaffen wie ich. Du bist ein guter Navigator …«

»Nicht halb so gut wie Ravi.«

»Und du bist gut in Linguistik …«

»Jimson, Janet, Mei Mei und Smitty sind alle besser als ich.«

Fontana schüttelte den Kopf. »Jimson werden sie auf *keinen* Fall nehmen. Peake wird mit Sicherheit ausgewählt, und sie werden kein Paar nehmen. Genauso wenig, wie sie Dolly und Smitty nehmen würden – hast du nicht gehort, daß sie Dolly fast rausgeschmissen hätten, weil sie unvorsichtig war und sie dachten, sie wäre schwanger? Ich bin ziemlich sicher, daß Peake und Ravi es machen. Und Ching.«

»Ching«, sagte Huff mit einem Stöhnen. »Dieser menschliche Computer! Ich dachte, sie würden bei der Auswahl auch Kompatibilität berücksichtigen – wie wollen sie das denn hinbiegen, damit Ching mit kann? Keiner kann sie leiden!«

»Das würde ich nicht sagen«, antwortete Fontana mit aufrichtiger Fairneß. »Hast du immer noch Vorurteile, Huff, nur weil sie ein G-N ist?«

»Das ist eine Beleidigung«, sagte Huff stirnrunzelnd.

»Glaubst du wirklich, ich hätte solche abergläubischen Vorurteile? Vielleicht ist man außerhalb von UNEPS der Ansicht, die G-Ns seien keine Menschen, aber ich *weiß,* verdammt noch mal, daß Ching ein Mensch ist. Ich habe sie bluten und ich habe sie weinen sehen, wenn sie sich verletzt hatte. Logisch betrachtet weiß ich, daß der einzige Unterschied zwischen Ching und dem Rest von uns der ist, daß jemand ungefähr zehn Monate vor ihrer Geburt mit den Eierstöcken ihrer Mutter rumexperimentiert hat und sie als Folge perfekte Gene für einen hohen IQ, musikalisches Talent, einen besseren Muskeltonus, niedrigen Herzschlag, effiziente Hämoglobinausnutzung, perfekte Innenohrgänge und so weiter hat.«

»Und trotzdem ...« sagte Fontana.

»Und trotzdem. Ich bin ein *Mensch,* und ich habe etwas gegen die G-Ns. Wer nicht? Die G-Ns schalten systematisch die menschlichen Studenten in der Akademie aus. In der Klasse unter uns sind schon zwanzig G-Ns; ein Mensch kann mit ihnen nicht konkurrieren. Eines Tages werden die G-N-Studenten uns alle verdrängen.«

»Sei nicht albern«, tadelte ihn Fontana ein bißchen hitzig. »Die G-Ns sind genauso Menschen wie wir. Sie sind einfach die besten der Menschheit, das ist alles. Wäre es dir lieber, der Menschheit das Beste vorzuenthalten, nur um etwas vom Schlechtesten zu bewahren? Gibt es irgendeine moralische *Rechtfertigung* dafür, daß ein Mensch taub oder als Bluter oder mit Sichelzellenanämie geboren werden soll? Wenn du *so* argumentierst, sollte man glauben, daß es ein gottgegebenes Schicksal für eine Frau sei, ein mongoloides Kind oder eins mit so etwas Schrecklichem wie der Tay-Sachs-Krankheit zu bekommen!«

»Aber sie geben sich alle so überlegen! Die in der nächsten Klasse sind nicht so schlimm, aber Ching war die erste, und sie weiß es, und ich kann dieses verdammte *überlegene Getue* von ihr nicht ausstehen!«

»Das ist nicht fair«, wandte Fontana ein. »Versetz dich mal an ihre Stelle, Huff. Sie weiß, daß sie anders ist; sie *ist* uns überlegen. Aber sie hat sich nicht verhaßt gemacht. Wir alle haben IQs irgendwo zwischen 150 und 185. Der von Ching dagegen liegt so weit über 200, daß sie ihn nicht mal messen können, weil es niemanden gibt, der einen entsprechenden Test zusammenstellen könnte. Sie ist – vorsichtig. Nicht, daß irgend jemand hier sie haßt – jeder, der zu echtem Haß fähig ist, wird schon viel früher ausgesondert. Ching ist nicht arrogant; sie ist zurückhaltend, das ist alles. Sie – sie will nicht mit dem angeben, was sie ist, verstehst du?«

»Nein«, gestand Huff, »aber das erwarte ich auch nicht. Wenn du mit Psychologie anfängst, muß ich passen. Weißt du was?« fügte er hinzu und nahm sie plötzlich in die Arme. »Ich werde dich vermissen, Fontana. Hör mal ...«, sagte er schüchtern, »weißt du, daß ich noch nicht einmal deinen Namen kenne?«

»Du hast nie gefragt«, erwiderte Fontana und berührte seine Wange. »Ich kenne deinen aber, weil ich ein Jahr lang mit den Namenslisten gearbeitet habe. Du bist Jürgen Hoffmeister, aber Huff gefällt mir *viel* besser. *Namen* geben die Leute da draußen ihren Kindern!«

»Es ist seltsam«, sagte Huff leise, »ich vergesse es immer wieder, aber manchmal, im Halbschlaf, höre ich meine Mutter meinen Namen sagen. *Jürgen.* Ich habe sie *Mutti* oder *Mutterl* genannt. Ich spreche hier nur Englisch, aber wenn ich schlafe, erinnere ich mich wieder.«

»Ich erinnere mich nicht an meine Mutter«, flüsterte Fontana. »Ich glaube nicht, daß ich eine *hatte.* Aber ich erinnere mich, daß ich eine Schwester hatte. Sie war größer als ich und hieß Consuelo. Ich möchte wissen, ob sie noch lebt. Manchmal wünsche ich, sie würden es uns sagen. Aber sie kennt mich als *Maria* und würde sich fragen, wer *Fontana* ist. Sie wird mich – sollte ich für das Schiff ausgewählt werden – sehen und nicht wissen, daß ich ihre Schwester bin.«

»Ich glaube, das ist der Grund, warum sie uns Spitznamen gegeben haben«, murmelte Huff. »Damit jede Mutter oder jeder Vater uns sieht und sich fragt: Ist das mein Sohn oder meine Tochter? Ist das mein Jürgen oder meine Maria? Und es nie sicher weiß, aber immer denkt, es *könnte* sein.«

Fontana drehte sich herum und vergrub den Kopf an seiner Schulter. »Hey, du bist auch kein schlechter Psychologe, weißt du das?« sagte sie rauh. »Hör auf, sonst fange ich an zu heulen.«

»Klar«, meinte er und begann, sie wieder zu streicheln. Aber sie weinte, und er auch.

Vor Einbruch der Nacht hatte Teague um Erlaubnis gebeten, das Akademiegelände verlassen zu dürfen, und war mit seinem Gleiter hinauf zum Observatorium geflogen. Der Beamte, der sie ihm gegeben hatte, hatte den untersetzten, sommersprossigen Burschen in dem verknautschten Arbeitsanzug angestarrt, aber er hatte den Erlaubnisschein unterschrieben; es gab keinen Grund, es nicht zu tun. Außerhalb der Unterrichtsstunden konnten die Studenten tun und lassen, was sie wollten. Teague hatte erklärt, daß ihm seine Abschlußprüfungen und die Zeremonie am Morgen zwischen einige photographische Studien gekommen seien, die er vom Vorübergang der Venus in der letzten Woche gemacht hatte, und er wollte die Aufnahmen auswerten, bevor er die Akademie verließ.

In der Dunkelkammer des Observatoriums arbeitete er viele Stunden lang glücklich und unbemerkt, bis einer der Nachtwächter – die ihn alle kannten, weil er einen beträchtlichen Teil seiner Zeit hier verbrachte – fragte: »Hat nicht Ihre Klasse morgen ihren Abschluß?«

Und James MacTeague hatte geblinzelt, gegrinst und bei sich gedacht: Also *darum* haben sie mich so komisch angesehen, als ich mich abgemeldet habe. Von wegen unser letzter Abend und so. Es *ist* doch morgen, oder?

Doch dann ertönte der Summer am Entwickler, und er wandte sich wieder seinen Filmen zu. Es blieb ihm nicht mehr viel Zeit.

Moira war im Jacuzzi, bis zum Hals in heißem Wasser, die wirbelnden Strahlen sprudelten gegen ihren nackten Körper, ihr rotes Haar trieb auf der Oberfläche. Es waren noch acht oder zehn Studenten mit ihr im Jacuzzi, so dicht zusammengedrängt, daß das Wasser auf den Fiberglasboden überlief; die meisten von ihnen Männer, und jeder überzeugt, daß *er* derjenige war, den Moira dort wollte.

Nicht, daß Moira die Männer provozierte; sie war nur von Natur aus fröhlich und lebhaft. Sie hatte die üblichen sexuellen Experimente gemacht, war aber nie so weit gegangen, daß es ihre Stellung in der Klasse gefährdet hätte – und die war ganz oben, direkt nach Ravi, Peake und Ching, welche die intellektuellen Größen in ihrem Jahr waren und dies seit ihrem neunten Lebensjahr gewesen waren –, und sie hatte keine gebrochenen Herzen im Fahrwasser ihres freundschaftlichen Sexes zurückgelassen.

Sie streckte sich sinnlich in der Wanne und genoß das prikkelnde Gefühl des heißen Wassers, das gegen ihre langen Glieder strömte. Neben ihr sagte Scotty: »Deine ASW hat dir nicht zufällig verraten, wer von uns zur Besatzung gehören wird, Moira?«

Sie gluckste. »Leider nein, Scotty. Schade, was? Ich habe nicht den blassesten Schimmer. Sie greift nur in einem wirklichen Notfall ein, deshalb hat man sie auch nie unter Laborbedingungen testen können. Sie können keinen Notfall *simulieren,* weil ich *Bescheid* weiß – und solange keine wirkliche Gefahr besteht, verhält sich meine ASW ruhig und nützt mir überhaupt nichts! Sie warnt mich noch nicht mal im voraus, wenn mir eine Cellosaite mitten in einem Quartett reißt«, fügte sie mit einem betrübten Kopfschütteln hinzu. »Sie meldet sich bloß bei *richtigen* Katastrophen.«

»Ich glaube, mit deiner außersinnlichen Wahrnehmung kannst du damit rechnen, daß sie dich für die Besatzung auswählen«, sagte Mei Mei, die einzige andere Frau im Becken, doch Moira schüttelte den Kopf.

»Sie ist zu unsicher. Außerdem glauben sie sowieso, daß sie sie mit zunehmendem Alter schwinden wird. Ich nehme eher an, daß sie versuchen werden, einen Klon von mir zu machen, um zu sehen, ob sie genetisch oder reproduzierbar ist.« Moira runzelte die Stirn, als sie an jenes eine Mal dachte, als sie sich ohne erkennbaren Grund strikt geweigert hatte, auf ein Spielgerät zu gehen. Sie hatte sich eine ernste Strafpredigt über Gehorsam und asoziales Verhalten von dem Leiter des Spielplatzes anhören müssen, der fünf Minuten später getötet worden war, als das Spielgerät vor Moiras entsetzten Augen unter fünf Kindern zusammengebrochen war.

War dieses spezielle Talent von Vor- oder von Nachteil auf einem Sternenschiff? Moira wußte es nicht. Als sie auf das Geräusch des Jacuzzi hörte und sich damit amüsierte, aus diesem leisen Geräusch den versteckten Fehler im System zu lokalisieren, der, wenn er nicht repariert wurde, die Pumpe in vier oder fünf Tagen außer Betrieb setzen würde, nahm sie sich vor, dem Wartungsmann Bescheid zu sagen, bevor sie den Pool-Raum verließ. *Das* war das Talent, das ihr zu einem Platz auf dem Schiff verhelfen würde, wenn sie einen bekam, sagte sie sich. Das Wissen, so tief verwurzelt, daß es fast instinktiv war, wie Maschinen funktionierten und was sie in ihrer Funktion beeinträchtigen konnte. Niemand hatte den Fehler im Geräusch der Pumpe bemerkt, das zunehmend in ihren Ohren schmerzte wie ein falscher Ton in einem Haydn-Quartett. Die Pumpe war wie ein scheinbar gesunder Mensch mit einem leisen, asthmatischen Rasseln, das einen Arzt vor einem beginnenden Emphysem warnen sollte, es aber selten tat.

Scotty murmelte mit ihr und streichelte ihre sommersprossigen Brüste in dem warmen Wasser, doch sie schob ihn ungeduldig fort.

»Später, Scotty. Ich muß dem Hausmeister sagen, daß mit der Pumpe was nicht stimmt.«

»Ich kann nichts hören«, sagte Mei Mei. »Hast du wieder einen deiner Psychoblitze, Moira?«

»Nein, nein«, erwiderte Moira ungeduldig. »Könnt ihr es nicht *hören*?« Maschinen mußten perfekt sein, dachte sie, als sie triefend aus dem Becken stieg und ein großes Handtuch um ihren Körper schlang. Sie waren so viel zuverlässiger als menschliche Talente. Sie lauschte stirnrunzelnd dem kaum wahrnehmbaren Geräusch, legte den Kopf schief, knirschte mit den Zähnen. *Ganz ruhig, alter Junge,* flüsterte sie der stampfenden Maschine zu, *wir werden dich in Ordnung bringen lassen, und bald bist du wieder okay. Ich werde dafür sorgen, daß sie sich um dich kümmern.*

Und in der Einsamkeit ihres Raums im Schlaftrakt, wo die anderen Studenten allein oder gemeinsam versuchten, den morgigen Tag und die bevorstehende, endgültige Auswahl zu vergessen, stand das kleine, zierliche, dunkelhaarige Mädchen, das in ihrer ersten Woche in der Akademie »Ching« getauft worden war, vor dem Spiegel und putzte sich die Zähne. Sie waren makellos – jede Veranlagung zu Zahn- oder Zahnfleischerkrankungen war aus ihrem manipulierten genetischen Katalog eliminiert worden. Entsprechende Ernährung und gewissenhafte Pflege sorgten dafür, daß sie so blieben.

Sie besaß die orientalische Augenfalte; der Samenspender, der sie »gezeugt« hatte, war ein japanischer Architekt gewesen, hatte man ihr gesagt. Aber ihr Gesicht war zu sehr eine rassische Vermischung, als daß es irgendwelche anderen charakteristischen Merkmale besessen hätte. Schon eine Spur von Häßlichkeit hätte sie interessanter gemacht, dachte sie. Aber wie bei allen G-Ns – Genetically ENgineered Superiors (genmanipulierte Übermenschen) – war ihr Gesicht langweilig durchschnittlich und normal. Sie fragte sich, ob die Wissenschaftler, welche die G-Ns gemacht hatten, dies absichtlich getan hatten, damit es für die normalen, genetisch gemischten Menschen nicht noch einen Grund zum Neid gab; große Schönheit hätte die G-Ns noch mehr von allen anderen isoliert.

Heute abend hatte sie genau das gleiche getan, was sie ihr ganzes Leben getan hatte; sie hatte ein Band mit einer ihrer Lieblingsviolinsonaten aufgelegt, später eine halbe Stunde auf ihrer Viola geübt, wie sie es jeden Abend seit ihrem fünften Lebensjahr tat, und jetzt, nachdem ihre Zähne geputzt waren und vor Sauberkeit blitzten, duschte sie sich, bevor sie seelenruhig zu Bett ging und sich fragte, wie das Duschen und andere hygienische Vorgänge in der geringen Schwerkraft eines Schiffs funktionieren mochten. Sie wußte als einzige unter ihren Klassenkameraden mit Sicherheit, daß man sie auswählen würde. Das Experiment, durch das die G-Ns entstanden waren, war ein uneingeschränkter Erfolg; in der Klasse unter Ching waren zwanzig von ihnen, zwei Klassen unter ihr waren es vierzig, und nicht einer war aufgrund von Krankheit oder physischer oder geistiger Inkompetenz ausgefallen. Der andere G-N in Chings Klasse, die morgen ihren Abschluß hatte, hatte sie an ihrem fünfzehnten Geburtstag verlassen; irgendein ungeahnter Zufall in seinem manipulierten musikalischen Talent hatte dem

Mädchen einen solchen Sopran geschenkt, wie er nur ein- oder zweimal in einer Generation zu hören war, und es war, mit dem Segen der Akademie, ausgeschieden, um eine Konzertlaufbahn einzuschlagen. Ching dachte mit einem Anflug von Wehmut an Zora – die ihren richtigen Namen, Suzanne Hayley, und ihre Nationalität, sie war Kanadierin, zurückbekommen hatte. Sie, Ching, würde nie etwas anderes sein als Ching von der UNEPS-Akademie. Kein Name, kein Heimatland, nur ein Schiff, und Ruhm, von dem sie nichts haben würde. Zora hatte ihrer eigenen Wahl und ihrer persönlichen Bestimmung folgen dürfen.

Aber den G-Ns gehörte mit Sicherheit die Zukunft; zweifellos würden eines Tages alle Sternenschiffe mit G-Ns bemannt sein. Ching war sicher, daß man in der nächsten Klasse die volle Schiffsbesatzung von zehn nehmen würde, statt es dem Wettbewerb zu überlassen. Und sie, Ching, war ausgewählt worden, als erste die Eignung der G-Ns auf die Probe zu stellen, und das sollte genügen.

Sie war ein Experiment; sie war einsam gewesen, da sie keine Gefährten ihresgleichen hatte. Und auch keine richtigen Freunde, dachte sie mit einem Anflug von Zynismus. Sie tolerierten sie, weil in der Akademie kein Platz für jemanden war, der nicht mit allen Arten von Menschen auskommen konnte, und jedes Anzeichen von Antipathie oder Ungerechtigkeit Ching gegenüber hätte der Karriere des Betreffenden mehr geschadet als Chings. Aber manchmal beneidete sie Moira um ihre Scharen von Bewunderern und ihre selbstverständliche Sexualität, bewunderte sogar die intime Zärtlichkeit von Peake und Jimson, obwohl ihr die Torheit der Sache bewußt war. Es gab niemanden, für den *sie* jemals soviel empfunden hatte und niemanden, der jemals soviel für sie empfunden hatte; sie war wohl, dachte sie mit leiser Ironie, die einzige Jungfrau in ihrer Klasse.

Es war wohl noch schlimmer, als Angehöriger einer rassischen Minderheit in früheren Zeiten zu sein. Aber sie *war* anders, und es hatte keinen Sinn, sich darüber aufzuregen. Ching drehte sich auf die Seite und war in wenigen Minuten fest eingeschlafen.

II

Das Schiff war im freien Orbit gebaut worden, frei von den Beschränkungen der Schwerkraft – auf der Erde hätte es so viele Tonnen gewogen, daß sich die Treibstoffkosten zum Abheben und Aufstieg exponentiell vervielfacht hätten. Das Metall für die Hülle war in einer Mondkuppel gefeint und verarbeitet und die Maschinerie dort montiert und getestet worden. Das Schiff besaß einen Namen; aus politischen Gründen – von denen es auf der Erde immer noch ein paar gab – war es nach einem kaum bekannten General benannt, der vor hundert Jahren im Raumdienst tätig gewesen war. Aber nicht einer von der Besatzung nannte es anders als ›das Schiff‹ oder würde es je anders nennen. Jeder, der sich auf dieses spezielle Schiff im Unterschied zu anderen beziehen mußte, würde nach einem Jahr den Namen in einem offiziellen Register nachschlagen müssen.

Die sechs Mitglieder der Besatzung sahen das Schiff zum erstenmal vom Observationsdeck des Mondshuttles. Nur Moira und Teague, die sich beide auf die Antriebssysteme spezialisiert und zusammen mit den anderen aus ihrer Klasse, die Raumfahrttechnik studiert hatten, beim Zusammenbau des Schiffs geholfen hatten, hatten sie bereits gesehen. Ching hatte mit Computern gleicher Bauart gearbeitet, aber noch nie diesen speziellen gesehen. Sie fand rasch das kleine, kugelförmige Computermodul heraus. Peake und Ravi hatten Weltraumnavigation an Simulatoren und Attrappen studiert. Da Fontana noch nie im freien Fall gewesen war, außer in der Trainingszentrifuge und bei kurzen Ausflügen in Freifall-Transitraketen, war sie den ganzen Flug damit beschäftigt, gegen ihre leichte Übelkeit anzukämpfen.

Vom Raum aus gesehen erinnerte das Schiff ein bißchen an eine Ansammlung von Pappgebilden, die man irgendwie zu einem Ganzen zusammengefügt hatte, ohne die Notwendigkeit der Stromlinienform für Höchstgeschwindigkeiten auf der Erde oder in der Schwerkraft und ohne jede Art von linearem

Aufbau. Die Schwerkraftverhältnisse an Bord waren so beschaffen, daß sich die Besatzung wohl fühlte und fit blieb – die DeMag-Gravitatoren waren das einzige, was Weltraumreisen von einem humanbiologischen Standpunkt aus durchführbar gemacht hatte. Aber die zur Bequemlichkeit der Besatzung dienende Schwerkraft konnte auf eine bestimmte Stelle oder einen bestimmten Bereich konzentriert werden; es war nicht notwendig, das Schiff auf einer gegebenen Achse zu orientieren. Im Innern waren die Anordnungen logisch, von außen jedoch wirkte das Schiff chaotisch. Teague fand, daß es wie eine Ansammlung von Heliumballons aussah, die irgendwie zusammengetrieben waren – Ballons, die einfach zufällig kugelförmig, würfelförmig, oktaedrisch oder konisch waren.

Moira fragte sich gerade, wie es von außen aussehen würde, wenn die riesigen Flächen aus dünnem Mylar, die Lichtsegel, die mit Sonnendruck arbeiteten, um das Konglomerat von Formen ausgebreitet waren. Peake dachte traurig, daß Jimson das Schiff nie gesehen hatte – dann revidierte er den Gedanken. Jimson würde es wahrscheinlich in diesem Augenblick sehen, oder zumindest hatte er es an diesem Morgen von der Raumstation aus gesehen; wahrscheinlich hatte auch er aus dem Mondshuttle einen guten Blick darauf gehabt. Jimson war als Verwaltungsassistent in der Raumstation eingesetzt worden und würde sie wahrscheinlich in ein paar Jahren leiten.

Ich möchte wissen, ob er sich wie Moses vorkommt, der aus der Ferne auf das Gelobte Land blickt?

Jimson hatte während der Bekanntmachung nicht mit Peake gesprochen. Nicht ein einziges Wort.

Und dann legte das Shuttle längsseits an, und sie zogen ihre Druckanzüge an – nach jahrelangem Drill inzwischen reine Routine – und stiegen durch die Luftschleuse um. Bereits Minuten später befanden sie sich in der DeMaggisierten Hauptkabine und sahen zu, wie sich die Luftschleuse schloß und das Mondshuttle ablegte. Peake wurde klar, daß diesmal niemand da war, der ihnen die Order gab, ihre Anzüge auszuziehen, also überprüfte er den Druck in der Kabine, zuckte die Achseln und nahm dann seinen Helm ab, den er pedantisch in die Halterung hängte.

Sechs von uns, dachte Moira, allein mit dem Schiff, das für den größten Teil der letzten zwölf Jahre unser Ziel, unser Höchstes, unser Traum gewesen ist. *Ist das alles?* Sie alle hatten etwas mehr Formalität erwartet. Aber was konnte es noch mehr geben? Sie waren die Absolventen; jetzt hieß es für sie Schwimmen- oder Untergehen. Wenn sie nicht in der Lage gewesen wären, selbständig und ohne weitere Instruktionen zu arbeiten, dann wären sie jetzt unter den Durchgefallenen, um Lehren auf Raumstationen oder Satelliten zu absolvieren und eines Tages die Erdkolonien zu leiten – aber sie waren die Unabhängigen. Das Schiff gab ihnen die Freiheit des Universums, und sie mußten sich in ihm bewähren. Sie würden ihre eigenen Handlungsweisen entwickeln, sie würden zu einer Besatzung werden – oder nicht; so einfach war es, und dabei so gewaltig.

Plötzlich hatte sie Angst, und als sie sich umschaute und ihre fünf Kameraden betrachtete, war sie sicher, daß auch sie Angst hatten. ASW? fragte sie sich und dachte: Nein, nur gesunder Menschenverstand. Wenn wir keine Angst hätten, wären wir nicht so gescheit, wie wir sein müssen, um es so weit gebracht zu haben.

»Sieh mal, Moira, da ist dein Cello«, sagte Peake. »Und meine Violine.«

Ching blickte auf ihre Viola in ihrem Koffer. Es waren die einzigen wirklich persönlichen Dinge, die sie von der Erde und dem Leben, das hinter ihnen lag, zurückbehalten würden. Sie sagte in die wachsende Stille: »Tja, da wären wir also. Was machen wir als erstes?«

»Ich habe gelernt«, erwiderte Teague trocken, »daß das erste, was man auf einem Schiff macht, die Überprüfung des Lebenserhaltungssystems ist, und ich nehme an, daß das mein Job ist – ich glaube nicht, daß es noch jemanden unter uns gibt, der auf Lebenserhaltungssysteme spezialisiert ist.«

»Das ist mein zweites Spezialgebiet«, sagte Fontana. »Dann werde ich wohl deine Assistentin sein.«

»Also – soll ich es jetzt tun?« Teague blickte sich um, dann wurde ihm klar, daß es niemanden gab, der ihm sagen würde, ob er es tun sollte oder nicht. Er sagte: »Na schön. Wenn ich mich richtig an den Plan erinnere, müßte es durch diese Tür da – Luftschleuse – Sphincter – wie immer ihr sie nennen wollt, zum Hauptversorgungssystem gehen.« Er wandte sich der Tür zu, worauf Peake meinte: »Eigentlich könnten wir alle mitkommen. Wir müssen das Schiff ja doch kennenlernen«, und folgte Teague und Fontana. Die anderen drängten ihnen nach.

Als sich Teague durch den sich weitenden Sphincter schob, erfuhr er einen plötzlichen, heftigen Orientierungswechsel. Seine Füße waren »unten« gewesen; plötzlich stand er auf dem Kopf, und seine Füße waren irgendwo »über seinem Kopf«. Obwohl er augenblicklich wußte, was passiert war, nämlich daß er sich von einem DeMag-Gravitator, der sich am Boden der Hauptkabine befand, in ein DeMag-Feld bewegt hatte, das sich an der Decke des Korridors befand, den er betreten hatte, brauchte er einen Moment, um seine austretenden Füße nach »unten« zu bekommen. Peake stolperte tatsächlich und fiel hin. Moira schlug einen eleganten Salto und kam aufrecht auf die Füße. Und dann war für sie alle »unten«, wo es war, und sie blickten zurück auf die verrückte, irgendwie desorientierte Luftschleuse, die sich in der »Decke« des jetzigen Raumes zu befinden schien.

»Mensch«, murmelte Teague, »daran muß man sich erst mal gewöhnen!«

»Die Lebenserhaltungssysteme sehen jedenfalls bekannt aus«, sagte Fontana und ging auf sie zu. »Auf jeden Fall ist alles funkelnagelneu.«

»Meinst du, wir werden damit zurechtkommen nach dem vergammelten alten Zeug, an dem wir auf der Akademie gelernt haben?« fragte Teague. »Jedenfalls scheinen sie hier mit der neuesten Technik nicht geknausert zu haben.«

Fontana studierte das Luftversorgungssystem. »Es ist wie mit allen neuen Systemen; sie müssen sich einlaufen, müssen getestet und auf Macken überprüft werden«, sagte sie, »und ich bin nicht begeistert von diesem Edelgasgemisch.«

»Du wirst weder hier noch in den Antriebssystemen Macken finden«, mischte sich Moira ein. »Ich habe das meiste selbst installiert.« Ihre Stimme klang defensiv, und Fontana, die das Thema nicht weiter verfolgen wollte, zuckte die Achseln.

»Ich schätze, die Zeit wird es lehren. Seht mal, sie haben Kontaktmonitore, und das Flußsystem läuft hier zusammen, so daß wir auf dieser Sichtanzeige Sauerstoff, Luft und die DeMags in jedem Teil des Schiffs überprüfen können ...«

Ching spähte über seine Schulter. »Heißt das, daß du in jeden Raum gucken und sehen kannst, was wir gerade tun?«

»Um Gottes willen, nein«, erwiderte Teague, dessen Hände schon über die Luftsystem-Konsole glitten. »Wozu auch? Aber wir können mit Hilfe der Sensoren feststellen, wieviel Luft und Sauerstoff in jedem Sektor ist; sollte einer von uns mal bewußtlos werden, können wir den Fehlenden lokalisieren, oder wir können feststellen, wenn wir irgendwo Luft verlieren.« Seine Finger tasteten über die Proteinsynthesizer. »Scheint alles in Ordnung zu sein. In den Konvertern ist genug Rohmaterial, daß wir mit der Molekularfusionstechnik alles synthetisieren können, was wir in den nächsten, ich würde ungefähr sagen, neunundzwanzig Jahren brauchen dürften. Danach suchen wir uns eine Sonne mit etwa der gleichen chemischen Zusammensetzung wie unsere und schnappen uns ein oder zwei kleine Asteroiden für die nächsten achtzig oder neunzig Jahre. Das heißt, vorausgesetzt, wir recyceln Kleidung und Wasser, nicht eingeschlossen Ausscheidungsrecycling.«

»Ich möchte die Antriebe sehen«, sagte Moira. »Ich habe sie zwar eingebaut, aber ich würde sie gern an ihrem Platz im Schiff sehen.«

Teague lächelte ihr zu und berührte wieder die Konsole. »Sieht aus, als ob es ein ganzes Ende bis dorthin ist; die Antriebskammer befindet sich am anderen Ende dieses Ganges ...« er zeigte darauf, »am weitesten von unseren Quartieren entfernt. Der Navigations- und der Computerbereich liegen näher.«

Eine weitere verwirrende Schwerkraftumkehrung brachte sie nach unten – »unten«, wie auch immer – in ein anderes Modul, diesmal ein kugelförmiges mit Sitzen und vielen Kontrollen. »Du wirst das Schiff sowieso von hier aus steuern, Moira«, meinte Peake. Er zeigte auf die Konsole zur Bedienung der Lichtdrucksegel.

»Ich möchte die Hardware selbst sehen«, gab sie zurück. »Ich möchte sehen, wie sie *in situ* aussieht.« Dennoch glitt sie graziös in den Kontursitz. Ihre Hände zögerten über der Konsole, ohne sie zu berühren.

»Wohin fliegen wir? Welche Richtung?«

Peake begriff mit Schrecken, daß es niemand wußte. »Ich schätze, da müssen wir den Ersten Navigator fragen«, sagte er. »Da Navigation meine zweite Spezialität war, werde ich wohl Zweiter Navigator sein.«

Ravi sah zu ihm mit einem spöttischen Lächeln in den Augen. »Ich dachte, du würdest Erster Navigator werden. Ich hatte auch Navigation als zweite Spezialität. Was machen wir – werfen wir eine Münze?«

Peake blickte sich in der kugelförmigen Kabine um. Sie bestand zu einer Hälfte aus einer undurchsichtigen Glaswand, die auf das Universum hinausging. Das DeMag war hoch genug eingestellt, daß sie in ihren Sesseln sitzen konnten, ohne im freien Fall fortzutreiben. Vor ihm blinkten eine Unmenge gelber, roter, grüner und blauer Lampen lautlos auf, und er hatte das Gefühl, als ob sie warteten. Moira berührte einen Hebel, worauf die Glaswand, welche die blinkenden Lichter reflektierte, plötzlich durchsichtig wurde. Trotz der DeMag-Systeme, die ihnen eine »oben« und »unten« Orientierung gaben, stockte allen der Atem, und sie griffen nach dem nächstbesten Halt. Draußen war nur die Weite des Raumes, weiß vor Sternen, die so dicht waren, daß sich keine Konstellationen erkennen ließen. Es war so hell, daß man Kleingedrucktes hätte lesen können. Vor dem grellen Leuchten der Sterne konnte Peake noch immer die schwachen Reflexionen der blauen, roten, gelben und grünen Kontrollichter sehen, die dem Chaos draußen ihre eigene Ordnung aufzwangen.

Ravi sah ihn immer noch erwartungsvoll an. »Wer von euch hatte die besten Noten in Navigation?« wollte Ching wissen.

»Der Unterschied in den drei Jahren ist nicht so groß, als daß er von Bedeutung wäre«, sagte Peake, »und ich bin Arzt, kein Navigator. Muß denn einer von uns über dem anderen stehen? Ich möchte die Navigation lieber auf einer zeitlichen und nicht auf einer rangmäßigen Basis übernehmen – wir sind alle ziemlich gut, sonst wären wir nicht hier.«

Ravi zuckte die Achseln. »Von mir aus; also werfen wir um Tag- oder Nachtschicht, wenn es dir so lieber ist, oder bis wir sehen, daß es nicht funktioniert. Derjenige, dessen Schicht es gerade ist, trifft die nötigen Entscheidungen. Einverstanden?«

»Ich halte die Idee nicht für gut«, wandte Ching ein. »Es muß einen geben, der die Entscheidungen trifft – einen Captain, Commander oder was weiß ich. Ich dachte, dieses Amt hätte gewöhnlich der Erste Navigator. Wer soll die wichtigen Entscheidungen treffen?«

»Ich glaube, es sollte nicht *wer*, heißen, sondern *wie* «, warf Moira ein. Sie schwang mit ihrem Sessel zu ihnen herum. »Bei wichtigen Entscheidungen würde ich vorschlagen, daß abgestimmt wird, bei unbedeutenden soll derjenige entscheiden, der für die betreffenden Systeme verantwortlich ist.«

»Ich bin dagegen«, sagte Ching. »Einer muß entscheiden ...«

»Ich habe genug von diktierten Entscheidungen auf der Akademie gehabt«, unterbrach Peake sie. »Ich bin für gemeinsame Entscheidungen. Wenn das nicht funktioniert, können wir immer noch etwas anderes versuchen.«

Ching schüttelte den Kopf. »Wir könnten mit einem Problem konfrontiert werden, das so ernst ist, daß keine *Zeit* für eine gemeinsame Entscheidung bliebe, und es sollte *einen* geben, der die Verantwortung hat ...«

»Was ist deine Spezialität, Ching?« fragte Fontana mit einem Lächeln. »Gruppendynamik oder Soziologie?«

»Das würde ich nicht als Wissenschaft bezeichenen«, erwiderte Ching steif. »Ich bin Computertechnikerin und Biochemikerin, mit Meteorologie und Ozeanographie als planetarische Spezialgebiete. Aber als Teil dieser Gruppe meine ich, ein begründetes Anrecht auf die Bestimmung einer kompetenten Führung in Entscheidungsfragen zu haben.«

»Da ist eine ganze Menge dran«, sagte Fontana und überlegte, daß es das erstemal war, daß sie mit Ching einer Meinung war, »aber ich finde, wir sollten uns erst den Rest des Schiffs ansehen, bevor wir anfangen, darüber zu diskutieren. Wie es aussieht, wirst du für den Computer verantwortlich sein, Ching. Er liegt dort drüben – sehen wir ihn uns mal an?

Obwohl die Hauptcomputerkonsole hier zu sein scheint, mit der Navigations- und der Antriebskonsole ...«

Ching lächelte. Sie glitt in den Sitz neben Moiras, und Fontana hatte den Eindruck, daß sich der kleine, starre Körper etwas entspannte, als sie die Hauptcomputerkonsole betrachtete. Dann sah sie mit leicht herausfordernder Haltung auf.

»Noch jemand?«

Schweigen. »Gar keiner?« wollte sie wissen. »Gibt es denn nicht mal einen mit einer dritten oder vierten Spezialisierung in Computertechnik?«

»Wie es aussieht, gehört er dir ganz allein, Ching«, erklärte Teague.

Sie machte ein betroffenes Gesicht.

»Das kann nicht sein! Ich hatte auf Chris oder Mei Mei oder Fly gehofft – jemand, der ein bißchen Ahnung von Computern hat. Ich kann es nicht *glauben*, daß sie uns ohne einen Computertechniker außer mir losschicken wollen!«

»Offenbar waren sie der Meinung, daß *du* vollauf genügst«, mischte sich Peake ein.

Ching warf ihm einen wütenden, mißtrauischen Blick zu. »Willst du dich über mich lustig machen?«

»Ganz und gar nicht«, sagte Peake. »Warum sollten sie zwei Computerexperten auf einem Schiff brauchen? Du hast alles für dich allein.«

»Aber sie haben *immer* einen Hilfstechniker ...« protestierte Ching, und sie klang fast ängstlich. Trotzdem, dachte Fontana, als Ching sich richtig in ihren Sessel setzte, schwang eine Spur von Befriedigung in ihrer Stimme mit.

Ching muß wissen, daß sie nicht gerade beliebt ist; vielleicht gibt ihr das Wissen, daß sie wirklich unentbehrlich ist, das Selbstbewußtsein, das sie braucht.

»So schlimm ist es nicht«, meldete sich Moira. »Der Schiffsantrieb *ist* ein Computer, der an den Hauptcomputer angeschlossen ist, und mit *dem* kenne ich mich aus.«

»Und wenn du auch der Meinung bist, daß Psychologie und Soziologie keine exakten Wissenschaften sind«, fügte Fontana hinzu, »ich weiß, wie man von einem Computer Sprachanalysen bekommt – einschließlich der deinen.«

»Ganz zu schweigen davon«, sagte Ravi, »daß Navigation und Astronomie beide den Zugriff zu Computern und die Fähigkeit, mit ihnen umzugehen, voraussetzen. Ich glaube, es gibt keinen unter uns, Ching, der nicht weiß, wie man einen Computer *benutzt*. Vielleicht haben sie deshalb nur einen Spezialisten mitgeschickt ...«

»Aber was ist, wenn Probleme auftreten? Ich bin die einzige, die genug über die Hardware weiß ...«

»Dann mußt du dir einen von uns aussuchen und ihm oder ihr beibringen, wie man das Ding im Notfall auseinandernimmt«, unterbrach Peake sie. »Wir werden viel Zeit und wenig zu tun haben, wenn wir erst aus dem Sonnensystem heraus sind und bevor wir die nächsten Sterne und Sternenkolonien erreichen. Wir müssen das Schiff zwar aus dem Sonnensystem steuern, aber das wird bei Standardbeschleunigung nicht länger als ein paar Tage dauern ...«

»Nicht so lange«, warf Ching ein und begann, Knöpfe auf der Konsole zu berühren, aber Ravi war schneller. »Zwölf Tage, vier Stunden, neun Minuten und ein paar Sekunden«, sagte er.

Ching schwenkte ungläubig mit ihrem Sessel herum. Fontana fand, daß sie wütend aussah. »Wie kommst du ...«

»Ich hatte es völlig vergessen«, sagte Peake. »Sie nennen dich ja den menschlichen Computer, Ravi.«

Ravi sah fast so unangenehm berührt aus wie Ching, als er die Achseln zuckte. »Es ist eins der häufigeren Wilden Talente. Ich bin nicht der einzige Blitzrechner in der Akademie.«

Ching sah auf ihre Konsole, wo das gleiche ausgedruckt war. In ihrem Gesicht zuckte es leicht, als sie meinte: »Dann können wir wohl auf dich zurückgreifen, wenn der Computer ausfällt, oder?«

»Reg dich nicht auf, Ching«, sagte Moira beschwichtigend, aber in ihre Stimme schwang ein unüberhörbar spöttischer Unterton mit. »Ich glaube nicht, daß sich Ravi zwischen dich und deinen besten Freund drängen wollte, oder, Ravi?«

»Natürlich nicht«, versuchte Ravi sie zu besänftigen. Er ignorierte Moiras Spott. »Wir brauchen deine Talente für alle wichtigen Dinge, Ching – das gerade war eine rein automatische arithmetische Berechnung. Wir müssen feststellen, wohin wir fliegen, und wann und wie. Bekommen wir Befehle?«

»Ich glaube, als sie uns das Schiff gegeben haben«, meinte Peake ruhig, »haben sie uns die einzigen Befehle gegeben, die wir bekommen werden. Alles, was sie wollen, ist, daß wir einen bewohnbaren Planeten finden. Ching, du hast die Mittel des Computers zur Verfügung, du weißt, wo bereits Planeten entdeckt und auf Kolonisierbarkeit überprüft worden sind. Teague und Ravi, ihr beide könnt euch darum kümmern, wie weit sie weg sind und wie wir sie erreichen können, und Ravi und ich als Navigatoren können einen Kurs festlegen, so daß uns Moira dort hinbringen kann. Fontana und ich werden uns auf dem Weg dorthin hoffentlich am Leben und bei guter Gesundheit halten. Und dankt Gott oder an wen ihr sonst glaubt, daß wir zu sechst sind. Stellt euch vor, es hätten sich nur vier von uns qualifiziert, und wir müßten das Schiff *so* fliegen.«

Es trat eine kurze, erstaunte Stille ein, in die Moira sagte: »Ich möchte die Antriebe überprüfen, und Ching wird bestimmt einen Blick auf die Computerhardware werfen wollen.«

»Wir können da nicht reingehen«, wandte Ching ein. »Ich werde mir die Sache von außen ansehen. Computer sind eigenwillige Maschinen, und zu viele fremde Körper um sie herum können sie dazu veranlassen, sonderbare Dinge zu tun. Niemand geht da hinein, außer es ist absolut notwendig; und wenn, dann zieht antielektrostatische Sachen und Spezialschuhe an. Ich werde ihn von hier aus bedienen.«

»Die Antriebssysteme sind startklar«, meldete Moira, und Peake, der sie beobachtete, dachte, daß sie die Kontrollknöpfe des Antriebsmechanismus berührte, als ob es die Saiten ihres Cellos wären – oder der Körper eines Geliebten. »Wann geht's los?«

»Soweit ich weiß, liegt das an uns«, erwiderte Peake. »Wenn wir fertig sind, fliegen wir los – so einfach ist das.«

Und die sechs Mitglieder der Besatzung sahen einander erstaunt an und begriffen, daß es, nach zwölf Jahren starrer Reglementierung, wirklich so einfach war. Niemand würde ihnen Befehle geben, und niemand würde ihnen sagen, wohin sie fliegen oder was sie tun sollten.

Fontana schaute durch das riesige Fenster mit dem grellen Schein von Millionen von Sternen, den winzigen, blinkenden Lichtern der Kontrollpulte, die sich klein und irgendwie verloren in der Weite der unbekannten Galaxis spiegelten. Wie als Reaktion auf den plötzlichen Schrecken des Bildes berührte Ching etwas, das sie wieder einschloß, als das Fenster undurchsichtig wurde, so daß sie wieder in der Kontrollkabine nur mit den blinkenden Lichtern und ihren allein waren.

»Wir haben keine Eile«, sagte Fontana. Ihre Stimme zitterte, und sie stützte sich gegen eine Wand. »Ich schlage vor, daß wir in die Hauptkabine zurückgehen, uns unsere Quartiere ansehen und feststellen, wer wo schläft. Und etwas essen.«

III

Die Hauptkabine hatte ein Fenster, aber es war eins mit annehmbaren Ausmaßen, keine Glaswand, die auf ein leeres Universum des Chaos hinausging. Während sie davorstanden und hinausschauten, kam die vertraute Form der Raumstation die sich – von ihrem Blickpunkt aus gesehen – langsam um sich selbst drehte und ihren kleinen Schattenkegel hinter sich herzog, in Sicht, trudelte majestätisch an ihrem Fenster vorbei und verschwand wieder. Vor ihren bekannten Umrissen konnten sich die sechs wieder in eine menschliche Perspektive versetzen.

Fontana, die aufgrund ihrer Spezialisierung auf Psychologie in Selbstanalyse geschult war, begriff, daß sie alle soeben eine Art von Kulturschock erlitten hatten, den Wechsel von der geordneten und starren Welt der Akademie zu dem Bewußtsein, daß ihnen ein Universum buchstäblich zu Füßen lag. Bewußt nach einem weiteren Kontakt mit dem Altvertrauten und Banalen suchend, ging sie zur Verpflegungskonsole und wählte einen Snack und einen kalten Fruchtsaft.

»Wir haben für drei Monate Vorräte an Fertignahrung. Danach werden wir anfangen müssen, Protein- und Kohlehydratäquivalente zu synthetisieren«, sagte sie. »Also sollten wir es genießen, solange es da ist. Ich nehme nicht an, daß es unter unserer derart spezialisierten Besatzung jemanden gibt, der kochen kann, oder?«

»Doch, ich«, meldete sich Ching, »aber ich habe keine Lust, es dauernd zu tun.«

»Ich glaube, keiner von uns hätte öfter als einmal pro Tag Lust dazu«, meinte Moira. »Wir können uns doch sicher alle das Frühstück und mittags einen Imbiß selbst machen - auch wenn wir nicht alle verschiedene Zeitpläne haben. Ich kann auch kochen – ich will es ab und zu gern mal tun.«

»Also was machen wir? Stellen wir einen Plan auf?«

»Ich glaube, wir wären es alle ziemlich schnell leid, wenn wir zu oft zusammen wären«, gab Moira zu bedenken. »Ich bin sicher, daß eine gemeinsame Mahlzeit am Tag genug ist, wenn nicht zuviel.«

»Ich finde, wir sollten so oft wie möglich zusammen essen, wenn es die Dienstpläne zulassen«, warf Ravi ein. »Wir sind die einzigen menschlichen Kontakte, die jeder von uns für eine sehr lange Zeit haben wird. Ich meine, wir sollten – die Nähe des anderen suchen. In Kontakt miteinander bleiben. Zu einer Familie werden.«

»Ich würde durchdrehen«, sagte Ching. »Ich schlage vor, daß sich jeder sein Essen selbst macht, es sei denn, es verlangt jemanden unbedingt nach Gesellschaft. Wir könnten ja alle zehn Tage oder so einmal zusammen essen.«

Peake starrte aus dem Fenster und beobachtete, wie die Raumstation wieder in Sicht kam und langsam durch ihr Blickfeld rollte. War Jimson dort? Sie waren voneinander abgeschnitten, als ob sie sich an den entgegengesetzten Enden des Universums befunden hätten, getrennt durch ein Band, das sich langsam dehnte, bis es schließlich zerriß und sie endgültig schied. Es war schon jetzt endgültig. Er fühlte sich schrecklich allein, umgeben von diesen fünf Fremden. Dennoch waren es keine richtigen Fremden; er kannte sie seit dem Kindergarten, und viele von ihnen waren seine Freunde gewesen, bis er in den letzten zwei oder drei Jahren seine ganze Aufmerksamkeit und sein ganzes Bewußtsein auf Jimson konzentriert hatte. Konnten sie wieder seine Freunde werden? »Ich halte es für eine gute Idee, eine gemeinsame Mahlzeit pro Tag anzusetzen«, sagte er. »Nicht so oft, daß wir Platzangst bekommen und nicht zu selten, daß wir den Kontakt zueinander verlieren würden.«

»Ich hätte nichts dagegen, daß wir einmal am Tag zusammenkommen«, sagte Teague schüchtern. »Ich meine nur, es müßte nicht unbedingt zum Essen sein. Denn wenn wir einmal am Tag zusammenkommen, wird es wahrscheinlich zu – zu einer Art Meckerstunde; jeder will loswerden, was ihm auf der Seele liegt. Und ich hasse es, zu essen, während ich diskutiere – oder umgekehrt«, fügte er mit einem Grinsen hinzu.

»Ich meine, wir sollten eine Zusammenkunft am Tag ansetzen, ob es zum Essen ist oder nicht«, sagte Ching. »Nennt es

von mir aus Meckerstunde, Brainstorming, Meeting, wissenschaftliche Konferenz oder was weiß ich. Aber wir sollten alle einmal am Tag zusammenkommen.«

»Gibt es irgendeinen Grund dafür, einen vierundzwanzig-Stunden-Standardtag beizubehalten?« wollte Moira wissen. »Ich selbst bin eher ein Nachtmensch, und ich werde erst um Mitternacht richtig munter. Und zufällig weiß ich – weil ich zwei Jahre im Zimmer neben ihr geschlafen habe –, daß Ching in aller Herrgottsfrühe wach wird und schon wieder schläft, wenn ich gerade anfange, mich halbwegs wie ein Mensch zu fühlen! Hier könnten wir doch einen rund-um-die-Uhr Plan aufstellen, der nicht an die Vorstellungen anderer gebunden ist, wann man aufstehen und wann man schlafengehen sollte.«

»Biologisch – und als Mediziner – gesprochen«, warf Peake ein, »meine ich, daß wir so lange wie nur eben möglich einen Tagesrhythmus einhalten sollten. Wenn es eins gibt, das ich über Raummedizin gelernt habe, dann ist es, daß der Erdenmensch, *homo sapiens*, fest an die Rhythmen der Rotationen seines Heimatplaneten gebunden ist. Biologie ist Schicksal, zumindest in *dieser* Hinsicht. Wir *brauchen* einen 24-Stunden-Zyklus. Und wo wir schon mal beim Thema sind: Habt ihr Mädchen alle schon eure Menstruation?«

»Wenn du glaubst, daß das eine Rolle spielt ...«, begann Moira aufgebracht, aber Fontana unterbrach sie. »Hör auf, Moira. Peake fragt aus rein praktischen Gründen. Freifall – und wir können das Schiff kaum die ganze Zeit auf einem G DeMaggisieren – beeinflußt sowohl die männlichen wie auch die weiblichen Hormone.«

»Richtig«, sagte Peake. »Ich habe mir gedacht, wir könnten vielleicht einen Dienstplan aufstellen, der es den Frauen, die gerade ihre Regel haben, erlaubt, in den DeMaggisierten Bereichen zu arbeiten, weil es angenehmer für sie ist. Die Frage ist rein medizinisch, nicht sexuell.«

Fontana zuckte die Achseln. »Für mich ist sie akademisch«, erklärte sie. »Ich habe mich für eine Hysterektomie entschieden, als sie es uns allen mit fünfzehn angeboten haben. Ich wußte, daß ich mit einer Wahrscheinlichkeit von fünfzig zu fünfzig nach einem Jahr im Raum sowieso steril sein würde, deshalb habe ich mir gedacht, warum soll ich den ganzen Ärger für nichts und wieder nichts die nächsten dreißig Jahre mitmachen? Außerdem erschien es mir als eine gute Idee, von vornherein die Möglichkeit auszuschließen, daß ich es mir doch noch überlegen könnte. Ich habe mich unwiderruflich entschieden.«

»Ich nicht«, sagte Moira. »Nachdem ich mir beide Seiten des Problems angesehen hatte, fand ich, daß ich doch lieber natürliche als synthetische Hormone möchte. Aber ich verlange keine Sonderbehandlung.«

Ching lächelte ein bißchen bitter. »Ich hatte keine Wahl. Ich wußte, daß sie meine Gene hätten haben wollen, wenn ich das Schiff nicht geschafft hätte. Aber ich will auch keine Sonderbehandlung. Ich glaube, wenn irgendeiner von uns diesbezüglich ernsthafte Probleme hätte, hätten sie das berücksichtigt, bevor sie uns zur Null-G-Arbeit schickten. Ich bin immer schrecklich normal gewesen; sollte ich Probleme bekommen, dann würde ich mir vielleicht ab und zu mal einen Tag frei nehmen, aber ich denke nicht. Warten wir ab, bis es soweit ist.« Sie ging hinüber zur Konsole und wählte sich eine Portion irgendeiner breiigen, halbfesten Masse; Moira fragte sich, ob es Kartoffelpüree oder Softeis war.

»Die Kabinen liegen in einem Kreis im nächsten Modul und sind von eins bis sechs numeriert«, sagte Teague. »Wie wär's, wenn wir sie in alphabetischer Reihenfolge nehmen – Ching, Fontana, Moira, Peake, Ravi und ich, in dieser Folge?«

Fontana kicherte, als sie in ihr Schinkensandwich biß – sie nahm an, daß es aus synthetischem Protein bestand, aber es schmeckte wie ein Schinkensandwich, also beschloß sie, es als solches zu betrachten. »Womit Männlein und Weiblein schön brav voneinander getrennt wären! Und das rein durch einen alphabetischen Zufall!«

»Ich nehme nicht an, daß wir uns so viel in den Schlafquartieren aufhalten werden«, bemerkte Moira. »Dagegen wirken die Zimmer in der Akademie wie Hörsäle. Ein Schlafnetz und eine Dusche mit Toilette pro Einzelkabine, das ist alles.«

»Da wir Einmalkleidung tragen, brauchen wir eigentlich auch nicht mehr«, meinte Ching. »Was mir aufgefallen ist, ist, daß jede separate DeMag-Systeme hat ...«

»Damit wir lesen, studieren oder schreiben können, ohne daß uns die Bücher und Papiere wegfliegen«, erklärte Peake. »Und damit wir bei voller Schwerkraft schlafen können. Und wenn wir für uns allein üben wollen, bleiben die Instrumente intakt. Ich nehme an, ihr wißt alle, daß die Technik einer Geige von der Schwerkraft abhängt, damit man Reibung auf den Saiten erzeugen kann. Der Gymnastikraum ist für Sport auf anderthalb bis zwei G eingestellt. Ich brauche euch wohl nicht zu sagen, daß ihr mindestens die Hälfte der Zeit unter voller Schwerkraft trainieren müßt, damit ihr keinen Muskelschwund bekommt.«

»Apropos Musik«, mischte sich Moira ein. »Ich würde gern wissen, ob wir ein komplettes Streichquartett zusammenbekommen. Ich spiele Cello, und ich weiß, daß du Viola spielst, Ching, weil ich schon mit dir gespielt habe. Du spielst doch Geige, Ravi, oder?«

»Nicht besser als die anderen auch. Ich habe keine mehr in der Hand gehabt, seit ich vierzehn war. Ich spiele Schlagzeug, Jazzdrums, Steeldrums und die indische *tabla.* Und ich habe das Gefühl, daß hier an Bord nichts weiter als eine kleine *tabla* ist – von wegen Gewichtsproblemen.«

»Teague, du spielst ...«

»Flöte, Blockflöte und ein paar andere Holzblasinstrumente. Ich könnte vielleicht ab und zu mal die zweite Geige packen. Der beste Violinist, den wir an Bord haben, ist Peake.«

»Dann wirst du wohl unser Konzertmeister werden, Peake ...«, begann Moira.

Peake sah weg, und in seinem Gesicht zuckte es schmerzlich. *Jener letzte Tag im Musikraum, er die Geige unter das Kinn geklemmt, Jimsons Klavierspiel, das sich auf feinfühlige Weise mit seinem Geist verflocht ...* Er sagte belegt: »Also, wenn ihr nichts dagegen habt, möchte ich vorläufig nicht spielen.«

»Ich habe etwas dagegen.« Moira hob das Kinn. »Du weißt genauso gut wie ich, warum wir Geige lernen und warum wir uns in Musik spezialisieren mußten – damit wir alle ein

SF

gemeinsames Hobby haben. Ich glaube, einmal am Tag eine gemeinsame Musikstunde ist sogar noch wichtiger als Teagues Meckerstunde oder gemeinsame Mahlzeiten.«

Peake blickte auf den Boden. »Also ...«, begann er wieder, aber er konnte nicht weitersprechen. Warum war er hier mit diesen ganzen Leuten, die er gar nicht richtig kannte und nicht kennen wollte, wenn sich der einzige Mensch, für den er je etwas empfunden hatte, oder für den er je etwas empfinden würde, die andere Hälfte seines Ichs, auf der anderen Seite einer langsam breiter werdenden Kluft befand, die sich immer weiter ausdehnen würde in Raum und Zeit, bis er und Jimson sich an den entgegengesetzten Enden eines gewaltigen und immer größer werdenden Nichts befanden ...

Jimsons Gesicht, weiß, verkniffen und tränenüberströmt. *Ich interessiere dich ja nicht, sonst würdest du hierbleiben,* hatte er Peake ins Gesicht geschleudert. *Ich wußte, daß wir nicht beide das Schiff schaffen würden, aber ich dachte, ich würde dir genug bedeuten, daß du hierbleibst ...*

Aber wie hätte er das tun können, nach zwölf Jahren der besten Ausbildung in der Welt, eine Ausbildung, die er, ein schwarzer Kaffer aus einem der Kaffernland-Reservate, auf seinem eigenen Kontinent nie hätte bekommen können ... UNEPS hatte sie ihm ermöglicht, und jetzt war die Reihe an ihm, der einzigen Welt, die er kannte, eine Gegenleistung zu bringen. Fontana hatte es ausgesprochen; er wollte ausschließen, daß er doch noch anfing, es sich zu überlegen. Nur hatte Jimson es nicht so sehen können ... er würde nie wieder eine Musik spielen können, bei der ihn nicht jede Note an Jimsons Gesicht erinnern würde, an Freude und Leid und Liebe und Sex und Schmerz ... er wandte sich ab zu dem Fenster, das auf den Raum und die zurückkehrende Raumstation hinausging und sagte: »Sprechen wir ein andermal darüber, einverstanden?«

»Nein«, protestierte Ching. »Das ist das einzige, was wir *nicht* tun können – wir können eine solche Unstimmigkeit nicht einfach im Raum stehen lassen. Moira hat recht – wir brauchen regelmäßige Musikstunden, und das geht nicht ohne dich, Peake, denn sonst wäre das ganze witzlos. Der Sinn und Zweck des gemeinsamen Musizierens ist es ...«

Peake zuckte die Achseln und ließ sich in einen Sessel fallen. Die DeMag-Systeme waren hier so niedrig eingestellt, daß er nicht einsank, aber auch nicht wegschwebte. »Also gut. Ich will keinen Streit.«

»Darum geht es doch nicht ...«, begann Moira.

»Augenblick!« unterbrach Fontana sie ruhig. »Ich glaube, das hier wird eine dieser einmal-am-Tag-Zusammenkünfte, auf die wir uns geeinigt haben, und ich finde, wir müssen es offen ausdiskutieren. Wenn wir anfangen, das, was uns stört, für uns zu behalten und versuchen, zu höflich zu sein, wird es zu Ausbrüchen kommen. Ching, du hast vorhin etwas gesagt, über das ich mich wirklich geärgert habe; du hast gesagt, du hättest gehofft, daß sie Chris oder Mei Mei oder Fly mitgeschickt hätten, jemand mit Computerverstand, wie du es ausgedrückt hast. Und Peake hier ist eingeschnappt, weil er keine Duette mehr mit Jimson spielen kann ...«

»*Ich bin nicht eingeschnappt!*« schrie Peake mit solcher Heftigkeit, daß er in der leichten Schwerkraft aus seinem Sessel hochfederte.

»Ich weiß, worauf Fontana hinauswill«, warf Moira ein. »Ich meine, wir sollten es uns zur Regel machen, über keinen mehr zu sprechen, den wir – den wir zurückgelassen haben. Für uns sind sie tot, egal, was passiert. Laßt die Vergangenheit Vergangenheit sein.«

»Ich bin nicht deiner Meinung«, erklärte Ravi. »Wir müssen uns erinnern. Wir brauchen Wurzeln, einen Sinn für unsere Vergangenheit. Wir haben das *Recht*, uns zu erinnern.«

»Uns zu erinnern, ja«, meinte Fontana, »aber nicht, uns gegenseitig weh zu tun, indem wir Vergleiche mit Leuten ziehen, die nicht hier sind – Leute, mit denen wir nie unter einer solchen Belastung zusammen waren. Leute, die sich vielleicht als angenehmer herausgestellt hätten als diejenigen, die wir hier haben, oder aber auch nicht. Seht mal, wir sechs werden eine lange, eine *sehr* lange Zeit zusammen sein, und das auf engstem Raum, und was wir *nicht* gebrauchen können, ist, uns gegenseitig idealisierte Erinnerungen von Leuten unter die Nase zu halten, die *nicht* hier sind!«

»Jetzt hör mal zu ...«, begann Peake, aber Moira fuhr fort:

»Nein, *du* hörst mir zu. Ich bin nämlich noch nicht fertig. Ich meine ja gar nicht dich persönlich. Ich versuche lediglich, ein Prinzip aufzustellen, ohne dabei persönlich werden zu wollen. Ich bin überzeugt, daß sich jeder von uns eine seiner Meinung nach ideale Besatzung hätte zusammenstellen können, und irgendwie glaube ich, daß sich keiner von uns die anderen hier ausgesucht hätte ...«

»Was du sagen willst, ist, daß du es nicht getan hättest«, präzisierte Ching. »Nett zu wissen, was du von uns hältst, Moira.«

Moira überging auch diesen Einwurf. »Versuche nicht, mich zu provozieren, Ching. Ich werde mich nicht auf einen Streit mit dir einlassen. Ich meine, da sind wir nun, sechs Leute, die keiner gefragt hat, ob sie sich leiden können ...«

»Sie werden Kompatibilität berücksichtigt haben«, warf Teague ein. »Ich glaube kaum, daß sie sechs Leute ausgesucht hätten, von denen sie wußten, daß sie sich nicht ausstehen können!«

Moira zuckte die Achseln. »Natürlich werden sie sicher gewesen sein, daß wir uns nicht gegenseitig umbringen und haben wirkliche Antipathien berücksichtigt. Aber ...«

Ching war nicht so überzeugt. Sie sagte leise: »Ich glaube, sie haben Leute ausgesucht, die schon bewiesen haben, daß sie sich anpassen können, wenn sie müssen.«

»Was immer sie sich gedacht haben«, fuhr Moira fort, »wir sind jedenfalls *hier*. Es ist wie bei diesen arrangierten Ehen, die es vor Hunderten von Jahren gab, es ist passiert und kann nicht ungeschehen gemacht werden. Was Gott – oder die Akademie – zusammengefügt hat, soll der Mensch nicht trennen. Wir sechs sind hier, und es gibt niemand anderen, und wir sollten besser versuchen, einander mögen zu lernen; denn für keinen von uns gibt es einen anderen, und wir werden keine zweite Chance bekommen!«

Das, dachte Peake, brachte es in eine Reihe, faßte in Worte, was sie alle wußten und womit sich zumindest er nie richtig abgefunden hatte. Er biß die Zähne zusammen und sagte: »Also gut. Einverstanden.«

»Einverstanden«, meinte Ching sofort und fügte hinzu: »Das eben war nicht richtig von mir.«

»Ich werde alles spielen, was ihr wollt«, erklärte Peake. »Aber wir suchen uns am besten eine Zeit aus, die sowohl den Tag- wie auch den Nachtleuten entgegenkommt, es sei denn, unser innerer Rhythmus paßt sich irgendwie an. Was bei dieser Distanz durchaus möglich wäre – ich glaube nicht, daß jemand den Tagesrhythmus über längere Zeit in Null-G oder wechselnder Schwerkraft richtig getestet hat. Es könnte ein paar Studien darüber in der Computerbibliothek geben, die auf dem Mond oder auf Raumstationen gemacht wurden. Vorläufig bin ich jedenfalls eher ein Tagmensch, wenn auch nicht irgendwie extrem.«

Aber während die anderen über die beste Tageszeit für die gemeinsame Musikstunde diskutierten, saß Peake stumm da und sah zu, wie die Raumstation auf ihrer Bahn vor ihrem Fenster verschwand und wiederkam – sie befanden sich noch immer auf einer Umlaufbahn um sie.

Es war irgendwie eine hirnverbrannte Idee gewesen, diese Beziehung, die er mit Jimson eingegangen war. Er wußte undeutlich, daß sie beide zu jung gewesen waren für eine solche lebenslange Bindung, wie sie sie gewollt hatten. Er hatte Leute wie Fly, Moira und Chris verachtet, deren sexuelle Erfahrungen fast wahllos gewesen waren, aber er wußte, daß er in ein anderes, ähnlich gefährliches Extrem gefallen war; er hatte sich so sehr auf Jimson konzentriert, daß er zu wenig andere Freunde gesucht hatte.

Ich bin nicht der einzige. Da ist Ching; ich glaube nicht, daß sie überhaupt irgendwelche Erfahrungen hat. Sie muß genauso einsam sein wie ich ... oder schlimmer. Aber sie ist daran gewöhnt ... es war ihre Entscheidung, und ich ... Dann begriff er, daß das Ganze Selbstmitleid war, und er stoppte abrupt.

»Du spielst Bratsche, nicht wahr, Ching?«

»Und Violine«, antwortete Ching nickend, »aber ich dachte, es wäre interessant, sich auf ein Instrument zu spezialisieren, das nicht so viele spielen.«

»Es gibt aber nicht viele Solostücke dafür.«

»Das stimmt«, sagte Ching, »aber ich bin nicht an Soloaufführungen interessiert, und sie hat mir schon in einer ganzen Reihe von Streichquartetten einen Platz verschafft. Weil ich eine *gute* Bratschistin bin, keine zweitklassige Violinistin, die versucht, Viola zu spielen.«

Bescheidenheit, fragte sich Peake, oder eine sehr scharfsinnige Einschätzung einer solchen teamorientierten Denkweise, wie sie sie auf dem Schiff wollen? Hatte Ching raffinierterweise um einen Platz im exklusivsten aller Streichquartette gespielt?

Fontana schaute zu, wie sie sich einträchtig über Mozart- und Beethoven-Quartette und über improvisierte Jazzsessions unterhielten, und fragte sich, ob dies der Schlußtest war, der sogenannte Überlebenstest; wie sie sich zusammenrauften, ohne Richtlinien, ohne Maßregeln. Sie war vielleicht die Schiffspsychologin, aber Moira war dem ersten Vorschlag zuvorgekommen, den sie in dieser Eigenschaft hätte machen können – es zu einer festen Regel zu machen, daß die Vergangenheit nicht als Verteidigung gegen die Gegenwart benutzt werden sollte. Peake mochte sich einverstanden erklärt haben, nicht über Jimson zu sprechen, aber konnte ihn jemand daran hindern, weiter zu brüten? Würde er allein damit fertig werden, oder würde er Hilfe brauchen. Und würde sie ihm diese Hilfe geben können, wenn es so war?

Und es war Peake, der eine Diskussion über die Technik zur Synthetisierung von Violinsaiten unterbrach und meinte: »Nachdem wir jetzt die wichtigen Dinge wie die Zusammenstellung unseres Streichquartetts geklärt haben, könnten wir uns jetzt vielleicht auch über ein paar Nebensächlichkeiten unterhalten, zum Beispiel, wohin wir fliegen, und wann es losgeht? Wie läuft es jetzt eigentlich?«

»Ich glaube«, erwiderte Moira, »wir haben alle Befehle bekommen. Wenn wir bereit sind, loszufliegen, fliegen wir einfach los, das ist alles.«

»Losfliegen *wohin*?« fragte Ching. »Wählen wir aufs Geratewohl cinen Kurs?«

»Das liegt an dir«, sagte Ravi, »du hast die Computerbibliothek. Du weißt, wo schon Planeten gefunden und kolonisiert worden sind, also solltest du entscheiden, ob wir versuchen, einen Planeten in einem Gebiet zu finden, in dem bereits bewohnbare Planeten gefunden worden sind, oder ob wir in

eine neue Richtung steuern, wo wir die Chance hätten, neue, noch unberührte Sterne zu entdecken.«

»Diese Informationen bekomme ich nur auf der Brücke«, sagte Ching. »Will noch jemand etwas essen?«

Als sie einer nach dem anderen zurückgingen, durch die schwindelnden Wechsel der Schwerkraftorientierung – diesmal waren sie darauf vorbereitet, und keiner verlor das Gleichgewicht – überlegte Fontana, daß sie schon der menschlichen Gewohnheit gefolgt waren, Dingen einen Namen zu geben; der Raum mit den Konsolen und der Computerausrüstung war die Brücke geworden, analog zu einem Schiff auf See, ungeachtet der Tatsache, daß keiner von ihnen je auf einem Seeschiff gewesen war. Dennoch war sie froh, daß das große Observationsfenster, mit seinem bikonvexen Blick auf die Hälfte des sichtbaren Universums, gegen die endlosen Sterne verdunkelt war; man sah nur eine schwache Reflexion der farbigen Blinklichter auf den Kontrollpulten. Ching glitt in einen Sessel vor dem Computer, während Peake auf seinen Chronometer sah und zu Ravi gewandt meinte: »Losen wir, wer die Tagschicht übernimmt.«

Ravi hob die Brauen. »Warum? Dir ist doch eindeutig die Tagschicht lieber, und mir die Nachtschicht. Warum das Risiko eingehen, daß wir nachher die Schicht auf dem Hals haben, die wir gar nicht wollen? Es wäre etwas anderes, wenn wir die gleiche Vorliebe hätten ...«

Peake zuckte die Achseln. »Wir werden Greenwich-Zeit für Schiffsoperationen nehmen und Mittlere Solarzeit für Navigation. Es ist 1409 Uhr; paßt dir die Tagschicht von 0800 bis 2000?«

»Einverstanden«, antwortete Ravi, und Peake glitt in den Sessel vor den Navigationskontrollen. Moira saß bereits im Antriebssessel. Fontana bemerkte, daß zehn Sessel in den Kontrollraum eingebaut waren, den sie Brücke getauft hatten. Sie nahm in einem von ihnen Platz, während Ravi einen wählte, von dem aus er sehen konnte, was Peake machte. Teague war gerade über Moira gebeugt und studierte interessiert die Steuerantriebe.

»Die Antriebssysteme sind startklar«, stellte Moira fest. »Die Frage ist nur, wohin soll's gehen. Wir müssen das Sonnensystem in der Richtung verlassen, in die wir letztendlich wollen – das brauche ich euch wohl nicht zu sagen. Also welche Richtung, Ching?«

Ching starrte auf den Ausdruck auf der grünlichen Konsole vor ihr, die Navigationskoordinaten der bekannten Kolonien, und dann blind auf den undurchsichtigen Sternenschirm. Das ganze Universum lag vor ihnen – und sie erwarteten von *ihr*, eine solche Entscheidung zu treffen? Sie sagte leise: »Ihr verlangt von mir, daß ich Gott spiele«, und etwas in ihrer Stimme verriet Ravi ihr Gefühl der Ehrfurcht, der Unermeßlichkeit. Sie war immer so distanziert gewesen, so beherrscht, daß auch Ravi bewegt war.

Ob sie es auch fühlte, dieses Staunen, dachte er. Aber weil Ching immer jede allzu persönliche Annäherung zurückgewiesen hatte, wußte Ravi, daß er nicht fragen konnte.

Er blickte auf das undurchsichtige Sternenfenster und dachte an die gedrängte Unermeßlichkeit der Sterne dahinter. Unerforschtes Territorium. Ein Universum zu ihren Füßen. Fragmente; ein knappes halbes Dutzend Kolonien da draußen, Billionen von Sternen, und sie sechs in ihrem zerbrechlichen kleinen Schiff, auf der Suche nach einem bewohnbaren Planeten in dieser ganzen Wildnis ....

»Ich habe einmal irgendwo gelesen«, sagte er, und seine Stimme bebte, »daß für uns Menschen die Erforschung und Erfassung des Weltraums das gleiche ist, als wenn ein Schwarm von Schlammspringern in einem Wasserloch im australischen Busch die Küstenlinie von Australien und jeden Felsen im Greater Barrier Reef erfassen sollte.«

Nur mit Gottes Hilfe, dachte er; *der Mensch allein hätte es nie schaffen können.* Und er wußte, daß sie ihn alle ausgelacht hätten, wenn er es ausgesprochen hätte; also schwieg er.

Teague schaute Ravi verständnisvoll an. Er hatte das gleiche im ersten Jahr seines Astronomiestudiums durchgemacht. Die Konfrontation mit der Unterschiedslosigkeit gewaltiger Galaxien, mit der Bedeutungslosigkeit seiner eigenen Art vor dem Universum. Er sagte freundlich: »Nun, der Schwarm von Schlammspringern hat es geschafft. Und Ching hat die Ergebnisse im Computer. Welche Richtung, Ching?«

Alle schauten jetzt auf Ching, und sie sagte, wobei sie versuchte, ihre Stimme sachlich klingen zu lassen: »Ich finde, es ist nicht fair, daß ihr von mir eine Entscheidung von solcher Tragweite verlangt. Nicht wenn es euch alle betrifft. Ich glaube, daß dies der Zeitpunkt für einen von Moiras Gemeinschaftsbeschlüssen ist.«

»Du bist diejenige mit den Informationen«, wandte Teague ein, »und du bist auch diejenige, die vorhin noch für Führungsbeschlüsse war. Was für eine Rolle spielt es, in welche Richtung wir fliegen? Solange wir von schwarzen Löchern wegbleiben, werden wir, der statistischen Analyse zufolge, in der einen Richtung genauso wahrscheinlich einen bewohnbaren Planeten finden wie in der anderen.«

»Wie kannst du so etwas sagen, Teague?« explodierte Moira. »Willst du behaupten, daß wir eine Nadel in eine Sternenkarte stecken – oder was immer das Äquivalent in einem Computer wäre – und völlig willkürlich irgendeine Richtung nehmen können?«

»Natürlich nicht. Ich wollte nur darauf hinweisen, daß wir in jeder Richtung mit der gleichen Wahrscheinlichkeit oder Unwahrscheinlichkeit einen Planeten finden oder auch nicht.«

»Es scheint mir vernünftig«, warf Peake ein, »in die Richtung zu fliegen, wo wir wissen, daß schon Kolonien errichtet worden sind, die Bedingungen dort zu beobachten und dann weiterzufliegen, um Nachbarkolonien zu gründen, indem wir das nächste Dutzend Sternensysteme erfassen und untersuchen.«

»Damit hätten wir zumindest einen Ausgangspunkt«, meinte Fontana, »und wir würden methodisch vorgehen.«

»Und ich gehe jede Wette ein, daß die letzten fünfzig oder sechzig Schiffe genau das getan haben«, erwiderte Moira.

»Warum nicht?« fragte Ching. »Es erscheint am logischsten.«

»Wir werden es nie erfahren, weil wir Sternenschiff einhundertdrei sind«, sagte Teague. »Die Kolonien wurden, wenn ich mich recht erinnere, von den Jahresschiffen sieben, zehn, elf und neunzehn gegründet. Die Besatzungen dieser Schiffe müssen inzwischen in den Dreißigern oder Vierzigern sein – ich brauchte die Zeitdehnungsgleichungen, um es genau sagen zu können, und ich habe sie nicht so parat wie Ravi wahrscheinlich –, aber wir haben keine Nachricht von den späteren Schiffen, obwohl sich jetzt die Schiffe vierundzwanzig und fünfundzwanzig theoretisch jeden Tag melden könnten. Je nachdem, in welche Richtung sie geflogen sind, und das werden wir vielleicht nie erfahren.«

»Das ist einer der Gründe, warum wir Kurs auf eine besiedelte Kolonie nehmen sollten«, erklärte Peake. »Es ist möglicherweise unsere einzige Chance, noch einmal in unserem Leben Kontakt mit der übrigen Menschheit zu bekommen.«

»Du redest, als ob wir nach Erdzeit altern würden«, wandte Teague ein. »Wenn wir uns der Lichtgeschwindigkeit nähern, werden wir immer langsamer altern, und biologisch gesehen wird die Zeit für uns praktisch stehenbleiben. Natürlich wissen wir nicht, ob wir in den nächsten Jahren andere Menschen sehen werden, es sei denn, wir beschließen, zuerst eine der besiedelten Kolonien zu besuchen. Aber ich glaube, man erwartet von uns, daß wir *zuerst* einen kolonisierbaren Planeten finden. Danach können wir dann bereits besiedelte Planeten besuchen, und bis dahin gibt es bestimmt andere.«

Selbst wenn ich je zurückkommen könnte, wäre Jimson ein alter Mann, und ich noch immer jung, dachte Peake. Er hatte es intellektuell gewußt, aber jetzt wurde es plötzlich persönlich, und beängstigend. Und bedeutungsvoll, mit einer schrecklichen gefühlsmäßigen Bedeutung, die ihn sprachlos auf die Konsole mit den Navigationsinstrumenten starren ließ.

»Ich finde es trotzdem am vernünftigsten, wenn wir methodisch von den bekannten Kolonien aus weiter vorstoßen«, sagte Ravi. »Wir sollten mit den bekannten menschlichen Ansiedlungen in Verbindung bleiben, denn die Chancen, daß wir irgendwann mal zufällig auf eine stoßen könnten, sind – nun, das alte Beispiel von der Nadel im Heuhaufen wäre ein sehr treffender Vergleich.«

»Aber wenn wir einen Planeten in einer völlig neuen Richtung finden«, argumentierte Moira, »dann kann sich die Menschheit in um so mehr neue Richtungen ausbreiten, ohne völlig verloren zu sein. Wir würden einen neuen Brückenkopf in der Galaxis bilden ...«

»Du redest, als ob es eine militärische Eroberung wäre«, sagte Fontana.

»Das ist es doch in gewissem Sinne auch«, entgegnete Moira. »Wir gegen ein leeres Universum – wir ziehen los und bahnen uns neue Wege ...«

»Wie wir es in Amerika und Australien gemacht haben?« fragte Ravi trocken, »indem wir die Amerinder und die Aborigines ausgerottet haben?«

»Wir haben nirgendwo irgendeine Spur von intelligentem Leben gefunden«, stellte Moira fest. »Weder im Alpha-Centauri-System noch auf einem der fünf Planeten von Wolf 459. Es könnte gut möglich sein, daß wir allein in der ganzen Galaxis sind.«

»Ich finde diese Einstellung regelrecht anmaßend«, mischte sich Fontana ein, »daß wir das Recht haben, überall zu tun, was uns gefällt, nur weil wir über die technischen Mittel verfügen, einen Planeten zu besiedeln ...«

»Und ich hatte gehofft«, erwiderte Teague ironisch, »hier draußen endlich Ruhe vor euch Öko-Freaks zu haben, die die Erde unbedingt wie in der guten alten Steinzeit haben wollen!«

»Das alles ist doch wohl im Augenblick völlig irrelevant«, unterbrach Ching ihn scharf. »Wir haben noch Zeit satt, über unsere verschiedenen philosophischen Standpunkte zu diskutieren! Zuerst müssen wir uns mal entscheiden, in welcher Richtung wir das Sonnensystem verlassen wollen.«

»Und wir haben gesagt, das sollst du entscheiden«, sagte Peake.

»Und ich habe euch gesagt, und ich sage es euch noch einmal: Ich will nicht Gott spielen! Bei einem so wichtigen Beschluß müssen wir gemeinsam entscheiden!«

»Vorhin hast du uns erzählt, daß wir einen Kommandanten wählen und ihn solche Entscheidungen treffen lassen sollten«, wandte Fontana ein, »und jetzt, wo wir wollen, daß du diese Verantwortung übernimmst, kneifst du und verlangst plötzlich eine gemeinsame Entscheidung!«

Ching war sprachlos über die Feindseligkeit in Fontanas Stimme. Irgendwie hatte sie geglaubt, wenn sie einen Platz in der Mannschaft bekäme, hätte sie ihr Recht bewiesen dazuzugehören, akzeptiert zu werden. Jetzt wurde ihr klar, daß sich nichts geändert hatte; sie war einfach allein in einer entsprechend kleineren Gruppe feindseliger Fremder, das war alles. Aber immer noch allein.

»Ich glaube, du hast mich nicht verstanden, Fontana«, erwiderte sie ruhig. »Wenn ihr alle der Meinung seid, daß ich diese Entscheidung treffen soll, werde ich es natürlich tun, aber im Augenblick meine ich, daß ich nicht genügend Informationen habe. Moira, du willst einen neuen Brückenkopf für die Menschheit errichten – nein, warte, über die Definitionen können wir uns später unterhalten –, und Ravi, glaube ich, hat vorgeschlagen, die bekannten Kolonien anzusteuern und von dort aus methodisch weiterzusuchen.«

»Ich bin Ravis Meinung«, sagte Peake. »Irgendwie glaube ich nicht, daß unsere Sternenschiffe jeden bewohnbaren Planeten in jenem Teil der Galaxis entdeckt haben.«

»Ich bin auch dafür, daß wir es in dieser Richtung versuchen«, erklärte Fontana. »Bevor das erste Sternenschiff vor hundertfünfzig Jahren losflog, haben sie von Basis Eins auf Alpha Centauri soviel untersucht, wie sie konnten, und sind zu dem Schluß gekommen, daß sie in diesem Teil am ehesten neue Planeten und wahrscheinlich intelligentes Leben – oder Bedingungen, die es begünstigen – finden würden.«

»Meint ihr nicht«, warf Teague zaghaft ein, »daß es in Anbetracht der Tatsache, daß wir eine Menge Informationen über jenen Teil der Galaxis haben, an der Zeit wäre, daß eine andere Besatzung in einer anderen Richtung sucht und anfängt, Informationen zurückzuschicken?«

»Ich glaube nicht, daß dies die Aufgabe der Sternenschiffe ist«, sagte Peake. »Wir sind losgeschickt worden, um einen bewohnbaren Planeten zu finden, nicht um weitere Informationen zu sammeln. Die beste Gegend, um nach neuen Planeten zu suchen, ist da, wo schon welche gefunden worden sind.«

»Warum sollten wir das gleiche tun, was die anderen Schiffe getan haben?« wollte Moira wissen.

Ching hob ihre geraden Brauen. »Warum *nicht*?«

»Wir haben hier den grundlegendsten Unterschied zwischen dem reinen Wissenschaftler und dem praktischen Wissenschaftler«, sagte Ravi. »Neue Informationen über die Natur des Universums zu finden oder diese Informationen zum Nutzen der Menschheit anzuwenden. Ich persönlich bin der Meinung, daß die Akademie angewandte Wissenschaft ist; wir haben den Auftrag bekommen, einen Planeten zu finden, nicht neue Erkenntnisse über das Universum zu sammeln. Unsere Aufgabe ist es, einen neuen Planeten zu finden, und ich glaube, daß wir ihnen das schuldig sind. Schließlich ...«, – plötzlich versagte ihm die Stimme, »werden wir mit Sicherheit neue Erkenntnisse sammeln, ganz gleich, wo wir suchen. Es gibt – es gibt jede Menge neuer Erkenntnisse da – da draußen.«

Er hat Angst, dachte Fontana sachlich. *Nach zwölf Jahren Kontrolle auf der Akademie haben wir alle schreckliche Angst davor, plötzlich auf eigenen Füßen zu stehen. Aber wir müssen uns daran gewöhnen.*

»Ist dieses ganze Hin und Her nicht einfach der Versuch, sich an – an einen Rettungsanker des Vertrauten zu klammern?« fragte Moira mit ihrer Einfühlsamkeit, die fast telepathisch anmutete. »Fürchten wir uns davor, in das Unbekannte aufzubrechen?«

»Wenn das der Fall ist«, sagte Ching, »wird es uns nichts nützen, nicht auf lange Sicht. Ich stimme jedenfalls mit Peake und Ravi überein; der beste Ort, eine Muschel zu suchen, ist am Strand, und der beste Ort, einen Planeten zu suchen, ist da, wo sich gezeigt hat, daß es viele von ihnen gibt.«

»Die Schöpfung unterscheidet sich nicht von einem Teil des Universums zum andern«, bemerkte Teague. »Alles ist durch den Urknall entstanden, und wenn es an einem Ort Planeten gibt, dann gibt es genauso sicher auch an anderen welche.«

»Wir haben also eine klare Mehrheit?« fragte Ching. »Peake, Ravi, Fontana und ich möchten lieber Kurs auf bereits gegründete Kolonien nehmen; Moira und Teague sind für eine neue, unbekannte Richtung ...«

Teague schüttelte den Kopf. »Ich wollte nur etwas zu der Natur des Universums sagen, weiter nichts. Ich bin durchaus bereit, mich der Mehrheit anzuschließen.«

»Das bin ich natürlich auch«, sagte Moira. »Mein Einwand war rein philosophisch; ich bin nicht für Mehrheitsbeschlüsse oder das Mehrheitsprinzip. Historisch gesehen ist die Demokratie die schlimmste Tyrannei, die jemals vom Menschen erfunden worden ist – wenn wir es dem Mehrheitsprinzip überlassen hätten, wäre Peakes Volk noch immer versklavt, wir hätten alle in der Schule beten müssen, und es hätte nie ein Raumfahrtprogramm gegeben. Mehrheiten geben sich immer mit dem niedrigsten gemeinsamen Nenner und dem Prinzip der Unkenntnis zufrieden.«

Chings Brauen hoben sich wieder. »Willst du die Rolle des philosophischen Rebellen unter uns übernehmen, Moira, der immer in die Opposition geht, um einen einstimmigen Beschluß zu verhindern?«

Moiras sommersprossiges Gesicht wurde knallrot. »Ich finde es nicht fair von dir, so etwas zu sagen, Ching.«

»Nein? Wie würdest du es dann ausdrücken?«

Fontana, die das Ganze schweigend verfolgte, begriff, daß dies die erste direkte Konfrontation war, die sie erlebten. Die Disziplin der Akademie, das Wissen, daß offene Feindseligkeit nicht toleriert wurde, hatte derartige Auseinandersetzungen seit dem Kindergartenalter unterdrückt. Sollte sie taktvoll eingreifen, um zu schlichten? War es ihre Aufgabe als der einzige Psychologe unter der Besatzung?

Verdammt noch mal, *nein!* dachte sie. *Ich nicht!* Und sie gestand sich offen ein, daß sie, auch wenn sie mit psychologischem Wissen vollgestopft worden war, erst siebzehn und genauso wenig eine Psychologin war wie Peake mit seinen ganzen chirurgischen Kenntnissen ein Chirurg. Mit siebzehn besaßen sie ein rudimentäres Wissen über ihren Beruf, aber sie besaßen nicht die Erfahrung oder die Kenntnisse, die allein sie für ihren gewählten Beruf qualifizieren konnten.

Und es ist zwecklos, um Hilfe zu rufen, wenn wir feststellen, daß wir nicht damit fertig werden! Oh Gott, was ist die Akademie doch grausam! Sie wissen, daß nur junge Menschen lange genug leben, um bei interstellaren Entfernungen ihre Aufgabe erfüllen zu können, also werfen sie uns einfach ins Wasser. Entweder wir schwimmen, oder wir gehen unter! Ist das der Grund, warum so viele Besatzungen losgeschickt werden, von denen man nie wieder etwas hört?

Ching sah noch immer wütend aus. »Ich werde kaum den

Befehl geben, das Schiff irgendwohin zu steuern, wenn du sagst: ›Nur über meine Leiche‹«, erklärte sie. »Was ich wissen muß, ist, ob dein Einwand bedeutet: ›Ich bin unwiderruflich dagegen, daß wir in die Richtung fliegen, in die die Schiffe vor uns geflogen sind‹, oder ob er bedeutet: ›Ich bin aus philosophischen Gründen gegen das Mehrheitsprinzip, aber in diesem speziellen Fall bin ich bereit, mich der Mehrheit anzuschließen.‹ Ich möchte bemerken, daß ich von jenem philosophischen Standpunkt aus gesehen, von dem du sprachst, das Mehrheitsprinzip auch nicht gerade befriedigend finde. Deshalb meinte ich vorhin, daß eine Person die Befehlsgewalt haben sollte, letztendlich eine Entscheidung zu treffen, wenn wir nicht zu einer Übereinstimmung kommen können.«

Moiras Röte wich langsam. »In diesem Fall ziehe ich meine Einwände zurück, Ching«, sagte sie. »Ich gebe zu, daß ich gern eine Richtung einschlagen würde, in der es bisher noch kein Mensch versucht hat. Andererseits glaube ich auch nicht, daß man uns das Schiff hier gegeben hat, damit wir unsere intellektuelle Neugier in bezug auf das Universum befriedigen. Ich schließe mich den anderen an: Nehmen wir Kurs auf die bekannten Kolonien.«

»In diesem Fall werde ich die Navigationskoordinaten zu den bekannten Kolonien besorgen«, erklärte Ching, »und wir werden die jüngste von ihnen ansteuern ... einverstanden, Peake?«

Fontana fühlte, daß sie alle erleichtert darüber waren, daß sich eine echte Konfrontation hatte vermeiden lassen. Das bedeutete, daß sie bei konstanter Beschleunigung für mehr als ein Jahr keine wichtigen Grundsatzentscheidungen mehr treffen mußten, vielleicht vier oder fünf Jahre knapp unter Lichtgeschwindigkeit.

Und wenn wir bis dahin nicht einen Weg gefunden haben, wie wir sie treffen, geschieht uns nur recht, was mit uns passiert.

Teague grinste schüchtern. »Ich habe nicht die exakten Koordinaten im Kopf«, sagte er, »aber ich weiß, daß es bedeutet, daß wir an Saturns Position im Orbit vorbei müssen. Wir werden einen Blick aus der Nähe auf ihn werfen können – was ich mir schon immer gewünscht habe. Zugegeben, die Telemeteraufnahmen sind wirklich beeindruckend, aber ich wollte ihn immer mal aus einer Entfernung von weniger als einer Million Meilen sehen.«

»Wenn wir Kurs auf Kolonie Fünf nehmen«, sagte Ching, während ihre Finger über die Computerkonsole glitten, »bringt uns das bis an zweihunderttausend Meilen an die Saturnnebel heran. Wir könnten noch ein bißchen näher herankommen, aber das würde bedeuten, daß wir unseren Kurs ändern müßten, um nicht in Orbitaldistanz eines seiner Satelliten zu kommen ...«

»Japetus«, sagte Ravi, der über Chings Schulter blickte, abwesend.

»Wie zum Teufel *machst* du das nur, Ravi?« wollte Teague wissen. Ravis dunkles Gesicht wurde rot. »Ich weiß es nicht«, antwortete er. »Ich habe noch nie gewußt, *wie* ich es mache. Es ist auf einmal da in meinem Kopf.«

»Die Koordinaten sind auf der Konsole«, sagte Ching steif. »Wir können einen Kurs ausarbeiten, Peake, und dann ist es wohl Moiras Aufgabe, die Antriebssysteme einzuschalten ...«

Peake sah sich zögernd um. »Das ist also alles? Wir – wir fliegen einfach los? Einfach so? Sollten wir – sollten wir ihnen nicht Bescheid geben oder so was? Aus Höflichkeit?«

»Höflichkeit von wem zu wem?« fragte Moira. »Sieh doch den Tatsachen ins Auge; sie erwarten, nicht eher wieder von uns zu hören, bis wir ihnen einen bewohnbaren Planeten präsentieren können. Sie haben die Jungvögel aus dem Nest gestoßen.«

Es ist vorbei, dachte Peake. *Unser ganzes Leben, bis zu diesem Augenblick. Auch Jimson.* Er berührte den Knopf, der das riesige Fenster durchsichtig werden ließ, und der grelle Schein der Sterne erfüllte den Kontrollraum.

»Nicht.« Moira wandte den Blick ab. »Es macht mich schwindlig. Ich glaube, wir müssen uns – daran gewöhnen. Stufenweise.«

»Das sollten wir besser«, sagte Peake heftig. »Es ist nämlich alles, was es gibt. Alles, was wir haben. Jeder von uns. Nur, was da draußen ist. Und wir können ruhig jetzt schon anfangen zu lernen, uns dieser Tatsache zu stellen! Es hat keinen Sinn, die Augen zuzumachen!«

IV

Ching fand trotzdem, daß mehr dazu gehören sollte – irgendeine formelle Meldung an die Raumstation, daß Sternenschiff 103 unterwegs war, irgendeine Bestätigung, eine offizielle Abmeldung. Aber das alles war bereits geschehen, als sie als Besatzung ausgewählt worden waren ... es war albern, noch mehr zu wollen. Sie hielt den Blick auf die feste, vertraute Konsole des Brückencomputers gerichtet, auf der Zahlen und Buchstaben erschienen, als sie die Knöpfe berührte. Sie hatte es schon unzählige Male während ihrer Ausbildung auf einer ähnlichen Konsole getan, und da sie beschlossen hatten, Kurs auf die jüngste Kolonie zu nehmen, hatte sie sogar ihren Kurs früher schon ermittelt. Es erschien fast zu einfach.

Da keine andere Formalität möglich war, gab sie wenigstens ihrer Stimme einen förmlichen Ton.

»Die Kolonien Eins und Zwei liegen im System von Barnards Stern, in einer Entfernung von sechs Lichtjahren. Kolonie Drei liegt bei Cygnus 61 in einer Entfernung von elf Lichtjahren. Kolonie Vier liegt im Sirius-Doppelsternsystem, achtkommaacht Lichtjahre entfernt, und Kolonie Sechs im Sternhaufen T-5, neunkommadrei Lichtjahre entfernt.«

»Und es ist sehr wahrscheinlich«, sagte Teague, »daß wir, wenn wir zum Sternhaufen T-5 kommen, falls wir diese Richtung einschlagen, dort die Kolonien Sieben bis Elf – vielleicht gar Zwanzig oder Vierundzwanzig – finden werden, und für uns keine Planeten mehr bleiben.«

Peake zuckte die Achseln. »Dann fangen wir eben von dort an zu suchen.«

»Wenn wir das Sonnensystem in dieser Richtung verlassen«, »kommen wir nicht in die Nähe der Ebene der Ekliptik und der Asteroiden«, warf Moira ein. »Wir wären nie im Leben manövrierfähig genug, um durch den Asteroidengürtel zu kommen, ohne von einem kleineren Asteroiden zerschmettert zu werden. Wir könnten das Schiff programmieren, die größeren, besser bekannten zu umgehen, die sich auch vorausberechnen lassen, aber es gibt Hunderttausende von ihnen – vielleicht Millionen.«

»Ich habe die genaue Anzahl der bekannten Körper im Computer«, meldete sich Ching, »aber ich weiß nicht, ob es einen von euch interessiert.«

»Doch, mich«, sagte Teague, »aber im Augenblick ist es nicht wichtig.«

Peake blickte auf den Ausdruck von Chings Computer auf dem Kontrollfeld vor ihm. Er runzelte die Stirn, seine Finger glitten über die Tasten des Taschenrechners an seinem Gürtel, dann begann er, einen Kurs in der allgemeinen Richtung des T-5 Sternhaufens zu berechnen. Es war noch Tagschicht; hinter ihm saß Ravi, der im Augenblick nichts zu tun hatte, außer Peakes große, plump aussehende Hände auf den Tasten und Schaltern zu beobachten. Die Finger waren so lang und so groß, daß sie manchmal die Schalter verdeckten.

Es war fast beängstigend, über diese Art von Freiheit, diese Art von Entfernung nachzudenken. Der Anblick der Sterne durch die transparente Glaskuppel machte ihm nichts aus ... obwohl er bemerkte, daß Moira es bewußt vermied, hinzusehen.

Bei der Navigation auf der Erdoberfläche gab es dreihundertsechzig Richtungen, in die man gehen konnte, und einige davon waren durch Landschaftscharakteristika eingeschränkt – Berge, Wasser, dichtes Unterholz, vorher vorhandene Straßen. In der Luft hatte man die vollen dreihundertsechzig Grad; er hatte ein leichtes Flugzeug geflogen und sich daran gewöhnt.

Aber hier draußen hatte man alle diese Richtungen mal die drei Dimensionen ... 360 hoch 360 vielleicht? Nach oben, nach unten, und all die Winkelpermutationen und -kombinationen dazwischen.

Das Universum ist zu groß ... Gott sei Dank, daß wir den Computer haben ... diese ungeheure Masse von Sternen, eine unvorstellbare Menge ... wir reden locker von Lichtjahren. Aber das Licht der Sonne braucht acht Minuten, bis es die Erde erreicht. Stell dir etwas vor, das so weit ist, daß das Licht ein Jahr braucht, ein ganzes Jahr, bis es dort ist ... das ist ein Lichtjahr ... die einfache Erklärung, die er im

Kindergarten bekommen hatte, ihre ganze Ausbildung, die darauf abgezielt gewesen war, diese ungeheuren Dinge nahe und einfach und vertraut und selbstverständlich zu machen ....

Ravi schloß die Augen vor den tausend blinkenden Lichtern der Brücke und den Millionen von blinkenden Sternen dahinter. Es war einfach zu viel. Diese Entfernungen waren nicht vom Menschen gemacht, der Mensch konnte sie sich nicht vorstellen. Die Schlammspringer im Wasserloch im australischen Busch hatten das Great Barrier Reef erfaßt ... aber war dies nicht Anmaßung? War es *bestimmt,* daß der Mensch dies tat?

Hinter seinen geschlossenen Augen nahmen Bilder Gestalt an, Gesichter in den überfüllten Slums von Bombay, ausgemergelte Gesichter, Gesichter voll Dreck; aber er war sauber und gutgenährt aufgewachsen, fast über das Menschenmögliche hinaus ausgebildet worden, um eine Tat an den Grenzen des Möglichen zu vollbringen. *Warum ich? Warum bin ich mit diesen anderen ausgewählt worden? Warum müssen Millionen verhungern, von einem Tag zum anderen dahinvegetieren, während wir sechs im Luxus leben und die Grenzen des Menschenmöglichen erreichen? Darf ich mich erkühnen, zu denken, daß der Große Schöpfer des Universums mich ausgewählt hat? Ist es besser, zu denken, daß es das Werk des Zufalls war?*

Er wußte, daß er auf diese Weise verrückt werden konnte, und er öffnete die Augen und heftete den Blick auf die Navigationskonsole. Sein Blick glitt an Peake und Moira vorbei, und um seine Gedanken von Größen abzulenken, die zu riesig waren, um sie sich vorstellen zu können, zwang er sich, an das Irdische und Vertraute zu denken. Moira. Er war, für kurze Zeit, einer ihrer Geliebten gewesen. Irgendwie war er zu dem Schluß gekommen, als er gesehen hatte, daß Peake und Jimson getrennt worden waren, daß sie eine Mannschaft mit keinen sexuellen Bindungen an den anderen ausgewählt hatten. Er dachte, wobei er sich bemühte, ein unziemliches Lachen zu unterdrücken, daß es schwer gewesen wäre, jemanden von ihrem Jahrgang zu finden, der nicht zumindest für kurze Zeit Moiras Geliebter gewesen war. Nein, er glaubte nicht, daß sie ein Flittchen war, aber sie hatte viel ausprobiert, und sie war ein freundliches Mädchen ohne besondere sexuelle Hemmungen; soviel er wußte, hatte sich zum Beispiel auch Teague vor einem Jahr oder so Moiras Gunst erfreuen dürfen.

Ob sie auch daran dachte, fragte er sich. Zwei Exgeliebte auf dem Schiff? Es war einfacher, sich in offenen erotischen Träumen zu verlieren, als sich jene schmerzliche Unermeßlichkeit außerhalb des Schiffs vorzustellen, oder zu versuchen, dem unnachgiebigen Kosmos irgendeinen Sinn für das alles zu entringen.

Moira dachte überhaupt nicht an jemanden oder an etwas. Die leise Vorahnung, die sie fühlte, unterdrückte sie, und sie zwang sich zur Ruhe; sie sagte sich, daß die Aussicht hinter der Glaskuppel sie schwindlig machte, mit all den Sternen, der Raumstation, die unerschütterlich alle paar Sekunden an ihrem Fenster vorbeikam, ihre visuelle Orientierung störte. Als sie die Augen schloß, fühlte sie sich relativ wohl, und ihr Magen war an seinem Platz. Die DeMag-Schwerkraft war hoch genug, daß sie ihre oben-unten Orientierung am Kontrollbord nicht verlor.

»Es ist wie in einem dieser alten Seefahrerromane«, meinte Peake. »Soll ich rufen: ›Setz die Segel, Maschinenmeister‹ ...«

»Du wirfst die Metaphern durcheinander«, sagte Fontana. »In den Tagen, als sie bei den Seeschiffen die Segel setzten, gab es noch keinen Maschinenmeister.« Auch sie hatte in einem der überzähligen Sessel Platz genommen; sie alle wollten dabei sein, wenn sich Sternenschiff 103 von der Raumstation entfernte. Aus einer so annähernden Ruheposition, wie sie ein Körper im Universum haben konnte – sie bewegten sich auf einer Umlaufbahn im freien Fall um die Raumstation –, würden sie mit ihrer langen, langsamen, aber konstanten Beschleunigung beginnen, die sie innerhalb eines Jahres auf 99,3 Prozent Lichtgeschwindigkeit bringen würde; die höchste erreichbare Geschwindigkeit in der Raumfahrt. Und diese Beschleunigung würde so schnell sein, daß sie von unmittelbar außerhalb der Mondumlaufbahn aus die Umlaufbahn Plutos innerhalb von dreizehn Tagen hinter sich gelassen haben würden.

Moira befeuchtete ihre Lippen, überprüfte das Instrumenten-

S F

brett vor ihr, dann berührte sie die Tasten mit sanften Fingern und drückte sorgfältig eine bestimmte Folge ein, welche die Antriebe aktivieren würde. Obwohl sich die Triebwerke in einem anderen Modul befanden und das dazwischenliegende absolute Vakuum nicht das kleinste Geräusch übertragen würde, bildete sie sich ein, irgendwo eine leise Vibration spüren zu können, das Vibrieren der Antriebssysteme ... kein Geräusch. Keine Vibration. Hatte es mit ihrer außersinnlichen Wahrnehmung zu tun, so daß sie es irgendwo in ihrem Innern spürte, daß die Antriebssysteme arbeiteten, wie das Schlagen eines Herzens?

Sie überprüfte das grüne Licht auf der Konsole, die Informationen übertrug, sah auf ein kleines Sichtfeld, das Videoinformationen vom Antriebsmodul lieferte. Es gab natürlich keine sich bewegenden Teile, aber es wurde Energie übertragen, und draußen vor der Glaskuppel wich die Raumstation langsam zurück, wurde vor dem Hintergrund der Sterne kleiner. Sie kam nicht mehr alle paar Sekunden an ihrem Fenster vorbei. Sie entfernte sich von ihnen ... nein. *Sie* entfernten sich, Sternenschiff 103 entfernte sich mit einer Beschleunigung von neun Komma acht Metern pro Sekundenquadrat ... mit immer weiter zunehmender Geschwindigkeit. Moira war nicht der geborene Mathematiker wie Ravi, und sie konnte der steigenden Geschwindigkeit nicht folgen, ohne einen Blick auf die Anzeigen zu werfen, die die Geschwindigkeit und den Prozentsatz von *Tau* angaben – der Lichtgeschwindigkeit.

»Da zieht sie dahin«, sagte Fontana plötzlich. »Werfen wir noch einen letzten Blick auf sie.«

Die Erde war in ihr Blickfeld gekommen, eine blaßbläuliche Erscheinung von der Größe eines kleinen Eßtellers, die kleiner wurde, schrumpfte ... ein Regentropfen. Moira blinzelte, drückte die Tränen aus ihren Augen und konzentrierte sich auf die Antriebsanzeige. Jetzt, nachdem sie aus den letzten Ausläufern der Gravitationsfelder des Mondes und der Raumstation heraus waren ... jetzt, langsam, vorsichtig ... drückte sie eine weitere Reihe von Knöpfen in einer eingeprägten Folge, wobei sie die schwache Anziehung von den DeMag-Systemen fühlte; vielleicht wäre es einfacher gewesen, wenn sie die DeMags für eine Weile hätten ausschalten können, aber im Augenblick war keiner von ihnen emotionell oder physiologisch auf weniger als halbe Schwerkraft vorbereitet. Das Schiff rotierte, als sich die Module nach günstigem Lichteinfall drehten. Sie konnte auf ihren Videoanzeigen verfolgen, was sie auch tat, wie die Lichtsegel, riesige, dünne Bahnen aus Mylarfilm, langsam entfaltet wurden. Sie konnte sehen, wie eine Ecke eines der Segel langsam vor der Kuppel in Sicht kam, ein durchscheinender Fleck, der ein paar der Sterne am unteren Rand des bikonvexen Observationsfensters verdeckte. *Stell es eine Idee mehr zur Sonne,* dachte Moira, drückte vorsichtig auf einige Knöpfe und beobachtete, wie das leise wehende Segel eine Spur umschwenkte, sich ein bißchen drehte. Ihre Anzeigen zeigten ihr andere Segel, große Bahnen lichtdruckempfindlichen Films ... Licht als eine greifbare Kraft, die die Segel sanft erbeben ließ ... der Film war so fein, daß er bei der Berührung zerreißen würde, aber im reibungsfreien, luftleeren Raum gab es nichts, das ihn zerreißen konnte. Dennoch bewegten sich Moiras Finger so vorsichtig über die Knöpfe, als ob sie die Segel zerstören könnten, und sie verfolgte die Bewegung, das unmerkliche Zittern des wehenden Mylars, mit einem Kloß im Hals. *So ist gut, nur eine Idee mehr nach links ... jetzt du, da hinten am Versorgungsmodul ... komm schon, Kleines, ganz ruhig ... nur ein bißchen weiter ...* flüsterte sie den Segeln zu, als sie langsam und mit einer seidigen Eleganz in Position glitten. Sie kam sich vor wie eine Spinne, die ihr seidiges Netz in jede Richtung ausspinnt, umgeben von den federleichten Bahnen hauchzarter Segel, die auf das Licht reagierten ... die die Antriebssysteme mit unendlicher Lichtenergie versorgten. Das Bewußtsein flimmerte in ihren Nerven mit der Heftigkeit eines Orgasmus, und sie schloß die Augen in momentaner Ekstase.

Teage beobachtete, wie Moiras Gesicht zitterte, als sich ihre Hände über die Kontrollknöpfe bewegten, und er erinnerte sich daran, wie sie einmal ausgesehen hatte, als er sie geküßt hatte ... er selbst fühlte sich so überflüssig wie ein rudimentäres Organ, ein Blinddarm zum Beispiel. Das Versorgungssystem war betriebs- und idiotensicher; falls nicht irgendeine undenkbare Katastrophe eintrat, würde er die nächsten Jahre nichts Wichtiges zu tun haben, außer Nahrung zu synthetisieren. Wenn, oder falls, sie einen bewohnbaren Planeten fanden – wenn, mahnte er sich streng –, würde das ganz anders werden; als der Biologe würde er für ihre physische Sicherheit in einer fremden Umgebung verantwortlich sein. An Bord des Schiffs hatte er einen Ruheposten; er war ein Teil einer entbehrlichen Software, dessen Arbeit von Maschinen und Computern verrichtet wurde.

Nun, im Grunde waren sie das alle. Das Schiff hätte als unbemannte Raumsonde losgeschickt werden können – aber eine unbemannte Raumsonde hätte nicht die Planeten am hypothetischen anderen Ende ihrer Reise untersuchen können. Nur Peake als ihr Arzt, und Fontana als ihre Psychologin würden auf der neun Lichtjahre dauernden Reise mehr zu tun haben. Sobald sie das Sonnensystem einmal verlassen hatten, würde nur Moira Arbeit auf dem Schiff haben, und die beschränkte sich hauptsächlich auf das Stellen der Segel durch Berechnung des Lichtdrucks. Das Schiff würde auf einem Kurs segeln, den Peake und Ching bereits festgelegt hatten; ihn jetzt zu ändern, würde bedeuten, daß man auf Null abbremsen und einen ganz neuen Kurs berechnen müßte. Mit jeder Sekunde, die sie weiterflogen, erreichten sie Geschwindigkeiten, die mehr und mehr unvorstellbar wurden. Mehr als neun Meter pro Sekundenquadrat – vielleicht konnte sich Ravi vorstellen, wie schnell sie inzwischen schon flogen. Er konnte es jedenfalls nicht.

Also war das Interessanteste, was er in den nächsten paar Jahren tun würde, Katzendarm für Violinsaiten herzustellen.

Vielleicht würde er Zeit haben, Oboe zu lernen – es waren genug Instrumente an Bord. Oder er konnte anfangen, die Streichquartette zu komponieren, die er im Kopf hatte, seit er, mit vierzehn, erfahren hatte, daß er nicht die manuelle Fertigkeit besaß, um mehr als ein mittelmäßiger Violinist zu sein, und begonnen hatte, Flöte zu spielen. Ständig gingen ihm Melodien im Kopf herum, und jetzt würde er Zeit haben, sie niederzuschreiben.

Er hatte es bisher noch nie versucht, denn die meiste Musik

wurde von Computern geschrieben. Er erinnerte sich an eine Geschichte aus den frühen Tagen der Akademie, als der auf einen Choral programmierte Computer Bachs Vertonung von *Oh heilges Haupt* bis auf vier Noten im Tenorteil exakt kopiert hatte. Nun, mit den Informationen, wie man Musik komponierte, *war* das der perfekte Choral, die logische und perfekte Art und Weise, Musik zu schreiben und zu harmonisieren, die Unvermeidlichkeit der Perfektion. Schließlich waren die Leute, die den Computer programmiert hatten, von Bach überwältigt gewesen; und nach dieser Episode hatte der Melodie-Typ-II den Spitznamen JOHANN bekommen.

Wie konnte jemand größere Musik als diese schreiben oder es wert sein, im gleichen Atemzug genannt zu werden? Nun, einem klassischen Komponisten aus dem zwanzigsten Jahrhundert, Alan Hovhaness, war es gelungen; Kritiker hatten gesagt, daß er die Musik in die Richtung geführt hatte, in die sie gegangen sein könnte, wenn Bach nie sein *Wohltemperiertes Klavier* geschrieben hätte. Vielleicht gab es doch noch andere Richtungen, obwohl Peake ganz bestimmt nicht dieser Meinung war, und Peake war ein echter Musiker.

Die Erde war jetzt kaum noch zu erkennen; sie hatte ihre blaue Farbe verloren und war nur noch ein Lichtpunkt vor schwarzem Hintergrund, inmitten anderer Lichtpunkte. Ravi blickte auf seinen Chronometer und sagte: »Meine Schicht, Peake.« Peake wandte sich vom Fenster ab. »Richtig.« Sie tauschten formell die Plätze. »Bleiben wir den ganzen Flug über auf Greenwich-Zeit?« wollte Teague wissen. »Stunden, Tage ... Wochen, Monate, Jahre – sie ergeben hier draußen nicht viel Sinn. Es wird sowieso zu Veränderungen kommen, wenn wir uns der Lichtgeschwindigkeit nähern ... wir können die Uhr nicht auf der gleichen Zeit wie im guten alten Greenwich halten!«

Peake wandte dem Blick auf die Sterne den Rücken zu – das war jetzt für die nächsten zwölf Stunden Ravis Verantwortung – und sagte: »Wir müssen dem Körperrhythmus zuliebe einen 24-Stunden-Schiffstag beibehalten. Der Himmel weiß, wie sich Lichtgeschwindigkeiten und Nullschwerkraft auf unseren Körperrhythmus auswirken, aber wir müssen versuchen, ihn so stabil wie möglich zu halten, und für die nächsten paar Monate spielt es keine große Rolle.«

»Das Schiff ist schon auf Universalsolar«, sagte Ravi mit einem Blick auf die kleine Anzeige in der Mitte der Brückendecke. Die Sitze ließen sich in einem vollen Kreis drehen, so daß sie in jeden Winkel gestellt werden konnten, obwohl sie in dem Winkel einrasteten, den der Sitzende wählte. Die Anzeige gab in fließend wechselnden Flüssigkristall-Digitalzahlen die Zeit nach der sogenannten Universalsolar an, oder manchmal nur die *wahre Zeit,* eine Art Sekundenzählung nach den Energieimpulsen, nach der verstrichenen Zeit seit dem Urknall; die sogenannte wahre Zeit maß das exakte Alter des bekannten Universums.

»Aber die Universalsolar ist schwerfällig«, erwiderte Peake mit einem Blick auf den langen Zahlenstrom, der in Sekunden die Zeit seit dem Beginn des Universums maß.

»Schwerfällig?« wiederholte Moira ungläubig, und Ching fügte hinzu: »Wie kann etwas so Präzises schwerfällig sein?«

»Weil es schon wieder eine andere Zeit ist, bis ihr die ganzen Sekunden da abgelesen habt«, antwortete Peake gelassen. »Ich schlage vor, wir behalten die Greenwich-Zeit bei, damit wir wenigstens wissen, wann unsere Schicht anfängt und aufhört, und wenn wir uns zu diesen täglichen Musikstunden treffen, die Fontana, oder war es Moira, für so wichtig hielt.«

Nach einem Blick auf die lange, sich ständig verändernde Zahlenreihe stimmten ihm nacheinander alle zu. Die Greenwich-Zeit würde eine Art biologische Stechuhr für sie werden; Chings Finger flogen über die Tasten und programmierten den Computer mit einer Folge von »verstrichener Zeit in Stunden und Tagen, seit dem Verlassen der Raumstation«, auf der Basis von 24-Stunden-Tagen, von denen dieser, wie sie alle übereinstimmten, Tag Eins war. Die Jahresrechnung auf der Erde, *Anno Domini,* eine religiös-politische Rechnung, so waren sie sich einig, hatte keine Bedeutung für sie. Tag Eins wurde der Tag, an dem sie in den Raum geflogen worden waren, zuerst zur Raumstation, dann zum Schiff; und nach dieser Rechnung wurde es Mittag des Tags Eins, als

Ravi seine Schicht übernahm. Peake würde ihn wieder um Mitternacht ablösen, was sie als Anfang von Tag Zwei bezeichnen würden.

»Und wir sind jetzt seit vier Stunden an Bord«, bemerkte Ching, »und mein biologischer Rhythmus verrät mir, daß es Essenszeit ist. Gibt es irgendeinen Grund, daß wir auf der Brücke bleiben müssen, oder muß immer einer von uns hier sein, um sich um die Maschinen zu kümmern? Und was würde dann aus unserer Idee, daß wir alle einmal am Tag zusammenkommen?«

Moira nahm eine letzte, winzige Justierung eines Segels vor, ein großes, durchscheinendes Dreieck, das ein Drittel der Sterne verdeckte. Durch das bikonvexe Fenster konnte sie sehen, daß sich das Schiff um seine eigene Achse drehte, als es sich gegen die Sterne bewegte. Ohne die Bezugspunkte der Raumstation und der Erde schienen sie jetzt stillzustehen, und als sie die Augen schloß, sagten ihr die DeMag-Systeme, daß »unten« der Boden der Brücke und das bikonvexe Fenster geradeaus vor ihr war. Aber als sie auf die kleine, langsame Drehung des Schiffs um sie herum sah, auf die anderen geformten Module, die in Sicht kamen und wieder verdeckt wurden und ihrerseits nahe Sterne verdeckten, spürte sie einen Anflug von Schwindel; ihre Innenohrgänge rebellierten, und sie fragte sich, wie sie dieses Gefühl der Übelkeit unterdrücken sollte. Sie schloß die Augen, und die Brücke nahm wieder ihre vertraute, normale oben-unten Orientierung an. Wieder Stabilität.

»Niemand muß hier sein«, sagte sie und warf einen letzten, zärtlichen Blick auf die ungemeine Delikatheit des Segels, das vor den Sternen flatterte. »Die Segel sind programmiert, sich selbst zu stellen. Theoretisch könnten wir die Brücke jetzt verlassen und die nächsten vier Jahre nichts weiter tun, als Streichquartette zu spielen oder in unseren Kabinen Sex zu machen. Jeder von uns sollte einmal pro Schicht unsere Instrumente überprüfen, aber das ist im Grunde reine Beschäftigungstherapie. Nachdem unser Kurs einmal eingegeben ist, läuft alles von selbst.« Und Moira fragte sich, warum sie bei diesen Worten ein leises, angsterfülltes Beben durchlief; und

SF

sie erinnerte sich an ihr jüngeres Selbst, wie es sich weinend geweigert hatte, ein Spielgerät zu betreten, mit dem ein paar Minuten später ein paar von ihren Spielgefährten und einer ihrer Berater schreiend zusammengebrochen waren ....

Wütend tat sie den Gedanken ab. *Ich bin müde, mir ist schlecht, und ich glaube, ich habe einen leichten Anfall von Schwerkraftkrankheit, und ich bilde mir Dinge ein und nenne es ASW!* Es war nämlich schon vorgekommen, daß ihre Fähigkeit sie getäuscht hatte, sie vor etwas gewarnt hatte, und es war nichts passiert, vor allem, wenn es sich um etwas handelte, das sie gerade nicht wollte.

Ching, die es von früher Kindheit gewöhnt war, sich auf computergegebene Sicherheiten zu verlassen, nickte bei Moiras Worten. »Im Grunde fahren wir nur mit. Die Computer steuern das Schiff.«

»Das gleiche habe ich auch gedacht«, sagte Teague. »Wie es aussieht, sind Moira und du die einzigen, die auf dem Schiff wirklich Arbeit haben. Es wäre vielleicht sinnvoller, uns übrige vier auf Eis zu legen. Wenn wir einen Planeten erreichten, könntet ihr uns aufwecken. Wir wären dann noch immer jung und kräftiger als sonst und könnten die Untersuchungen auf dem betreffenden Planeten durchführen ...«

»Ich weiß nicht, wie es mit dir ist«, erwiderte Moira, »aber ich habe nicht viel Lust zu einer Reise von neunkommanochwas Lichtjahren zum T-5 Sternhaufen nur mit Ching als Gesellschaft. Nichts gegen dich, Ching, aber es ist eine erwiesene psychologische Tatsache – ich habe doch recht, Fontana, oder? –, daß sich zwei Leute allein zusammen gegenseitig verrückt machen und umbringen.«

Fontana lachte leise. »Das soll schon vorgekommen sein«, meinte sie. »Du hast recht; deshalb muß die Minimalbesatzung für jedes Sternenschiff aus vier Leuten bestehen, lieber noch sechs. Das gibt jedem eine gewisse Privatsphäre und gleichzeitig die Möglichkeit, sich ab und zu mit jemand neuem zu unterhalten. Wahrscheinlich werden sogar wir uns nach einer gewissen Zeit gegenseitig langweilen.«

Obwohl Ching wußte, daß Moiras Worte nicht gegen sie persönlich gerichtet waren, fühlte sie sich irgendwie verletzt. *Aber wenigstens wissen sie,* dachte sie, *daß ich – und der Computer*

– die wichtigste Arbeit auf dem Schiff geleistet haben. Peake hat die Koordinaten und den Kurs ermittelt, aber es war der Computer, der ihm den Kurs gegeben hat. Sehr präzise und mit der Absicht, ein bißchen zu verletzen, sagte sie: »Ich weiß nicht, wie es mit dir ist, Moira. Ich habe durchaus Verständnis dafür, wenn du eine gewisse Ablenkung auf einer langen Reise brauchst, aber ich glaube, es wäre interessant, ein Experiment mit einem Sternenschiff zu machen, das nur mit einem Menschen und einem Computer besetzt ist. Ich hätte mich mit Begeisterung freiwillig für eine solche Reise gemeldet. Ich habe keine Angst vor meiner eigenen Gesellschaft, und ich brauche mich nicht davor zu verstecken. Mit diesem Computer –«, und nur Moira sah, und verstand die zärtliche Geste, mit der ihre Finger die Konsole berührten, »– würde ich kaum eine andere Gesellschaft auf der Reise brauchen. Schließlich bin ich auch in der Akademie immer ein Einzelgänger gewesen, und ich bin daran gewöhnt.«

Ravi blickte auf die unermeßliche Weite jenseits des Fensters und sagte: »Wir sind im Grunde alle allein mit dem Universum –«, aber er sagte es so leise, daß niemand anders es hörte.

Moira stand auf und ging hinüber zu Ching. »Aber du warst nicht allein«, sagte sie sehr sanft, »und ich glaube, wenn du *wirklich* allein wärst, nur mit dem Computer, würdest du verrückt. Ich weiß jedenfalls, daß ich es würde.«

»Das weiß ich auch.« Ching versteifte sich, als Moira ihr freundschaftlich den Arm um die Taille legte, und Moira ließ sie mit einem Seufzer los. Es war wirklich so gut wie unmöglich, freundlich zu Ching zu sein. Sie hatte es schon zuvor versucht und war auf die gleiche Weise abgeblitzt, und jetzt hockte sie hier für eine unendliche Zukunft mit ihr zusammen.

Ching dachte mit verschlossener Miene: *Oh ja, Moira, will mal wieder nett sein zum Klassenfreak, wie sie nett sein würde zu einem Krüppel oder einem Blinden. Vielen Dank, aber auf ihr Mitleid kann ich verdammt noch mal verzichten!* Sie sagte: »Na ja, die Frage ist sowieso akademisch. Wir sollten uns lieber überlegen, wer heute abend kocht. Teague, hast du nicht gesagt, wir hätten für ein paar Monate Vorrat an frischen Lebensmitteln? Warum feiern wir unseren Start nicht mit einem Steak oder dem

Nächstähnlichen, was wir in den Nahrungsapparaten finden können? Ich werde heute abend freiwillig kochen, aber dann wechseln wir uns ab.«

Wieder einmal der schwindelnde Richtungswechsel, als sie sich von der stark richtungsweisenden Schwerkraft der »Brücke« in den Lebenserhaltungshauptbereich bewegten – der ziemlich kreisförmig war –, und wieder einmal stolperte Peake, als sich die Richtung »unten« abrupt umkehrte.

Moira, die in der niedrigen Schwerkraft einen Salto schlug, sich Ravi schnappte und sich mit ihm auf einem gemeinsamen Mittelpunkt in dem fast schwerkraftfreien Korridor zwischen zwei Modulen drehte, dachte: *Ich glaube, die Schwerkraftkrankheit war psychologisch bedingt. Wenn ich nicht durch dieses verdammte Fenster auf das ganze Universum sehen muß, scheint meine Raumorientierung okay zu sein!* Sie hielt Ravis Hand fest, und zusammen purzelten sie durch den Null-G-Korridor. Ching klammerte sich fest an die Griffstange und hangelte sich wie eine Fliege an der Wand zentimeterweise vor. Peake stieß sich mit den Beinen von einer Seite ab, schoß durch den Korridor und kollidierte mit Ravi und Moira, worauf aus den dreien ein lachendes Knäuel aus Armen und Beinen wurde. Teague und Fontana, die sich aneinanderklammerten und »Schwimm«bewegungen machten, stimmten in das Gelächter ein.

»Ich möchte euch daran erinnern«, sagte Peake, »daß der Sportbereich – das ist das konische Modul, in dem wir noch nicht waren, neben den Schlafquartieren – mit DeMag-Systemen ausgestattet ist, die auf null bis hoch zu voller Schwerkraft geschaltet werden können. Wir müssen in voller Schwerkraft Sport treiben, um unsere Muskeln in Form zu halten.« Teague stöhnte, aber Peake ignorierte ihn und fuhr fort: »Aber wir können auch mit Freifallakrobatik experimentieren, wenn wir wollen.«

»Seht mal Ching«, quiekte Moira. »Laß los, Ching, du kannst dir nicht weh tun. Du kannst ja nicht fallen!«

Ching klammerte sich noch immer benommen an die Griffstange. »Ich ziehe es vor, zu warten, bis ich meine Orientierung gefunden habe«, sagte sie. »Wenn du nichts dagegen hast, Moira«, fügte sie gespreizt hinzu.

Fontanas Stimme war scharf. »Laß sie in Ruhe, Moira. Jeder muß selbst wissen, was am besten für ihn ist, und du bist schon im Freifall gewesen, Ching nicht.«

Moira, die sich an Ravi festhielt, fühlte seinen Körper an ihrem und betrachtete mit Gefallen den Kontrast seiner kaffeebraunen Hände auf ihren eigenen blassen. Sie drehte sich ein bißchen, und ihre Lippen trafen sich; sie erlebte seinen Kuß mit einem Schock des Erkennens, etwas Bekanntes unter all den neuen, fremden Dingen. Sie trieben zusammen in einem Knäuel, ihre Lippen berührten sich eben, ihr Haar umfloß ihn, vermischte sich mit seinen eigenen dunklen Locken. Sie dachte, daß Chings Blick auf sie beide hinunter mißbilligend war, und sie verlängerte trotzig den Kuß.

Peake schob sich durch den Sphincter in das nächste Modul, die Hauptkabine, die sie als erstes betreten hatten. Er ging zur Nahrungskonsole, wo sich Ching einen Augenblick später zu ihm gesellte. »Die beiden, Moira und Ravi, haben keine Zeit verloren, was?« sagte Ching.

Peake zuckte die Achseln. »Ist das so wichtig?« Der Anblick der beiden, wie sie sich eng umschlungen küßten, rief schmerzliche Erinnerungen in ihm wach. Jede Faser seines Seins sehnte sich nach Jimson; selbst während des aufregenden Gefühls, als sie sich von der Raumstation entfernt hatten, hatte er immer wieder denken müssen: *Ich kann es nicht mit ihm teilen, wenn er mich gehen sieht; ich werde nie wieder etwas mit ihm teilen können.* Ob Jimson, am anderen Ende jenes länger werdenen Bandes, das sie trennte, auch so litt? Ein Teil von ihm wollte, daß Jimson selbst dieses Leiden mit ihm teilte, während der andere Teil erschauerte bei dem Gedanken, daß Jimson, der zarte, geliebte, verwundbare Jimson diesen ungeheuren Schmerz durchstand, der ihn innerlich zu verzehren schien.

Allein, und ich werde den ganzen Rest meines Lebens allein sein. Hier gibt es niemanden für mich. Ravi und Teague sind beide offensichtlich heterosexuell, und was die Frauen betrifft ... ich will sie nicht, und sie wollen mich nicht ... allein. Immer allein, ein Leben lang ...

Ching, die neben ihm an der Konsole stand, fand, daß er

irgendwie verloren wirkte; es war so ungewohnt, Peake ohne den blonden Jimson im Schlepp zu sehen.

»Glaubst du, wir schaffen es, der Konsole ein Steak zu entlocken, Peake?« fragte Ching.

»Ein Versuch kann nicht schaden. Vielleicht ist es kein *richtiges* Steak, aber es wird wahrscheinlich eine zu gute Imitation sein, als daß *ich* den Unterschied feststellen könnte.«

»Mit Pommes frites und Zwiebelringen könnte es schon ein bißchen schwieriger werden«, meinte sie lächelnd. »Und ich nehme an, frischer Salat wird immer ein Traum für uns bleiben. Na ja, Vitamin C ist wohl Vitamin C.«

Als er sah, wie sich ihre Hände über die Konsolen bewegten, so sicher, wie sie sich auf dem Computer bewegt hatten, beneidete Peake sie um ihre Unabhängigkeit.

Sie braucht niemanden. Sie hat nie dieses Gefühl erlebt, nur ein halber Mensch zu sein, nur zur Hälfte zu leben, während sich die andere Hälfte mit neunkommaacht Metern pro Sekundenquadrat entfernt ... der Gedanke, wie weit er schon von Jimson entfernt war, schon durch Zeit wie auch durch Raum getrennt, überwältigte ihn.

Ching schob ein Feld auf, und von innen drang ein appetitlicher Duft nach draußen. »Ich hoffe, du magst dein Steak durchgebraten«, sagte Ching.

»Eigentlich habe ich es lieber englisch«, antwortete er ein bißchen enttäuscht, »aber ich esse es auch so, Ching.«

»Ich mag es durch«, verkündete Teague, der in einem Salto von der Sphinkterschleuse herunterkam. »Autsch! Irgendwann werde ich mich daran gewöhnen müssen, wo in den verschiedenen Modulen Schwerkraft ist! Kann ich das da haben, Ching, und du machst Peake eins englisch? Erzähl mir nicht, dein Freund der Computer hätte die Befehle durcheinandergebracht? Ich dachte, Computer wären unfehlbar.«

Ching schüttelte den Kopf und reichte ihm einen Teller mit einem durchgebratenen »Steak«.

»Ein Computer«, begann sie, froh, an etwas anderes denken zu können, »ist ein dummer Gelehrter. Er macht genau das, was man ihm sagt, und absolut nichts, was ihm nicht gesagt wird. Er ist nur so intelligent, wie die Person, die ihn programmiert – und die Person, die ihn benutzt. Er könnte das ganze Wissen des Universums da drinnen gespeichert haben ...«, sie deutete auf die Konsole des Nahrungsprozessors, »und es würde überhaupt nichts nützen, solange nicht jemand da ist, der genau weiß, welche Informationen er eingeben muß und wie er den Computer richtig einstellt. Ich muß eine falsche Eingabe gemacht haben – ich dachte, ich hätte englisch eingegeben, weil ich Proteine besser verdaue, wenn sie noch nicht ganz fest sind –, aber es ist durch rausgekommen. Aber das liegt nicht am Computer, sondern an den Befehlen, die ich ihm gegeben habe. Ein Computer ist *exakt* wie ein dummer Gelehrter. Erinnert ihr euch an den kleinen Jungen in einem der Lehrfilme, die wir gesehen haben? Er war blind, autistisch und wollte nicht sauber werden, aber mit neun konnte er schon eine Reihe von neunzig Zahlen im Kopf addieren. Er wußte nicht, wie er es machte – man konnte ihn nicht einmal *fragen,* wie er es machte, weil er zwar Zahlen zu verstehen schien, aber keine verbalen Sprachkonzepte. Aber wenn man Zahlen eingab, kam er mit der richtigen Antwort.«

Als Ravi hereinkam, noch immer Arm in Arm mit Moira, und sie vorsichtig in die veränderten Schwerkraftverhältnisse herunterließ, fragte sie: »Funktioniert so deine Blitzrechnerei, Ravi? Ich kann ja verstehen, wenn ein autistischer Schwachsinniger das macht – er hat nichts *anderes,* womit er seinen Geist beschäftigen kann – aber du bist doch hochintelligent und auch verbal. Trotzdem rechnest du automatisch, genauso wie dieser autistische *idiot savant.*«

»Ich wünsche, ich wüßte es«, sagte Ravi. »Die einzige Antwort, die ich darauf weiß, ist jenes alte *Klischee* aus der Psychologie – daß ein normaler Mensch fünf Prozent seiner Gehirnzellen benutzt, die größten Genies vielleicht fünf Prozent mehr. Die übrigen neunzig Prozent – nun, wer weiß, was da drinnen steckt? Wilde Talente wie Moiras ASW, oder meine, oder die des dummen Gelehrten. Vielleicht alles, vielleicht nichts. Wer weiß? Wen interessiert es? Vielen Dank, Ching«, setzte er hinzu, als er einen Teller mit einem brutzelnden Stück halbrohen Fleischs nahm. »Perfekt.«

»In fünf Sekunden bekommst du auch so eins, Peake«,

versprach Ching. »Ist deins richtig, Teague? Wie möchtest du deins haben, Fontana?« Ein Gefühl der Zufriedenheit stieg in Ching auf. Die anderen mochten sie vielleicht nicht, aber in diesem Augenblick freuten sie sich, daß sie für sie kochte, sie machte sich für sie nützlich.

Ravi und Moira, die sich noch immer lose umschlungen hielten, fütterten sich gegenseitig mit Happen von ihren Tellern. Teague und Fontana plauderten lächelnd.

»Du spielst Cembalo und Klavier, Fontana, Instrumente, die aufgrund des Gewichtsproblems nicht von der Erde mitgenommen werden können. Aber du hast ein elektronisches Keyboard, oder?«

Sie nickte. »Als ich beschloß, mich auf Keyboardmusik zu spezialisieren, hat man mich darauf aufmerksam gemacht, daß ich, wenn ich die Erde verlassen würde, praktisch alles aufgeben müßte, was ich an Musik gemacht habe.«

»Es müßte möglich sein, ein Cembalo zu *bauen«,* meinte Teague nachdenklich. »Zeit haben wir genug, und wir können alle Teile, die wir brauchen, bis zu ganz präzisen Toleranzen herstellen. Wenn wir es hier auf dem Schiff bauen, können wir das Material synthetisieren ...«

Sie zuckte die Achseln. »Ich spiele ein bißchen Flöte, und ein elektronisches Keyboard reicht zur Begleitung«, sagte sie. »Ich hatte nie ernsthafte Ambitionen als Soloinstrumentalistin. Es ist ja nicht so, als ob ich so begabt wäre wie Zora. Gegen ein *solches* Talent verblaßt alles andere. Niemanden mit einem solchen musikalischen Talent hätte es interessiert, ob er es schafft, auf das Schiff zu kommen oder nicht, und natürlich hätte er nicht ...«

»Ich glaube nicht, daß es eine Frage des *Talents* ist«, mischte sich Moira ein. »Mei Mei hatte eine genauso gute Stimme wie Zora. Was sie nicht hatte, war die Motivation, der Ehrgeiz, wenn ihr so wollt. Es ist nicht die Begabung, die einen Künstler macht. Es ist das Wollen – was jemand mehr als alles andere auf der Welt will. Ich glaube, wir sechs wollten mehr als alles andere auf das Schiff kommen, und wir hatten mehr Motivation und mehr Ehrgeiz als die anderen, die nicht ausgewählt wurden.«

»Ich weiß nicht«, wandte Fontana ein. »Mindestens die Hälfte der Klasse wollte nie etwas anderes als auf das Schiff kommen, und mindestens dreißig von ihnen wären in Frage gekommen. Ich glaube, es gehört auch ein gewisses Quentchen Glück dazu ...«

»Glück!« schnaubte Ching verächtlich. »Das hat nichts mit Glück zu tun! Wir sind hier, weil wir in erster Linie härter als die anderen gearbeitet haben ...«

»Ich nehme an, Kompatibilität spielt auch eine Rolle«, bemerkte Teague. »Ich glaube, sie haben versucht, verschiedene Kombinationen zu mischen, und wir haben uns dabei als diejenigen herausgestellt, die sich am wahrscheinlichsten anpassen können ...«

»Ich glaube, über diese Frage könnten wir noch Jahre diskutieren«, warf Peake ein. »Warum ausgerechnet wir und nicht irgendwelche anderen aus unserer Klasse? Aber spielt es eine Rolle?« Er gähnte. »Ich bin müde. Entschuldigt mich – ich möchte mir die Schlafkabinen ansehen. Du hast Dienst, Ravi, falls irgend etwas passieren sollte ...«

»Es wird nichts passieren«, erwiderte Ravi. »Theoretisch brauchte die nächsten neun Jahre keiner von uns auf die Brücke.« Sein Arm lag noch immer um Moiras Taille. Er ließ einen kleinen, fragenden Laut hören und legte den Arm fester um sie. Einen Augenblick war sie aus der Fassung gebracht; in der Kabine trat eine momentane Stille ein, und sie hatte das Gefühl, als ob jeder zu ihnen hinsah, wo sie saßen. Dann warf sie trotzig den Kopf zurück. Auf diesem Schiff würde jeder wissen, was der andere tat, und sie hatte keinen Grund, sich deswegen zu schämen. Sie konnte ruhig so anfangen, wie sie auch weiter zu halten gedachte, nämlich das zu tun, was sie wollte.

Ich bin nicht wie Ching, ich kann nicht so unabhängig sein wie sie. Ich brauche Leute, ich habe Angst .... Schon der Gedanke an das große Fenster auf die Sterne ließ sie schwindlig und schwach werden, und das Steak lag wie ein Klumpen in ihrem Magen; nach einem Halt suchend klammerte sie sich begierig an Ravi.

»Ich glaube, wir brauchen alle eine Pause«, erklärte Fontana. »Ich schlage vor, wir treffen uns in vier Stunden wieder hier zu unserer ersten Musikstunde. Peake, du kennst doch Schuberts *Nocturne* für Klavier und Geige, oder?«

Sie wußte, daß er sie kannte, sie wußte es ganz genau, dachte Peake wütend. Sie fragte es extra. Jimson und er hatten es beim letzten Akademiekonzert gespielt, sie hatten es an jenem schrecklichen letzten Abend gespielt. ... *Schwule,* hörte er Jimson wieder höhnen. Aber vielleicht wollte Fontana ihn auf die Probe stellen, wollte sehen, wie gut er sich an ihr Übereinkommen halten konnte, sich nicht an die Vergangenheit zu klammern oder einander mit den Erinnerungen an diejenigen zu quälen, die nicht bei ihnen waren. »Natürlich kenne ich es«, antwortete er. »Glaubst du, du kannst den Klavierpart übernehmen? Ich weiß nur nicht, wie es auf einem elektronischen Keyboard klingt.«

»Wir werden es trotzdem versuchen«, sagte Fontana.

»Hat jemand Lust zu Mozarts Quartett für Streicher und Klarinette?« fragte Teague ein bißchen schüchtern.

»Ich würde die zweite Geige übernehmen«, sagte Ravi, worauf sie übereinkamen, sich in vier Stunden wieder zu treffen.

Die sechs Schlafkabinen waren im Halbkreis um das kugelförmige Modul angeordnet. Ching hatte angenommen, daß sie in der Form einem Stück Mandarine ähnelten, doch die Enden waren abgeschnitten, und so besaßen sie in etwa die Form eines normalen Zimmers; sie nahm an, damit sie sich vertraut, sicher und geborgen fühlten. Auf einer Seite befand sich eine Koje mit einem Sicherheitsnetz, auf der anderen eine winzige Zelle mit Dusche und Waschgelegenheit, die auf volle Schwerkraft DeMaggisiert war, damit das Wasser richtig floß. Sie putzte ihre makellosen Zähne, und irgendwie schöpfte sie Trost aus dem vertrauten Ritual. Dann fiel ihr ein, daß sie vergessen hatte, sich aus dem Apparat im Gang ein Einmalnachthemd und frische Kleidung für die nächste Schicht zu besorgen. Als sie hinausging, sah sie Moira und Ravi aus Moiras Kabine kommen und auf Ravis zusteuern und hörte ihr heiseres Lachen. Sie fühlte eine Traurigkeit, die zu tief war für reinen Neid. *Was weiß sie, das ich nicht weiß?*

Sie tastete die entsprechenden Koordinaten für frische Wegwerfkleidung und stopfte alles, was sie trug, mit Ausnahme ihres Slips, in den Recyclingschacht. Sie war nicht unbedingt verklemmt, aber irgendwie konnte sie sich nicht überwinden, sich vor Moira und Ravi, die hinter ihr waren, bis auf die Haut auszuziehen. Die beiden dagegen zogen sich splitternackt aus und stopften ihre Sachen in den Recycler. Ching wandte den Blick verlegen von Ravi ab, der eine starke Erektion hatte, eilte in ihre Kabine und schloß die Tür hinter sich. Sie befestigte das Sicherheitsnetz über ihrer Koje, stellte die DeMags auf halbe Schwerkraft und versuchte, ihre Gedanken treiben zu lassen. Zum Glück waren die Kabinen vollkommen schalldicht.

Warum trage ich eigentlich ein Nachthemd? Es ist doch niemand hier, und es wird auch kaum jemand hereinkommen! Sie schleuderte es mit Wucht aus ihrer Koje und beobachtete, wie es in trägen Kreisen, mit einem Ärmel im Schlepp, dahintrieb, bis es schließlich in der niedrigen Schwerkraft zu Boden sank. Dann schlief sie ein.

V

»Ich habe mich schon immer gefragt, wie es ist, sich im freien Fall zu lieben.« Fontana lachte, als sie die DeMag-Systeme auf fast null schaltete; durch die Reflexaktion der Drehbewegung vollführte sie einen sanften Salto, und als Teague sie zur Koje zog, bewegte er sich zu heftig, und sie flogen auf die gegenüberliegende Wand zu, wo sie in dem Sicherheitsnetz vor der Tür zum Duschraum mit seiner vollen Schwerkraft landeten.

»Was ist das? Unwiderstehliche Leidenschaft?« Fontana lachte, und schon der Reflex des Lachens stieß sie wieder von der Koje ab. Nicht lange, und sie lachten so laut, daß Teague hilflos auf dem Rücken lag, unfähig, überhaupt etwas mit ihr zu machen.

»Soviel also zu den Witzen über die Lust der Liebe im freien Fall«, sagte Teague, als er mit Schwimmbewegungen auf den Knopf am DeMag-System zusteuerte.

»Ich würde es trotzdem gern versuchen«, murmelte Moira, doch Teague erwiderte lachend: »Ich habe es lieber, wenn meine Frauen an einem Fleck bleiben – und nicht quer durch den Raum hüpfen, wenn ich *das hier* mache ...« Er demonstrierte, was er meinte.

»Du hast mich überzeugt«, flüsterte Fontana und hielt ihm ihr Gesicht hin.

Moira schlief an seiner Seite, aber Ravi lag wach und starrte an die Decke. Seine Gedanken waren bei dem riesigen Fenster auf der Brücke, das auf die Unendlichkeit der Sterne hinausging.

Das Gesicht der Nacht, vielleicht das Gesicht Gottes, des Unbekannten selbst, den sich die religiösen Philosophen meiner Vorfahren vorgestellt haben.

Es ist zu viel, wie kann ihn sich ein menschlicher Geist vorstellen?

Und unlogischerweise dachte er plötzlich: *Ich beneide Ching. Sie schafft es, mit der Einsamkeit ohne eine Ausflucht wie diese fertig zu werden.* Er sah zärtlich und doch mit großer Distanz auf

Moira, die schlafend unter dem Sicherheitsnetz lag, das Haar wie ein Fächer um ihren Kopf ausgebreitet. Wenn Moira es nicht wußte, so wußte jedenfalls er, daß seine unmittelbare Reaktion auf sie ein Vorwand gewesen war, eine Ausflucht aus einer Weite, die zu groß war, um sie sich vorstellen zu können.

Und dennoch muß ich es irgendwie schaffen, mich ihr zu stellen. Ich habe mich nach den göttlichen Wahrheiten des Universums gefragt. Wenn ich in diese Unermeßlichkeit schauen kann, die das Antlitz Gottes verkörpert, dann werde ich vielleicht in der Lage sein, über das Wesen der Wahrheit nachzudenken, das Wesen Gottes, das Wesen des Universums.

Peake war nur kurz eingenickt und kehrte dann in die Hauptkabine zurück, wo er Musikstücke sortierte und seine Geige stimmte. Er würde sich früher oder später mit dem Gedanken abfinden müssen, ohne Jimson am Klavier zu spielen. Fontana und Teague trafen zusammen ein, dann folgte Ching, alle in einer frischen Wegwerfuniform – Peake hatte nicht daran gedacht und schämte sich etwas für seine eigene, die zerknittert war. Vielleicht sollten sie es sich zur Gewohnheit machen, zu ihrer täglichen Musikstunde in frischer Kleidung zu erscheinen. Es würde dem Tagesrhythmus Struktur geben. Im Grunde würde es so wenig zu tun geben, daß eine feste Struktur sie vor der Möglichkeit bewahren konnte, daß sich Langeweile und Apathie einstellten. Moira kam herein, packte ihr Cello aus und legte es an ihr Knie.

»Gib mir mal ein A, Peake«, verlangte sie träge, worauf er den gewünschten Ton anstimmte.

Ching stimmte ihre Bratsche, und Teague begann seine Klarinette zusammenzusetzen.

»Auf der Flöte bin ich besser«, warnte er. »Ich habe eine ganze Weile nicht mehr Klarinette gespielt.«

»Gibt es einen Grund, daß du einen Klarinettenpart nicht auf einer Flöte spielen kannst?« wollte Fontana wissen.

»Nur die Klangfarbe«, antwortete Teague trocken, »und der Tonumfang. Dabei fällt mir ein, ich habe ja noch eine Altflöte, die ungefähr den gleichen Tonumfang wie die Klarinette hat.«

Er ging zu dem Regal, wo die verschiedenen Holzblasinstrumente untergebracht waren. Ravi kam herein und fragte: »Soll ich jetzt die zweite Geige spielen?«

»Du kannst die erste spielen, wenn du willst«, entgegnete Peake, doch Ravi schüttelte den Kopf. »Der Part der ersten Geige ist zu schwer für mich. So gut bin ich nicht.«

Als sie zu spielen anfingen, begriff Peake, daß Ravi nicht bescheiden war, sondern nur die Wahrheit gesagt hatte. Er konnte spielen, viel mehr auch nicht, wie sie alle spielen konnten, weil sie seit dem Kindergarten Geige spielten. Aber wenigstens *konnte* er spielen. Chings Spiel war wunderschön nuanciert, emotionslos – aber Barockmusik *sollte* ja nicht emotionell sein; Peake beschloß, sich mit seinem Urteil zurückzuhalten, bis er sie irgend etwas Romantisches hatte spielen hören. Er fragte sich, ob sie als Computerexpertin Mahler, Schönberg oder Mendelssohn auf die gleiche technisch perfekte, emotionslose Weise spielen würde.

Moira war fast ein Virtuose; er entdeckte rasch, daß sie ihm gleichwertig war. Vielleicht konnten sie ein paar Violine-Cello Duette spielen – und er zuckte bei dem Gedanken zusammen. Wurde er Jimson so schnell untreu? Nachdem sie das Quintett beendet hatten und Teague seine Klarinette weggelegt hatte – er hatte nur den ersten Satz auf der Flöte gespielt und war dann auf die Klarinette umgestiegen, weil er fand, daß sie ein flexibleres Instrument war – begannen Ching, Moira und Teague, mit Ravi am Schlagzeug, ein Jazzthema zu improvisieren, während sich Peake mit der Rolle des Zuhörers begnügte und erklärte, daß die Zuhörer auch ein wichtiger Teil eines musikalischen Erlebnisses seien.

Er lauschte Ravi, der so virtuos Schlagzeug spielte wie er selbst Geige.

Jimson hatte mit Begeisterung improvisiert, hatte irgendein Thema begonnen und es zu neuen Höhen getragen, wo Peake ihm nicht folgen konnte ....

Fontana wußte sofort, woran Peake dachte; er hatte eingewilligt, nicht über die Zurückgebliebenen zu sprechen, aber konnte sie etwas davon abhalten, weiterzugrübeln?

»Denkst du noch immer an Jimson, Peake?«

»Wahrscheinlich ist es Unsinn«, antwortete er abwehrend.

»Wenn du bedenkst, daß Jimson in fünf Jahren wahrscheinlich eine Raumstation leiten wird, und daß die Wahrscheinlichkeit, ob wir in fünf Jahren noch am Leben sind, noch nicht mal berechnet worden ist, glaube ich auch, daß es Unsinn ist, sich Sorgen um Jimson zu machen«, stimmte sie zu.

»Es ist nur – ich habe nicht mal daran *gedacht*, was passieren würde, wenn wir es nicht beide schafften. Ich muß – ich muß mein ganzes geistiges Mobilar umstellen.« Verteidigend fügte er hinzu: »Du kannst nicht erwarten, daß ich – daß ich einfach so über Nacht alles in meinem Kopf umwerfe, ihn einfach aus meinem Leben streiche, als ob es ihn nie gegeben hätte!«

»Ich weiß, die Bücher sagen, daß es unvermeidbar ist, daß man über den Tod eines Verwandten trauert«, sagte Fontana. »Ich schätze, wir müssen dich einfach trauern lassen. Aber ich nehme an, genau das ist der Grund, warum sie uns nicht zu solchen Beziehungen wie die von Jimson und dir ermutigt haben.«

Peake fragte sich, wie sie es fertiggebracht hatte, das ohne den geringsten Unterton von *du hättest es besser wissen müssen* zu sagen, aber irgendwie brachte sie es fertig, und es gab ihm den Mut, zu fragen:

»Fontana, war es falsch von uns, daß wir zusammen bleiben wollten?«

»Falsch? Wie kann ich das beurteilen? Auf jeden Fall aber war es unklug. Man hätte euch so oder so nach dem Abschluß getrennt. Es gab nie auch nur die geringste Chance, daß ihr das Schiff alle beide hättet schaffen können. Eine Schiffsbesatzung kann im Extremfall aus nur vier Leuten bestehen, und es würde die beiden anderen einer entsetzlichen Belastung aussetzen, wenn die ersten zwei ein festes Paar wären. Es muß Raum für ein Engagement für andere da sein – Teilen, Interesse und Zuneigung für *jeden* in der Besatzung.«

»Warum haben sie dann mich genommen?« brauste Peake auf. »Wo ich doch gebunden *war?*«

Und plötzlich wurde Peake klar, was er wirklich fühlte. Es war nicht die Trennung von Jimson, die ihn so sehr geschmerzt hatte. Diese Trennung war unvermeidbar gewesen, das hatte er gewußt; er hatte angefangen zu glauben, daß die Trennung schon überfällig war.

»Was schmerzt, ist das Schuldgefühl«, murmelte er. »Das Schuldgefühl, daß ich der war, der ging und er derjenige, der blieb.«

Und die Erinnerung schmerzte noch immer, jener Augenblick, als Jimson ihm ins Gesicht geschleudert hatte: *Glaubst du, sie werden zwei Perverse nehmen?* Angesichts dieser Erinnerung sagte er, noch immer defensiv: »Warum zum Teufel mußten sie dann mich nehmen? Ich werde kaum besser in die Mannschaft passen als jede Hälfte von – von irgendeinem festen Paar. Es ist doch nicht so, als ob ich der einzige Homosexuelle in der Akademie gewesen wäre. Da waren Fly und Duffy und Janet.«

Fontana zuckte die Achseln. »Was weiß ich? Ich glaube nicht, daß es eine Rolle gespielt hat, genauso wenig, wie ich glaube, daß sie Moira genommen haben, weil sie ein Cello für das Streichquartett brauchten. Homosexualität ist eine legitime Alternative – es gibt Jahre, in denen sie ein Plus ist .... Sternenschiff Nummer zweiundsiebzig hatte eine rein männliche Besatzung, und ich glaube, neunundsiebzig eine rein weibliche. Es hat noch ein paar Besatzungen gegeben, die rein männlich waren. Ein Jahr – ich habe das in Psychologie gelesen – hatten sie eine Mannschaft, bei der die besten sieben zufällig alle Männer waren, und sie schickten eine rein männliche Besatzung los. Zwangsheterosexualität wäre bei einer solchen Besatzung sinnlos gewesen. Nein, mit Jimson war es etwas anderes. Er war – er war so verdammt *defensiv* , was das betraf. Erinnerst du dich noch an Duffy? Er brüstete sich immer damit, daß er noch nie eine Frau gehabt hatte und nie eine haben würde. Es gibt Berufe, in denen dieser Lebensstil ein Vorteil sein könnte. Aber nicht auf diesem Schiff hier.«

»Warum haben sie dann mich genommen?« fragte Peake, aber Fontana wußte keine Antwort. »Ich weiß es nicht, Peake«, sagte sie. »Vielleicht meinten sie, du wärst flexibel genug, dich anzupassen – zu leben und leben zu lassen. Oder sie haben sich gedacht, daß du vielleicht stark genug bist, um so zu leben. Ich weiß es nicht. Aber was immer sie gedacht haben, sie wußten, daß Jimson es nicht konnte – und da sogar ich das wußte, ist es wahrscheinlich das Beste, was sie tun konnten.«

Langsam, schmerzlich, nickte Peake. In seiner tiefsten Verzweiflung wäre es ihm nie eingefallen, sich selbst – und noch viel weniger jemanden, den er liebte – *pervers* zu nennen. Er hatte Jimson vorbehaltlos geliebt, hatte nicht gezögert, sich selbst, zumindest in seiner Beziehung zu Jimson, als homosexuell zu bezeichnen. Aber er hatte nie gedacht, daß er sich damit für immer abstempeln würde, und er hatte ganz gewiß nicht mit dem aufgestauten Selbsthaß gerechnet, der Jimson dazu gebracht hatte, ihn so zu beleidigen – oder ihre Liebe. Und Selbsthaß, begriff er, wäre so ungefähr die gefährlichste mögliche Eigenschaft an Bord eines Sternenschiffs.

»Ich glaube, ich habe es im Grunde schon die ganze Zeit gewußt. Danke, Fontana.«

Sie zuckte die Achseln. »Schließlich bin ich der Seelendoktor des Schiffs, und ich dachte mir, es wäre vielleicht gesünder, jetzt darüber zu sprechen, als sechs Monate zu warten und es dann wie eine eiternde Wunde auszugraben.« Sie stand auf. »Hör mal, du singst doch Baß, oder?«

»Ja, vorausgesetzt es geht nicht zu tief unter ein tiefes G – ich habe mir noch nie eingebildet, *Boris Godunow* singen zu können«, antwortete er munter, erleichtert über den Themawechsel. »Warum?«

»Es gibt da eine Messe von Byrd für fünf Stimmen, die ich gern versuchen würde. Ravi hat einen guten Tenor, und Chings Stimme ist wunderschön, wenn man sie dazu bringen kann, überhaupt zu singen. Hört mal«, sagte sie so laut, daß sie alle miteinbezog, »können wir morgen die *Byrd-Messe für Fünf Stimmen* versuchen?«

»Von mir aus«, erwiderte Teague. »Die Musik ist im Computer, nicht wahr?«

»Ich spiele Basso continuo«, sagte Moira. »Ich singe nicht. Ich kann Cello continuo spielen oder Klavier – ich meine Keyboard – oder die Musik einschalten, oder ich setze mich einfach hin und spiele sachverständiges Publikum. Aber ich singe nicht.«

»Warum nicht?« wollte Ravi wissen.

SF

»Weil weibliche Tenöre im allgemeinen beträchtlich weniger attraktiv klingen als männliche Soprane – was wahrscheinlich nicht fair, aber zufällig eine kulturelle Tatsache ist. Und ich habe einen Tonumfang von einer halben Oktave, alles in Tenorlage.« Moira löste die Saiten ihres Bogens und verstaute ihn im Koffer. Sie schob ihn hinüber zur Wand, dann drehte sie sich um und fragte: »Ich nehme an, wir werden den Raum hier unter voller Schwerkraft lassen?«

»Ich wüßte nicht, was dagegen spricht«, erwiderte Teague. »Allerdings werden wir es wohl nicht überall auf dem Schiff können. Ich glaube, wir sollten es uns zur Gewohnheit machen, alles zu sichern, als wären wir im freien Fall. Dann brauchen wir nie zu überlegen, ob wir es tun müssen.«

»Ich halte nicht viel von deinem Vorschlag«, wandte Ching ein, aber sie verstaute ihre Viola im Regal und zog das Netz darüber fest. Fontana, die Moira bei ihrem half, spottete: »Ich glaube kein Wort von dem ganzen Gerede über deine Stimme, Moira. Wie hast du es fertiggebracht, durch die Gesangsprüfung zu kommen, als wir zwölf waren?«

»Mit Mogelei«, antwortete Moira knapp. »Ich habe Falsett gesungen.«

Ravi beugte sich über sie und berührte leicht ihr Haar. »Bei einem männlichen Sopran könnte man – berechtigte Zweifel an seiner eigentlichen Natur bekommen, oder dem Wert seiner – na ja, Männlichkeit«, sagte er leise. »Es scheint nicht fair, oder, daß eine tiefe Stimme bei einer Frau die totale Verkörperung der Sinnlichkeit ist   wie deine.«

»Das ist ein weit verbreiteter Irrtum«, warf Fontana ein, und für einen Augenblick war Ravi verärgert – seine Worte waren an Moira gerichtet gewesen und nicht als Beitrag zur allgemeinen Diskussion gedacht. Dann siegten die lange Schulung und seine angeborene Gutmütigkeit, und er entgegnete lächelnd: »Ich bin wahrscheinlich empfindlich, was dieses Thema angeht. Ich bin erst spät in den Stimmwechsel gekommen, und als Tenor zweifelte man an meiner Männlichkeit, bis ich fünfzehn oder so war – ich meine nicht die Ärzte, sondern die anderen in meiner Klasse.«

Moira sagte mit einem leisen Lachen, das nur seine Ohren

erreichte: »Dafür hast du dich aber hinterher schadlos gehalten, was, Darling?«

Peake, der zwar Ravis Worte gehört hatte, aber nicht Moiras, meinte, während er seine Geige sorgfältig mit einem Netz absicherte: »Ich habe mal einen Kontratenor gehört, der in Sydney ein Konzert gab; Jimson und ich hatten die Erlaubnis, hinzufliegen und ihn uns anzuhören. Es war die gleiche Woche, in der Zora uns verließ. Er hatte eine Stimme, die ein reiner Sopran war – höher als deine, Fontana. Und dabei war er ein kräftiger blonder Mann mit einer behaarten Brust, und wir hörten, daß er verheiratet war und fünf Kinder hatte – er kam von einer der dünn besiedelten Enklaven. Island, glaube ich.« Nachdem er es gesagt hatte, wurde ihm bewußt, daß er zum erstenmal, seit er sich erinnern konnte, Jimsons Namen ohne auch nur einen flüchtigen Anflug jenes verzweifelten Schuldgefühls ausgesprochen hatte.

Hatte Fontana diese Wunde geöffnet? Oder gab es irgendein mystisches Bewußtsein des Raums, der enormen und immer größer werdenden Distanz zwischen ihnen, die ihm plötzlich das Gefühl gab, als ob Jimson jemand war, den er vor langer Zeit einmal gekannt hatte ...? Peake wußte es nicht; er bekam Gewissensbisse über seinen eigenen Wankelmut, aber er erkannte sie als reines Selbstmitleid.

»Musik machen macht hungrig.« Er grinste. »Ich muß unbedingt was essen, und dann gehe ich auf die Brücke und überprüfe die Instrumente.«

Fontana kam der Gedanke, daß sich diese Musikstunde, wenn sie sie regelmäßig nach einer Schlafpause ansetzten, von selbst zu jener gemeinsamen Mahlzeit ausweiten würde, wie sie vorgeschlagen worden war, aber sie behielt es für sich. Sie holte ihr kleines Essenstablett aus der Konsole und nahm neben Teague Platz. Ravi hatte sich schon neben Moira gesetzt, und Fontana studierte nachdenklich das Muster, das sie bildeten – die beiden Pärchen und die beiden Außenseiter, Peake auf der einen Seite, Ching neben der Nahrungskonsole, wo sie abwesend die Bedienungstasten betrachtete, während sie aß. Es gab keinen Grund, warum sie und Teague und Ravi und Moira sich nicht zusammentun sollten, wie sie es in der Schlafpause vorhin getan hatten. Aber es unterstrich die Isoliertheit der anderen. Wie viele Frauen, die mit Homosexuellen in Kontakt kommen, fragte sie sich, ob es sich ändern lassen würde, ob sie diejenige sein würde, die ihn unter Umständen dazu veranlassen konnte, sich zu ändern. Peake war sicherlich attraktiv, mit seiner anmutigen und eher liebenswerten Ungeschicklichkeit, seinen muskulösen Chirurgenhänden, die mit der Geige so souverän umgingen wie sie es mit einem Skalpell tun würden. Die ideale Lösung wäre natürlich, wenn er sich mit Ching zusammentun würde, dachte Fontana. Aber irgendwie konnte sie es sich nicht vorstellen. Ching verteidigte zu sehr ihre Unabhängigkeit, und jeder Versuch, sie mit Peake zu verkuppeln, einfach weil sie die beiden freien Mitglieder der Besatzung waren, würde sie in dieser Haltung bestärken und die Dinge noch schlimmer machen.

Nun, ganz gleich, wie ihre sozialen Muster im Augenblick aussehen mochten, dachte Fontana, sie würden sich mit Sicherheit in den nächsten Monaten oder Jahren ändern. Sie sechs würden für – mindestens – acht Jahre isoliert sein, und es würde genug Raum für Veränderungen, Entwicklungen und Experimente da sein. Sie mochte Teague, und sie schlief gern mit ihm, aber es würde ihr nicht allzuviel ausmachen, wenn er irgendwann zu einer der beiden anderen Frauen überwechselte. Irgendwie glaubte sie nicht, daß sie sich zu drei monogamen Paaren zusammenfinden würden, und es wäre wahrscheinlich nicht gut, wenn es so wäre. Das intensive Studium der sozialen und sexuellen Muster kleinerer Gruppen, das zu ihrer psychologischen Ausbildung gehört hatte, sagte ihr, daß das, was sie jetzt füreinander empfanden, zwangsläufig ein vorübergehendes Gefühl war, das sich ändern würde. Aber ob es die anderen auch so sahen?

Teague schob seinen Teller in die Recyclingmaschine. »Ich werde jetzt mal die Lebenserhaltungssysteme überprüfen«, erklärte er. »Eine reine Routinearbeit, die ich wahrscheinlich jahrelang tun werde – *hoffe* ich jedenfalls –, aber ich werde sie trotzdem alle zwölf Stunden überprüfen.« Er steuerte auf die Sphincterschleuse zu, die in den Freifall-Korridor zwischen der Hauptkabine und dem Modul führte, in dem die Kontrollen für die Lebenserhaltungssysteme untergebracht waren. Ching und Moira folgten ihm, und Teague bemerkte, daß sich Ching wieder krampfhaft an die Griffstange klammerte und sich zentimeterweise vorhangelte. Sein eigener Impuls war, loszulassen, sich abzustoßen und durch den Korridor zu schießen, wie es Moira gerade tat, doch dann schob er sich an die Stange, hinter Ching.

»Hast du Angst vor dem Freifall, Ching?«

Ihr Kopf machte eine knappe Bewegung, die normalerweise ein Nicken geworden wäre, wenn ihr Nacken nicht in der Ungewohntheit der fehlenden Schwerkraft so verkrampft gewesen wäre. »Ja.« Ihre Stimme klang dünn. »Ich glaube schon, daß ich mich daran gewöhnen könnte, wenn wir nicht dauernd wieder in die Schwerkraft kämen .... ich habe nie Zeit, mich an das eine oder das andere zu gewöhnen.«

»Aber du wirst es müssen«, drängte er sanft. »Komm, vertrau mir, ich passe auf, daß dir nichts passiert. Hier ...« Er löste ihre Hände vorsichtig von der Stange, und als er sie in seine nahm, bemerkte er am Rande, wie hübsch geformt sie waren und wie weich und fein sie sich anfühlten. Er legte von hinten die Arme um sie und drückte ihren schlanken Körper an sich. »Entspann dich«, riet er, »wehr dich nicht dagegen.« Er hielt sie beschützend fest, stieß sich vorsichtig an der Stange ab und trieb mit ihr sanft den Korridor hinunter. Ching ließ ein leises, protestierendes Stöhnen hören, und er fühlte, wie sie sich in Panik zusammenrollte, aber sie landeten weich und unbeschadet am anderen Ende. »Siehst du?« sagte er leise, als sie scharf und bebend Luft holte. »Es ist nichts passiert, oder? Ich könnte mir vorstellen, daß es dir sogar gefallen könnte – es macht Spaß.« Er schmiegte von hinten seine Wange an ihre und fügte hinzu: »Es ist wie bei der Liebe – das ganze Geheimnis ist, sich völlig zu entspannen und treiben zu lassen.«

Im selben Augenblick, als er es sagte, wußte er, daß es ein Fehler war; er hatte keine ernsthaft sexuelle Anspielung oder Geste im Sinn gehabt, aber als er fühlte, wie sich Ching in seinen Armen versteifte, wußte er, daß er sie verloren hatte. »Ich werde mich wohl früher oder später daran gewöhnen«, sagte sie steif. »Vielen Dank, Teague.« Ihr förmlicher Dank war irgendwie schlimmer als ein Protest, und als sie sich aus seinen Armen löste, wußte er, daß sie nie richtig da gewesen war. Sie glitt durch den Sphincter, hielt sich in der neuen Orientierung von »oben« und »unten« an ihm fest und ließ sich dann vorsichtig auf den Boden hinunter. »Ich gehe zur Brücke und überprüfe den Computer«, erklärte sie und schlängelte sich durch den Sphincter auf der anderen Seite. Teague blieb zurück und starrte stirnrunzelnd auf die Kontrollkonsolen der Lebenserhaltungssysteme.

Ich habe einen verdammten Narren aus mir gemacht. Den Ärger hätte ich mir auch sparen können.

Aber er verdrängte den Gedanken, um pedantisch die Kontrollen zu überprüfen, und begann dann wieder, über die Komposition seines Streichquartettes nachzudenken. Er konnte einen Teil davon auf dem Computer komponieren, womit er das, was er geschrieben hatte, sofort abspielen und ausdrucken lassen konnte; aber zumindest etwas wollte er auf die altmodische Art und Weise festhalten, mit Notenpapier und Stift. Vielleicht würde er das ganze Quartett so komponieren und den Computer überhaupt nicht benutzen. Warum nicht? Er hatte ja Zeit genug.

VI

Im weiteren Verlauf jenes Tages passierten sie die Marsumlaufbahn; der Planet selbst war weit weg auf der anderen Seite der Sonne, und sie konnten ihn nicht sehen. Der Kurs, den sie berechnet hatten, lag weit entfernt von der Ebene der Ekliptik; Peake überprüfte ihn noch einmal mit penibler Sorgfalt. Bei ihrer augenblicklichen Beschleunigung konnte es verhängnisvoll werden, wenn sie den Asteroiden zu nahe kamen. Selbst der kleinste Meteor, mit dem sie unerwartet zusammentrafen, konnte durch einen verwundbaren Teil des Schiffs schlagen und Schwierigkeiten verursachen – wenn nicht eine Katastrophe. Peake drehte sich um und überprüfte den Standort der Druckanzüge, die – wie ausnahmslos in *jedem* Modul – in der Nähe der Sphincterschleuse des Moduls untergebracht waren, und er fragte sich, ob ihnen wirklich noch die Zeit blieb, in die Anzüge zu kommen, wenn sie von einem Miniaturasteroiden durchbohrt wurden. *Vielleicht. Wenn er nicht zu groß war. Wenn er nicht auf der Stelle das gesamte Modul, mitsamt Besatzung und allem, zerstörte.* Ob es irgendeinem der bisherigen Sternenschiffe so ergangen war? Er wußte, daß sie mit Fernteleskopen zumindest bis zur Umlaufbahn des Jupiter und vielleicht noch weiter beobachtet wurden. Aber sobald sie einmal über die Umlaufbahn von Pluto hinaus waren, konnten sie von der Erde aus nicht mehr überwacht werden, bis sie die Kolonien erreichten ... er drehte sich zu Moira um, die über die Kontrollknöpfe ihrer Lichtsegel gebeugt war, und als ob sie seinen Blick gespürt hätte, hob sie den Kopf und lächelte ihm unsicher zu.

Ihm fiel ein, daß Moira außersinnliche Fähigkeiten besaß. Ob sie seine Ängste fühlte? Doch nach einem Augenblick vergaß er es wieder, denn sie beugte sich wieder über den Apparat, und es schien, als ob sie leise mit den Kontrollsystemen murmelte. Sie alle kannten Moiras Gewohnheit, mit den Maschinen zu sprechen, es gehörte genauso zu ihrer aller Hintergrund wie seine eigene Fertigkeit mit der Geige, oder Zoras Stimme, oder Teagues Sommersprossen.

Hinter ihm sagte Ravi, wobei er auch Moira anschaute: »Sie spricht mit ihnen – mit den Segeln, meine ich – wie eine Mutter mit ihrem hungernden Kind.«

Peake verzog den Mund. »Sie kommt aus einem der reichen Länder. Wahrscheinlich hat sie noch nie hungernde Kinder gesehen«, sagte er, doch das Bild stand deutlich vor seinen Augen, von seinem dritten oder vierten Jahr. Er war aus einer der letzten Enklaven der Erde gekommen, wo immer wieder Hungersnöte auftraten, und er hatte eine von ihnen miterlebt. Ravi ebenfalls, erinnerte er sich.

»Ich möchte wissen, warum ausgerechnet wir soviel Glück hatten«, sagte er zu Ravi. »Ich weiß noch, ich war damals vier, als das Baby starb, sieben Babys in unserem Dorf starben, andere sind nie mehr richtig gesund geworden ...«

Sie hatten schon früher darüber gesprochen. Nicht oft. Ravi, dessen Erinnerung erfüllt war von dunklen Gesichtern, die sich besorgt über sterbende Kinder beugten, sagte düster: »Ich erinnere mich auch. Die Antwort, die man uns auf der Akademie gab, daß wir Überlebenstypen sind, daß wir intelligent genug waren, um die Akademietests zu bestehen, hat mich irgendwie nie befriedigt. Wir lebten. So viele starben, und dann wurden wir weggeholt und verwöhnt, wir bekamen alles – wie hatten wir das bloß verdient?« Ravi blickte auf das Panorama der Sterne und sagte, weniger zu Peake als zu sich selbst: »Ich kann es nicht glauben, daß es der Wille Gottes war, daß wir leben und sie sterben sollten, daß sich Gott um etwas so Unbedeutendes kümmern sollte, und, o Gott, hier draußen sieht es noch so viel unbedeutender aus ...« Und er starrte hinaus, als ob er den stummen, endlosen Lichtpunkten dort draußen irgendwie eine Antwort entringen könnte.

»Wir bezahlen dafür«, gab Peake zurück. »Mit unserem Leben. Mit denen, die wir alle verlieren.«

Was nützt es einem Menschen, die ganze Welt zu gewinnen, dachte Ravi, *wenn er seine eigene Seele verliert ...* und er dachte, unsere Seelen sind uns durch die Akademieausbildung genommen worden, und ich werde dorthin geschickt, wo ich keine Möglichkeit habe, meine zu finden ... und er erinnerte sich, daß er vor kaum ein paar Stunden solche Gedanken durch leidenschaftlichen Sex mit Moira verdrängt hatte. Irgendwie würde er seine Schritte zurückverfolgen müssen, würde er darüber nachdenken müssen, was und wer er war ... was hatte Moira, und Sex, mit seinem geistigen Kampf zu tun? Oder waren Moira und er beide Teil eines kosmischen Ganzen, ein Teil von Gott ... er hatte die Tantra gelesen, wo der Sexualpartner an Stelle Gottes geliebt und verehrt wurde. Die Idee, und die Nebeneinanderstellung der beiden Ideen, verwirrte und ärgerte ihn. Er war mit einer sehr lockeren und schuldfreien Einstellung zum Sex groß geworden, und nun fragte er sich, ob dies nur ein Teil der völlig seelenlosen und atheistischen Akademieausbildung war.

Peake hatte diesen zwanglosen Sex nie gekannt; er hatte eine tiefe und intensive Liebe erlebt. Vielleicht wußte zumindest Peake, wie es war, einen Partner zu lieben und zu verehren, als ob dieser Partner ein Teil Gottes wäre. Wie vielen ausgeprägt heterosexuellen Männern fiel es auch Ravi schwer, den Impuls zu verstehen, der Peake und Jimson zusammengebracht hatte. Mit einer ihm ansonsten fremden inneren Scheu begann er, darüber nachzudenken. Niemand, der sie zusammen gesehen hatte, konnte bezweifeln, daß es ein stärkerer Impuls war als die meiste übrige lässige und zwanglose Heterosexualität in der Akademie. Er zeigte sich am stärksten, wenn sie zusammen Geige und Klavier spielten; was immer zwischen ihnen war, vielleicht hatten sie jenes Ideal erreichen können, Gott im anderen zu finden, ohne auch nur den physischen Reiz des anderen Geschlechts.

Ich beneide sie, dachte er zu seinem eigenen Erstaunen.

Und dann begann er, über Peake nachzudenken, denjenigen von ihnen, der diese Art von Liebe erlebt hatte, und derjenige, der aufgrund seines Wesens allein war und keine Chance hatte, noch einmal eine solche Partnerschaft zu finden.

Er wird auf dieser ganzen Reise allein sein, und das, nachdem er eine Art von Liebe erlebt hat, der keiner von uns etwas entgegenzusetzen hat.

Peake war einer von ihnen, und plötzlich fragte sich Ravi, ob er es würde mitansehen können, wenn Peake während der ganzen Reise allein blieb. Trugen Teague und er, da sie sich alle nahestanden wie in – wie Moira es gesagt hatte – einer jener arrangierten Ehen –, eine gewisse Verantwortung, Peakes Einsamkeit zu erleichtern?

Ich bin sein Freund; sogar sein Partner bei der Navigation des Schiffs. Könnte ich, wenn er mich braucht, auch sein Geliebter sein? Der Gedanke jagte Ravi ein wenig Angst ein, und er drehte sich um und warf einen verstohlenen Blick auf Peake, der durch das bikonvexe Fenster auf die Unendlichkeit draußen schaute.

»Macht es dich nicht schwindlig?« wollte er wissen.

Peake schüttelte den Kopf. »Nein. Es gefällt mir«, sagte er.

Moira, die ihre Segel (ein straffes, zuckendes Dreieck gegen die Sterne) studiert hatte, hob den Kopf und meinte mit einem Anflug von Sarkasmus: »Ich bin sicher, das Universum ist glücklich, das zu hören.«

Peake war zu dunkel, um Röte zu zeigen, aber er senkte den Kopf mit einem dümmlichen Grinsen, und Ravi fühlte eine plötzliche, tiefe Zärtlichkeit. Er wußte auf einmal, daß er Peake auch liebte, und was immer geschah, er würde nicht zulassen, daß er in den Jahren, die vor ihnen lagen, litt.

Aber er wußte auch, daß er weiter mit Moira schlafen würde, solange sie Lust dazu hatte!

Während der nächsten vierundzwanzig Stunden erforschte die Besatzung die letzten Winkel des Schiffs, die sie noch nicht gesehen hatten; die Kontrollmodule für die Solarantriebe und die Segel, die Konvertermechanismen, die für das Recycling zuständig waren und die Materialien in Essen, Kleidung und andere Dinge remolekularisierten, die sie zum Leben hier draußen brauchten. Allerdings ging nur Teague, in einem Spezialstrahlenanzug, in den Hauptkonverterbereich. Moira schaute sich die Solarantriebe an, bei deren Montage sie mitgeholfen hatte, und sie blieb so lange, daß Fontana Angst bekam und ihr nachging. Ching weigerte sich strikt, jemanden außer ihr in das Computerzentrum zu lassen; sie trug antistatische Kleidung und blieb nur ein paar Minuten drinnen.

»Nur gerade so lange, um mir die allgemeine Anordnung einzuprägen, falls etwas passieren sollte – und laßt uns hoffen, daß es nie dazu kommt – und ich reingehen und wirklich etwas an der Hardware reparieren muß«, sagte sie, als sie wieder herauskam und sich aus dem Antistatikanzug schälte. »Und ich werde keine Führungen veranstalten. Wenn einer von euch irgendwann im nächsten Jahr oder so Lust hat, von mir zu lernen, was ich über Computer weiß, würde ich mich freuen, einen zweiten Computertechniker oder Assistenten zu bekommen, aber nicht, bis ich absolut sicher bin, daß ich das Ding selbst bis ins kleinste Detail kenne!« Sie streckte ihre verkrampften Glieder, denn das Innere das Computermoduls war kleiner als sie, und Ching war schon nicht groß. »Für dich ist es nichts, Peake – du würdest da nie reinpassen. Du kämst dir vor wie in diesem alten Folterinstrument – die Kiste, in der du weder sitzen noch liegen kannst! Ich hätte große Lust, in den Sportraum zu gehen und meine Beine ein bißchen auszuschütteln – es ist noch keiner von uns da gewesen!«

»Klingt gut«, pflichtete Peake ihr bei. »Moira ist noch mit den Segeln zugange, aber wenn sie fertig ist, können wir ja alle mitkommen.«

Sie mußten durch zwei der Freifallkorridore, um in das Modul zu kommen, dem sie den Namen Sportraum gegeben hatten. Teague, der direkt hinter Ching war, bemerkte, daß sie sich nicht mehr so verzweifelt an die Griffstange klammerte und daß sie die letzten paar Sekunden die Stange sogar losließ und sich treiben ließ. Also waren seine Bemühungen doch nicht ganz umsonst gewesen.

»Wie soll ich die DeMags einstellen?« fragte er Peake, der ihm unmittelbar folgte.

»Auf volle Schwerkraft«, antwortete Peake. »Zumindest für die erste Stunde. Eine Stunde Sport bei voller Schwerkraft plus eine vierstündige Schlafpause bei voller Schwerkraft dürfte die Muskeln und die inneren Organe fit halten. Wenn ihr danach mit Akrobatik in niedriger Schwerkraft experimentieren wollt, bitte. Aber als euer Schiffsarzt möchte ich euch mit allem Nachdruck den ärztlichen Rat geben – nicht weniger als eine Stunde Sport bei voller Schwerkraft pro Besatzungsmitglied pro Vierundzwanzig-Stunden-Schiffstag!«

»Mein Gott, wie feierlich.« Moira, die hinter ihm kam, lachte. »Wir hätten dich zum Captain wählen sollen, Peake.

Du hast genau die richtige Betonung und das nötige autoritäte Auftreten!«

»Ich bin Arzt«, erwiderte er. »Das, was ich gerade gesagt habe, ist keine persönliche Meinung, sondern eine medizinische Notwendigkeit. Eine einfache Tatsache. Wenn ihr sie ignoriert, gefährdet ihr damit euren Körper.«

»Die Schwerkraft ist eingestellt«, erklärte Teague. Er ging zu einem verankerten Rudergerät, setzte sich und fing mit seinen kräftigen Muskeln an zu rudern. Fontana, die in einer Ecke des würfelförmigen Moduls stand, sah bewundernd auf seine nackten Schultern und begann dann, langsam um den Raum zu joggen. Doch trotz der Tatsache, daß sie eine äußerst gesunde junge Frau war, fühlte sie schon nach ein paar Sekunden, wie ihr Herz hämmerte, und sie ließ sich für einen Augenblick auf den Boden fallen.

Peake ging zu ihr und beugte sich über sie. »Probleme, Fontana?« Er fühlte ihren Puls und runzelte die Stirn.

»Sag mal, hast du in der letzten Schlafpause bei voller Schwerkraft geschlafen?«

Fontana spürte, wie sie rot wurde, und warf einen raschen, schuldbewußten Blick auf Teague. Sie hatten die DeMags gerade so hoch gestellt gehabt, daß sie nicht auseinandergetrieben waren, als sie sich geliebt hatten. Hinterher hatten sie schwebend in null G geschlafen. Sie schüttelte den Kopf.

»Jetzt siehst du, warum es so wichtig ist«, sagte Peake ernst. »Das Herz braucht nicht lange, um sich null G anzupassen, und es ist ein Muskel wie jeder andere, es wird träge, wenn es nicht beansprucht wird. Die Muskeln im menschlichen Körper sind für ein G gemacht. Du wirst heute doppelt so lange Sport treiben müssen, und versuch das ja nicht noch einmal.«

Fontana blickte ihn aufsässig an, aber das Klopfen ihres Herzens hatte ihr Angst gemacht. Konnte es wirklich sein, daß sie außerhalb der gewohnten Schwerkraft der Erde so schnell ihre Kondition verloren? »In Ordnung«, sagte sie ernüchtert. »Ich werde daran denken, Peake.«

Peake nickte und setzte sich in einen harten, unerbittlichen Trab um den Raum. Auf einer Seite hielt sich Ching an einer Ballettstange fest und machte geschmeidige, flüssige Kniebeu-

gen – Peake kramte in seinem vollgestopften Gedächtnis nach dem Fachausdruck, *Pliés.* Während ihrer physischen Ausbildung hatten sie alle zur körperlichen Ertüchtigung Ballettgrundkurse mitgemacht, und einige Frauen machten die Übungen immer noch als Trainingsroutine. Ravi lief ebenfalls, auf einer Tretmühle. Peake joggte weiter, fühlte das Stampfen seiner Füße auf dem Boden, genoß die langsame Beschleunigung seines Herzschlags. Er war in ausgezeichneter Kondition, bestätigte er sich im stillen, und er hatte die Absicht, es zu bleiben, obwohl er annahm, daß die Neuheit, Sport in dem kleinen Gymnastikmodul zu treiben, ziemlich bald ihren Reiz verlieren würde.

Als er um den kleinen Raum lief, kam er immer wieder an Teague am Rudergerät vorbei, und ungefähr beim viertenmal wurde ihm klar, daß auch er auf den muskulösen Körper des rothaarigen jungen Mannes schaute. Nicht unbedingt verlangend; er merkte nur, daß er Teague betrachtete, und es erschreckte ihn, denn er hatte in Jahren niemanden so angesehen. Nicht seit er und Jimson – er unterbrach den Gedanken abrupt, da er wußte, daß Fontana recht gehabt hatte. Zurückzublicken war sinnlos, nur Selbstquälerei.

Gucken ist nicht schlimm, sagte er sich entschlossen, als er weiterlief. *Vor allem, wenn es garantiert dabei bleibt. Teague und Ravi sind beide Schürzenjäger. Sollen sie, sie sind sowieso beide nicht mein Typ.*

Er hatte noch nie solche Gedanken bei jemandem gehabt – jedenfalls nicht, seit er erwachsen war – ausgenommen bei Jimson.

Aber warum nicht? Warum war ich anders? Er kannte die Theorie, daß sich Homosexualität oder Heterosexualität im Alter von zwei bis drei prägt. Wenn die Praxis frei ist von sozialen Stigmata, wie in der Akademie, ist wenigstens einer von fünf oder sechs Männern homosexuell; außer ihm selbst hatte es noch vier oder fünf andere in ihrer Klasse gegeben. Alle außer ihm und Jimson hatten es auch mit Frauen versucht; sie beide waren einfach zu sehr miteinander beschäftigt gewesen.

Ich weiß nicht, wie ich zu Frauen stehe. Ich habe mir nie die Mühe gemacht, es herauszufinden. Und dann, während er lief, begriff

Peake, daß solche Gedanken genau das waren, was harte körperliche Betätigung verhindern sollte; völlig mit dem Körper beschäftigt, verließen Bewußtsein und morbide Introspektion den Geist. Peake beschleunigte zu einem Sprint und dachte an nichts mehr. Er genoß einfach das Gefühl seines Körpers, seiner Füße, die auf den Boden stampften, das Klopfen seines Herzens, das Gefühl des Schweißes, der aus seinen Poren brach.

Als es passierte, war es nicht so, wie er immer gedacht hatte, wie es sein würde, wenn so etwas passierte. Zuerst fühlte er, wie seine Füße leicht wegglitten, als ob der Boden plötzlich rutschig wäre und seine nackten Füße ihre Haftung verlören. Dann, da er sich zu schnell bewegte, um sich fangen zu können, fühlte er, wie er den Halt verlor und schwerelos auf die gegenüberliegende Wand zustürzte. *Trägheit,* dachte er, *ein Körper bewegt sich immer weiter in derselben Richtung, es sei denn, daß ihn zufällig etwas stoppt …* er drehte sich so fest er konnte, um sich zu einer Kugel zusammenzurollen, prallte hart mit einer Schulter auf und rutschte, nicht mehr die Wand *hinunter,* sondern an ihr entlang. Er blickte sich um. Ching schwebte; sie klammerte sich mit einer Hand an die Ballettstange und sah überrascht und entsetzt aus; der Schwung ihrer Kniebeuge hatte sie in die Luft gestoßen, und es war nichts da, das sie wieder heruntergebracht hätte. Fontana, Ravi und Moira schwebten mitten in der Luft, während sich Teague, der noch immer im Rudergerät saß, entsetzt umschaute.

Moira, mit der Gewandtheit der freifalltrainierten Athletin, wußte schon, was passiert war, und machte kräftige Schwimmbewegungen hinunter zum DeMag-System.

»Die Schwerkraft ist weg«, verkündete sie überflüssigerweise. »Du hast sie nicht richtig eingestellt, Teague.«

»Habe ich doch«, protestierte Teague, der mit einiger Mühe aus dem Ruderer kletterte. »Sieh doch, es steht immer noch voll auf EIN – ein G.«

Fontana gesellte sich zu ihnen. »Ich bin zwar nicht der Experte für DeMag-Technik wie du, Teague, aber ein bißchen weiß ich auch darüber, und ein richtig eingestellter DeMag geht nicht so einfach aus. Es soll doch ein Sicherheitssystem eingebaut sein, das die Schwerkraft langsam verringert, um gerade so was wie das hier zu vermeiden. Es hätte jemand verletzt werden können ...«

Teague hatte bereits die Abdeckplatte über dem System entfernt und spähte in das Innere. Fontana fand, daß er sehr seltsam aussah, wie seine Beine gerade aus dem Kasten ragten, als ob er hineinschwimmen würde. Moira schob Fontana beiseite und sah ebenfalls hinein.

»Das System ist in Ordnung«, stellte sie fest. »Bist du sicher, daß du es richtig eingestellt hast, Teague?«

»Absolut. Und selbst wenn ich es nicht hätte, könnte es nicht so plötzlich ausgehen.« Er zog langsam den Kopf aus dem Kasten. »Das Ganze ist an den Zentralcomputer der Lebenserhaltung angeschlossen, und wenn es ausfällt – und nichts ist perfekt –, schaltet sich ein Notsystem ein, so daß sich die Schwerkraft nur allmählich verändert. Es ist nicht so schlimm, wenn die Schwerkraft *ausfällt* – aber stellt euch vor, wir wären alle im Freifall gewesen und hätten Akrobatik oder was weiß ich gemacht.« Er deutete auf Ching, die sich noch immer an der Stange festhielt. »Jeder, der *so* in der Luft gehangen hätte, wäre mit voller Wucht auf den Boden geknallt – es hätte sich jemand das Bein, die Kniescheibe oder die Schulter brechen können – was ist los, Moira?« fragte er, denn die rothaarige Frau war weiß geworden, und ihre Sommersprossen traten wie Flecken hervor.

Sie lächelte unsicher. »Ich – ich weiß nicht. Es ist wieder so ein Gefühl ...«

Teague sah ernst aus. »Ich glaube, wir machen es mit Moira wie die Bergleute mit ihren Kanarienvögeln – wenn der Vogel umkippt, stimmt was nicht, auch wenn der Bergmann es noch nicht fühlt. Wenn Moira so aussieht, nehmen wir an, daß ein echter Notfall vorliegt. Ching, wenn es etwas im Computer ist ...« Dann fiel ihm ein, daß sie Angst vor dem Freifall hatte. Er stieß sich nach oben ab, ergriff ihre Hände und hielt sie vorsichtig fest, als sie sich langsam auf den Boden hinunterließ.

»Es muß psychisch bedingt sein, Ching«, sagte er leise, nur für ihre Ohren bestimmt. »Du bist ein G-N; deine Innenohrgänge sind per Definition perfekt.«

SF

»Ich glaube, die müssen die Genetiker vergessen haben«, antwortete sie zitternd, und plötzlich übergab sie sich mitten in der Luft.

»Laß sie los«, sagte Peake rasch. »Holt sie runter!«

Ching stöhnte würgend. »Es gibt kein *unten!*«

Peake kam dazu und kümmerte sich um Ching. Er prüfte ihren Puls und wischte ihr Gesicht ab. Die anderen bemühten sich, mit unterschiedlichen Ausdrücken von Ekel und Verärgerung, herumschwebenden Teilen von Erbrochenem auszuweichen. Fontana – die auch medizinisch ausgebildet war, wie Peake einfiel – kam mit einem angefeuchteten Handtuch in der Hand und säuberte Ching vorsichtig das Gesicht. Ching würgte immer noch und weinte, doch als Fontana sie berührte, gab sie sich merklich Mühe, sich zusammenzunehmen.

»Ich bin okay. Tut mir leid, aber ich konnte nichts dafür. Brauchst du Hilfe, Teague?«

»Am System scheint es nicht zu liegen«, erklärte Moira. Ihre Hände strichen zärtlich über die DeMag-Anlage. »Es ist völlig in Ordnung.«

»Vielleicht haben wir alles nur geträumt«, sagte Fontana scharf.

Moiras Stimme klang ungeduldig. »Nein, nein, das meine ich damit nicht. Ich meine, da das DeMag einwandfrei funktioniert, muß der Fehler irgendwo im Computeranschluß liegen.«

»Die DeMags sind alle gleich programmiert«, erklärte Ching, die sich mit einer Hand unten hielt und in den Kasten blickte. »Wenn das hier irgendwie falsch eingestellt wäre, müßte es bei allen passiert sein. Und die anderen sind alle in Ordnung.»

»Haltet euch fest«, mischte sich Teague ein. »Ich werde jetzt mal etwas versuchen.« Er drehte den Knopf des DeMag-System ganz auf AUS, und dann wieder andersherum auf EIN.

Ching fühlte, wie sie in Richtung Boden glitt; der Sportraum war auf einmal wieder mit der richtigen Seite nach oben, und ihr Inneres beruhigte sich. Sie verzog vor Ekel das Gesicht, als sie ihre verdreckte Tunika sah, die mit Erbrochenem und halb verdauten Fleisch und Salat bespritzt war.

»Und diesmal ist es genauso angegangen, wie es soll«, sagte Ravi. »Langsam und allmählich, so daß niemand runtergefallen ist und sich den Knöchel oder was weiß ich verstaucht hat.«

Teague betrachtete finster den Knopf. »Ich glaube, ich überprüfe besser mal alle Systeme im Lebenserhaltungsmodul. Und du, Ching, überprüfst die Computeranschlüsse ...«

»Es liegt nicht am Computer«, protestierte sie bestimmt, doch bei Moiras funkelndem Blick gab sie nach. »Schon gut! Schon gut! Ich werde jede Verbindung überprüfen! Aber ihr habt doch nichts dagegen, wenn ich erst mal hier saubermache und mich umziehe – und unter die Dusche gehe?«

VII

Während sie sich duschte, dachte Ching darüber nach.

Sie hatte darauf bestanden, den Sportraum ganz allein sauberzumachen (das Erbrochene war in einem übelriechenden Schauer zu Boden geregnet, als die Schwerkraft zurückkehrte), bevor sie sich selbst frisch machte. Jetzt stand sie unter der Dusche, schrubbte sich heftig ab und ließ das heiße Wasser Ekel und Schmutz wegspülen, während sie ihr kurzes, glattes Haar kräftig mit Shampoo einschäumte.

War es wirklich psychisch bedingt? Sicher, sie hatte sich nicht auf Psychologie spezialisiert und sie im Grunde immer als eine schlampige und ungenaue Wissenschaft betrachtet. Aber Teague hatte recht; als G-N müßte sie perfekte Innenohrgänge haben, und diese plötzliche Übelkeit war augenscheinlich irgendein Defekt. Sie fand es verwirrend und beängstigend zugleich. Sie hatte ihr Leben lang noch nie etwas gehabt, mit Ausnahme eines gebrochenen Fingers, als sie neun gewesen war, und dem gelegentlichen 24-Stunden-Virus. Jetzt hatte ihr Körper sie im Stich gelassen, und das auf die denkbar demütigendste Weise. Nun, nicht *ganz,* sagte sie sich mit einem Anflug düsteren Humors. Sie hätte einnässen können, oder ihr Afterschließmuskel hätte so versagen können, vor den Augen aller; *das* wäre noch wesentlich schlimmer gewesen!

Aber sie erwartete von sich, perfekt zu sein, hatte die Kooperation ihres perfekten Körpers als selbstverständlich erachtet – sie hatte bisher nicht einmal ein Loch in den Zähnen gehabt! Unter dem tröstenden Strahl der heißen Dusche, der an ihr herunterfloß, Gott sei Dank an ihr *herunter,* durchfuhr sie plötzlich ein Gefühl erneuter Panik, *Wenn jetzt die Schwerkraft hier ausfallen würde, müßte ich ertrinken,* doch sie ermahnte sich entschlossen, nicht albern zu sein. Alle möglichen Sicherheitssysteme waren in die DeMags eingebaut. Sie würde nicht ertrinken, bevor sie dazu kam, das Wasser abzudrehen. Warum benahm sie sich nur so albern?

Sie trat aus der Dusche, fönte und kämmte ihr Haar und

genoß das Gefühl, wieder sauber zu sein. Dann zog sie einen neuen Slip und eine frische Tunika an und stieg in ein Paar Pappslipper. *Ich sollte jetzt lieber gehen und die Computeranschlüsse überprüfen,* dachte sie. *Obwohl es nicht am Computer liegen kann ...* und wieder stieg jenes Gefühl einer plötzlichen, schwankenden Panik in ihr auf.

Ich soll einen perfekten Körper haben, mitsamt perfekten Innenohrgängen. Wenn mich mein eigener Körper so im Stich läßt, kann ich dann dem Computer trauen?

Teague war weg, die DeMag- und die Lebenserhaltungssysteme zu überprüfen, und Fontana, als seine Assistentin, war mit ihm gegangen. Ravi, der die Schicht hatte, war auf der Brücke, um routinemäßig Kurs, Chronometerzeit und die Anzeigen der Navigationsinstrumente zu überprüfen. Peake und Moira, die nichts anderes zu tun hatten, waren im Sportraum geblieben, Peake, um mit seinem Lauftraining weiterzumachen, und Moira, um an den Geräten zu trainieren.

Nachdem Peake seine hundertste Runde beendet hatte, was einem zwei-Meilen-Lauf gleichkam, glitt er zu Boden und schlug seine langen Beine übereinander, um Moira zuzuschauen, wie sie am Barren turnte. *Wenn die Schwerkraft jetzt ausfallen würde,* dachte er, *würde sie sich das Genick brechen!* Und er fühlte, wie ihm bei dem Gedanken schauderte.

Als sie bemerkte, daß er ihr zusah, sprang sie herunter.

»Du bist praktisch gut genug für die Olympischen Spiele«, sagte er lächelnd.

»Das sind wir fast alle«, erwiderte sie mit ihrem kehligen Lachen. »Wir trainieren schließlich sehr hart, und es gibt eine Menge hoch-mesomorpher Typen in der Akademie – klein, kompakt, muskulös. Es ist eine der physischen Begleitformen der Intelligenz. Die andere vertrittst du – groß, dünn, ektomorph. Es ist tatsächlich im Gespräch gewesen, daß einige von uns mitmachen sollten. Die Frage ist nur, für welches Land. Australien? Die Welt würde sich beschweren, wenn sich Australien auf solche Teilnehmer wie uns stützen würde. Unser eigenes? Niemand soll wissen, woher wir kommen, und das würde uns wieder in die nationale Politik bringen. Also – keine Olympischen Stars aus der Akademie.«

»Für welches Land wärst du angetreten, wenn du doch mitgemacht hättest?« wollte Peake wissen. »Hätte es dir überhaupt Spaß gemacht?«

Sie zuckte die Achseln. »Manchmal denke ich, es wäre ganz schön gewesen. Ich stehe eigentlich gern im Rampenlicht. Bloß wenn mein Ehrgeiz in diese Richtung gegangen wäre, wäre ich kaum auf der Akademie geblieben, oder?« fragte sie und beantwortete seine letzte Frage zuerst. »Ich glaube, du hast mir noch nie gesagt, wie du richtig heißt, Peake.«

»David Akamie, und ich stamme aus Südafrika. Und du ...«

»Ellen Finlayson«, sagte sie. »Ich wurde in Schottland geboren, das hat man mir jedenfalls gesagt – ich kann mich nicht mehr erinnern, also weiß ich es nur vom Hörensagen.« Sie lachte wieder. »Hast du was dagegen, wenn ich die DeMags wieder abstelle? Ich habe einige Übung im Freifall bekommen, als Teague und ich die Antriebe installiert haben, und ich würde gern ein bißchen Freifallakrobatik machen – ich habe mir die letzten drei Erdentage die Sendungen vom Lunardom angesehen.«

»Überhaupt nicht«, antwortete Peake, worauf Moira die Systeme ausschaltete und spürte, wie die Schwerkraft ganz allmählich nachließ. Zuerst fühlten sie sich etwas benommen, erlebten eine kurze Desorientierung, dann setzte das anregende Gefühl des Schwebens ein. Moira sprang hoch in die Luft, vollführte eine schnelle Reihe von Saltos, wobei sie sich wie ein Kreisel um ihren eigenen Mittelpunkt drehte; kam lachend und erhitzt zur Ruhe, legte sich lang auf den Rücken und drehte sich auf ihrem eigenen Schwung, die Arme von sich gestreckt.

»Ich möchte bloß wissen, warum Ching schlecht geworden ist«, sagte sie. »Ich weiß gar nicht, wie einem hierbei schlecht werden kann. Mir *gefällt* das Gefühl der Schwerelosigkeit.«

»Vielleicht sind ihre Innenohrgänge nicht so stabil wie deine.«

»Jetzt mach aber mal hablang«, erwiderte sie spöttisch. »Sie ist doch ein G-N.«

»In dem Fall ist es nur eine Sache der Akklimatisierung. Sie wird sich sehr schnell daran gewöhnen. Mach dich nicht über sie lustig, Moira.«

»Ich wollte mich nicht über sie lustig machen, Peake«, entgegnete Moira ruhig. »Sie tut mir nur leid. Sie ist immer so perfekt und selbstbeherrscht gewesen. Vielleicht ist es das – es macht ihr Angst, sich nicht unter Kontrolle zu haben, weil genau dies eine der Gegebenheiten ihres Lebens ist. Perfekt zu sein. Wie ein Computer. Jeder G-N hält es für selbstverständlich – perfekt zu sein, meine ich. Du und ich und wir übrigen müssen mit der Tatsache leben, daß wir nur Konglomerate zufälliger Gene sind; wenn wir es geschafft haben, auf die Akademie zu kommen, bedeutet es, daß wir das Endprodukt natürlicher Selektion sind. Du noch mehr als ich, weil in deinem Land die Schwächeren in Hungersnöten et cetera sterben. Wir wissen also, wenn wir so weit kommen, ist der Grund der, daß wir, oder unsere Vorfahren, irgend etwas Besseres in uns, Körper und Gehirn, hatten. Ching kann sich nicht auf so etwas stützen – was immer besser an ihr ist, sie weiß, daß es nur darauf zurückzuführen ist, daß irgendein Wissenschaftler mit dem Keimplasma ihrer Eltern experimentiert hat. Nicht auf Wurzeln.«

All das stimmte, dachte Peake; aber er war überrascht, daß es die realistische Moira war, die es gesagt hatte. Er hatte sie nicht für sensibel genug gehalten, dies zu erkennen, und er stellte fest, daß er Moira auf einmal mit anderen Augen betrachtete. Sie konnte auch mitfühlend sein, wohingegen sie ihn früher immer ein bißchen eingeschüchtert hatte.

Sie zog ihn zu sich hoch, und er fühlte, wie er auf der dämpfenden Luft ein bißchen federte. »Wenn ich mich recht erinnere, bist du doch auch ein ganz guter Akrobat«, sagte sie. »Komm, versuchen wir ein paar Doppelsaltos um einen gemeinsamen Mittelpunkt ...«

Während er sie bei den Händen hielt und sich drehte, hatte Peake das seltsame Gefühl, daß sich die Welt, nicht er selbst, drehte, während er unverändert blieb im Zentrum des Moduls, das um sie tanzte und kreiste; daß sich das absolute Zentrum des Universums irgendwo in dem kleiner werdenden Zwischenraum zwischen Moiras zusammengerolltem Körper und seinem eigenen befand, während sich das Modul um sie drehte, während sich die drehenden Sterne bewegten ... am Ende einer langen Spirale kamen sie langsam zur Ruhe, fast in den Armen des anderen. Langsam, sich aneinander festhaltend, schwebten sie nach unten.

Moira hatte es auch gefühlt, als ob sich das Universum auf die Stelle in dem kleiner werdenden Zwischenraum zwischen ihren Körpern konzentrierte, und sie zögerte, den Kontakt zu unterbrechen.

»Für eine Frau machst du das ganz gut!« sagte Peake lachend.

»Unsinn!« Moira war nicht verärgert, sondern lachte. »Das ist genau das gleiche, als ob ich sagen würde, daß du für einen Mann ganz gut Geige spielst! Glaubst du wirklich, akrobatische Geschicklichkeit ist geschlechtsgebunden?«

Er schüttelte den Kopf. »Die Muskeln der Frau haben einen höheren Prozentsatz an Körperfett«, erklärte er. »Ihr Schwerpunkt ist tiefer, und deshalb sind Männer im allgemeinen bessere Athleten. So habe ich es zumindest als Mediziner gelernt – ich behaupte nicht von mir, ein Experte in Sachen Athletik zu sein. Wenn die Frauen den Männern auf diesem Gebiet gleichwertig sind, dann entschuldige ich mich – ich habe aus Unkenntnis heraus gesprochen, nicht aus Chauvinismus.«

»Akzeptiert.« Sie umarmte ihn flüchtig. Dann, als er ihre Geste spontan erwiderte, wurde sie ruhig, absolut still, und ihr Blick begegnete seinem, offen und klar.

»Willst du mit mir schlafen? Wenn du möchtest, sag es.«

Schock durchflutete Peake; er hatte das Gefühl, als ob der Boden aus seinem Universum verschwunden wäre, die sich konzentrierende Nähe plötzlich durch leere Kälte ersetzt würde. Der Gedanke wäre ihm nie gekommen, es wäre das letzte gewesen, woran er gedacht hätte. Dem Sekundenbruchteil der Panik folgte ein Sekundenbruchteil von Zynismus: *Vielleicht sollte ich es versuchen, vielleicht sollte ich herausfinden, wie es ist ...* aber Panik, Leere und Schock wurden von einer plötzlichen, unkontrollierbaren Welle der Feindseligkeit verdrängt.

»Was ist los? Reicht dir Ravi nicht? Oder kannst du nicht mit der Vorstellung leben, daß es einen Mann auf der Welt gibt, der dich nicht will? Ich glaube, ich bin der einzige Mann in der Akademie gewesen, mit dem du nicht geschlafen hast, und jetzt willst du wohl deine Sammlung komplett machen.«

Moiras Gesicht wurde weiß bei seinem Zorn, aber sie senkte nicht den Blick. Sie schüttelte leicht den Kopf, wobei ihr lockiges Haar auf den sanften Luftströmen im Raum vom Kopf abtrieb, und sagte: »Nein, Peake. Ich schäme mich nicht, daß mir Sex Spaß macht, aber das meinte ich nicht. Ich dachte nur – ich dachte, dann würdest du dich vielleicht nicht mehr ganz so einsam fühlen, das ist alles.«

Und plötzlich schämte sich Peake. Er hatte sich einsam gefühlt, schrecklich einsam, isoliert und ohne Freunde, und wenn ihm dann einer von seiner neuen Familie anbot, das Höchste mit ihm zu teilen, reagierte er so! Er mochte Moira, er war erstaunt gewesen, wie sensibel sie war – seiner Erfahrung nach waren die meisten Frauen nüchterne Realisten, unfähig zu jenen zarten Gefühlen, wie sie Männer zeigen konnten. Aber dennoch ... irgend etwas in ihm weigerte sich, diese Art von Trost so ohne weiteres anzunehmen, wo es Moira nicht mehr bedeutete als die Geste, mit der sie ihn umarmt hatte, eine rein physische Art von Trost. Er fragte sich, ob das alles war, was Sex für die Frauen bedeutete.

»Es tut mir leid, Moira«, sagte er unbeholfen. »Ich hätte das nicht sagen sollen. Ich – ich weiß, du meinst es nur gut, und ich – ich weiß es wirklich zu schätzen. Ehrlich. Aber ich glaube, ich bin einfach nicht – nicht dafür bereit. Noch nicht.«

Eine weitere Schlafpause war gekommen und vergangen, und Teague saß im Musikraum, mit Notenpapier und einem Stift, und kritzelte eifrig vor sich hin. Ching kam herein und blickte ihm über die Schulter.

»Was machst du da?« Die Augen auf die Noten gerichtet, sang Ching sie langsam und korrekt, in einer lieblichen, klaren Mezzostimme. »Das ist eine wunderschöne Melodie, Teague, aber ich erkenne sie nicht. Ist es etwas, das nicht im Computer ist? Vielleicht etwas von Delius? Es hört sich fast so an.«

»Danke für das Kompliment«, erwiderte Teague trocken.

»Du hast das geschrieben?« Sie sah voll Überraschung und Bewunderung auf ihn hinunter. »Es ist wundervoll, Teague. Ich wußte nicht, daß du komponierst!«

»Nur gelegentlich«, erklärte er. »Wenn ich gerade eine Inspiration habe.«

»Was wird es? Eine Sonate?«

»Ein Streichquartett«, gestand Teague. »Aber erzähl den anderen nichts davon, Ching. Sie würden mich wahrscheinlich für albern halten. Niemand komponiert heutzutage noch Musik, wo die Computer es viel besser können ...«

»Nein, *das* ist albern. Es gibt keinen Ersatz für das menschliche Wissen.«

»Es überrascht mich, daß ausgerechnet du das sagst, Ching. Du hältst doch den Computer für den lieben Gott, oder? Sogar deine Existenz – es war Computertechnik, welche die Modifikationen im menschlichen Keimplasma erzeugte, die die G-Ns möglich machte, oder nicht? Man könnte sagen, daß ein Computer dein richtiger Vater war, nicht wahr?«

Ching kicherte. »Wenn ich mir das bildlich vorstelle ...« Und zum erstenmal kam Teague in den Sinn, daß Chings völlig unscheinbares, durchschnittliches Gesicht, ohne ein einziges Merkmal, das einem auffiel oder an das man sich erinnerte, irgendwie hübsch und individuell schien, wenn sie so lachte. Nicht mit einem bestimmten positiven oder negativen Merkmal; aber irgendwie war ihr Lachen völlig anders als alles, was er bisher gehört hatte.

Dann wurde sie wieder ernst, und ihre Stimme, immer ein bißchen gespannt und didaktisch, löschte praktisch die Erinnerung an jenes reizende Lachen. »Nein, Teague, ich vergöttere die Computer nicht«, sagte sie. »Vielleicht weniger als ihr anderen, weil ich mehr über sie weiß und weiß, was sie können und was nicht. Aber wir müssen uns auf sie verlassen, weil das – Universum einfach zu groß ist. Erinnerst du dich noch, was Ravi über die Schlammspringer und das Great Barrier gesagt hat? Die Computer können nur das tun, was wir ihnen befehlen, und nur dann, wenn wir den Befehl in genau der richtigen Weise stellen. Es ist wie dieses Wortspiel, das wir früher im Kindergarten gespielt haben – *Simon sagt, mach drei große*

Schritte – und man mußte anfangen *Darf ich – Ja –*, und wenn man ein einziges *Simon sagt* oder *Darf ich* vergaß, mußte man wieder ganz von vorn anfangen. Ein Computer ist wie dieses Kinderspiel. Alles, wenn man es richtig fragt, und nichts, wenn man es nicht tut. Apropos Computer, Teague, ich habe sämtliche Anschlüsse der DeMags überprüft. Es war alles in Ordnung. Ich kann mir nur vorstellen, daß jemand aus Versehen an den Knopf gekommen ist und ihn abgeschaltet hat, deshalb würde ich eine Schutzabdeckung für ihn vorschlagen.«

Teague runzelte die Stirn und drehte sich zu Ching herum. »Ich wüßte nicht, wie es passiert sein könnte. Es wäre vielleicht möglich gewesen, wenn es ein Druckschalter gewesen wäre. Aber es ist ein Knopf, der im Uhrzeigersinn gedreht werden muß, um das DeMag einzuschalten und gegen den Uhrzeigersinn, um es auszuschalten, und so einfach läßt er sich nicht drehen. Er kann kaum durch Zufall ausgeschaltet worden sein, und ich kann mir auch nicht vorstellen, daß es einer von uns absichtlich getan hat, ohne die anderen zu warnen. Peake hätte leicht getötet werden können, und wenn er nicht von Natur aus ein so guter Sportler wäre, dann *wäre* er jetzt tot. Keiner von uns ist so dumm, geschweige denn so boshaft, den anderen auf diese Weise einen Streich spielen zu wollen. Streichen wir also das zufällige Ausschalten oder das vorsätzliche, ohne jemandemetwas zu sagen – was bedeuten würde, daß einer von uns ein Psychopath wäre, dem es egal wäre, wenn er oder sie jemanden umbringen würde –, so läuft es auf einen Defekt im DeMag-System oder im Computeranschluß hinaus. Aber Fontana und ich haben das DeMag-System und die Steuerung bis ins kleinste überprüft, und sie sind einwandfrei.«

Ching runzelte die Stirn und dachte angestrengt nach. Sie konnte in ihrem Bauch wieder jene plötzliche Übelkeit und Angst fühlen, als sie desorientiert in der Schwerelosigkeit gehangen hatte, kopfüber an einer Ballettstange, die noch Augenblicke zuvor sicher und stabil gewesen war. »Könnte es ein Kurzschluß in der Verdrahtung des Steuermechanismus gewesen sein, Teague?« fragte sie. »Das würde erklären, warum es plötzlich ausging und dann wieder an, als du es aus- und danach wieder eingeschaltet hast.«

»Möglich, aber das könnten wir jetzt nicht mehr feststellen. Fontana hatte denselben Gedanken; es war das erste, woran sie gedacht hat. »Natürlich *können* Stromkreise ausfallen, aber alle Stromkreise an Bord dieses Schiffs werden von Computern kontrolliert, und sie könnten kaum ausfallen, ohne daß es irgendwie gemeldet würde – ich meine, nicht so, wie es bei einem normalen Abschalten wäre.«

»Das kannst du annehmen«, sagte Moira hinter ihnen. »Fontana und ich haben sämtliche Schaltkreise und das ganze DeMag-System überprüft, bevor wir ins Bett gegangen sind, und sie schnurren so friedlich vor sich hin wie eine zufriedene Katze. Apropos Katze, ich wünsche, wir hätten ein paar Katzen mitnehmen dürfen. Ich mag lebendige Dinge.«

»Es sind genug Pflanzen im Treibhaus«, erwiderte Teague, »aber gegen Tiere gab es alle möglichen Einwände. Angefangen von der Verseuchung fremder Welten bis hin zu psychologischen Problemen, wenn wir nachher zu sehr an ihnen hängen und darunter leiden, wenn sie sterben, oder Inzucht, die nach mehreren Generationen von Katzen Monster hervorbringen könnte. Ganz zu schweigen davon, daß Katzen den Freifall sehr schlecht vertragen; schlechter als jedes andere Tier. Ihre Innenohrgänge sind noch empfindlicher als die menschlichen. Um so mehr, als sie nicht so auf visuelle Reize reagieren können wie wir Menschen.«

»Pflanzen – das meine ich nicht mit lebendigen Dingen.« Moira ging hinüber zum Regal, wo die Musikinstrumente aufbewahrt wurden und holte ihr Cello heraus. Kurz darauf kam Fontana mit einem Ausdruck der *Messe für Fünf Stimmen* herein.

»Ching, du kannst den Sopranpart übernehmen, wenn du möchtest. Du hast die Stimmlage – du kannst doch das hohe A singen, oder?«

»Ich möchte lieber den Kontraalt singen, Fontana. Ich mag Harmonie. Du und Peake, ihr beide könnt euch die Ehre teilen, die Melodie zu übernehmen.«

»Die Messe ist ein bißchen kompliziert. Ich dachte, wir könnten mit etwas Kürzerem anfangen. Das hier kennt ihr, nicht wahr?« Sie summte den Anfang des *Ave Verum.* Teague übernahm den Baßpart, wobei er das Notenblatt, das er beschrieben hatte, heimlich in seinen Flötenkasten steckte. Plötzlich begann Moiras Cello nach oben zu schweben, während Teague nach einer Handvoll herumtreibender Blätter griff.

»Oh, *verdammt!*« Er schnappte nach vereinzelten Blättern. Ching bemühte sich, ihrer Übelkeit Herr zu werden, hielt sich am Türrahmen fest und schloß die Augen, als sich der Raum um sie drehte. Moira schnappte sich das Cello, bugsierte es in seinen Koffer und ließ ihn zuschnappen, dann drückte sie sich zielstrebig nach unten zum DeMag-System.

»Also wirklich, ich finde, da hört doch der Spaß auf«, sagte Moira wütend. Teague starrte sie an.

»Glaubst du im Ernst, jemand würde so etwas aus Spaß tun, Moira? Außerdem ist niemand in der Nähe des Steuerknopfs gewesen ...«

»Nein, das glaube ich nicht. Peake ist zu sehr darauf bedacht, daß wir bei voller Schwerkraft arbeiten, und Ravi weiß genau, wie gefährlich so etwas werden könnte. Und wir anderen hatten uns die ganze Zeit hier im Auge. Aber ich habe nicht einmal im Anschluß einen Fehler finden können. Es muß der Computer sein, Ching.«

»Ich weiß nicht, warum ihr alle auf dem Computer herumhackt«, sagte sie eigensinnig, die Augen noch immer fest zusammengekniffen gegen die schreckliche Übelkeit. Sie würde ihr Frühstück *nicht* wieder von sich geben, NEIN! »Ich habe jeden Anschluß an die DeMags überprüft, und die Programmierung scheint völlig in Ordnung zu sein! Das meiste habe ich selbst gemacht, und ich mache solche Fehler nicht!«

»Ich versuch mal das, was du beim letztenmal gemacht hast, Teague«, meinte Moira. Sie drehte den Knopf fest auf AUS und dann wieder auf EIN. Der Cellokoffer fiel polternd um, und wenn das Cello nicht in ihm gewesen wäre, wäre es kaputt gewesen. Ching landete mit einem Plumps und einem leisen, unterdrückten Aufschrei auf dem Boden.

»Also kann es nur an den Kontrollknöpfen liegen«, erklärte Moira, während ihre Finger den Knopf vorsichtig betasteten, als ob sie ein Wunder untersuchten. »Ich werde einen der Knöpfe auseinandernehmen und sehen, wie er aufgebaut ist, und warum das immer wieder passiert. Zuerst im Sportraum,

jetzt hier, und der Himmel weiß, wo als nächstes! Und es hätte verdammt gefährlich werden können.« Sie warf einen Blick auf Ching und fügte hinzu: »Du siehst angeschlagen aus. Möchtest du etwas trinken? Kaffee, Tee – oder etwas Stärkeres?«

»Brandy«, sagte Fontana. »Als Medizin.« Sie ging zur Konsole und tastete sich einen Drink und einen etwas stärkeren für Ching. »Nein, kipp ihn runter, Ching. Ich bin zwar kein richtiger Arzt wie Peake, aber ich habe eine Medizinausbildung gehabt, und das da ist im Augenblick genau das, was du brauchst.«

Ching verzog angewidert das Gesicht, als sie langsam die scharfe Flüssigkeit trank.

»Uhh, widerlich!«

Trotzdem bemerkte Fontana, wie langsam die Farbe in ihr Gesicht zurückkehrte.

Peake und Ravi kamen in die Hauptkabine, und als sie Fontana und Ching mit ihren Drinks sahen, holten sie sich ebenfalls etwas zu trinken. »Cocktailstunde, was?« meinte Teague und tastete sich auch etwas. Er suchte die Noten zusammen, wobei er seine eigenen sorgfältig von dem Ausdruck der Madrigale trennte, die Fontana mitgebracht hatte, und sie wieder in den Flötenkasten steckte. Dann begann er, die Blätter auszuteilen.

»Fontana, Sopran. Ching, Alt. Peake, Tenor. Ravi, Bariton. Und ich singe Baß«, sagte er. »Moira, spielst du für uns? Oder sollen wir zuerst in den Sportraum gehen und uns ein bißchen warm machen?«

»Nein!« protestierte Moira scharf, automatisch und ohne nachzudenken. Dann, als sie hörte, was sie gesagt hatte, begann sie, es rational zu erklären.

»Ich meine, wir sollten – aus dem Sportraum bleiben, bis wir wissen, was mit den DeMags passiert ist. Im Sportraum kann uns am ehesten etwas zustoßen, und wenn eins der Systeme plötzlich wieder ausfiele, könnte es diesmal gefährlicher werden ...«

Ihre Stimme verlor sich wieder.

»Sieh mal, eine der ersten Prioritäten an Bord des Schiffs ist es, daß wir uns körperlich fit halten«, protestierte Ravi. »Wenn der Sportraum zu bleibt ...«

»Moira besitzt außersinnliche Fähigkeiten«, sagte Peake scharf. »Hast du vergessen, wie wir das damals *herausgefunden* haben? Wir bleiben aus dem Sportraum, bis wir wissen, was mit den DeMags los ist, und das ist ein Befehl!«

Teague hob den Kopf und funkelte ihn an. »Wer hat dich zum Captain dieses Schiffs ernannt, Peake?«

»Als verantwortlicher Arzt für eure physische Fitneß und Sicherheit an Bord ...«, begann Peake, doch Fontana mischte sich rasch ein. »Wir werden die DeMags sobald wie möglich überprüfen. Aber jetzt sind wir erst mal alle hier, und zuerst machen wir Musik und dann gehen wir essen, in dieser Reihenfolge. Wir können uns später darüber unterhalten, was mit dem Sportraum passiert. Diskussionen auf leeren Magen bringen keinen weiter.« Sie wandte sich an Moira. »Gib uns ein A, ja?«

Moira schlug eine weiche Saite auf dem Cello an. Stirnrunzelnd fragte sie sich, warum der Gedanke, den Sportraum zu betreten, eine solche unmittelbare, spontane Panik in ihr ausgelöst hatte. War es wirklich eine von jenen plötzlichen, übernatürlichen Eingebungen, die aus dem Nichts kamen und so ärgerlich vage waren? Oder war es das unterschwellige Wissen um einen Fehler in den DeMags, daß sie also im Unterbewußtsein wußte, was nicht stimmte, und die anderen davon fernhalten wollte, bis es ihr bewußt wurde und sie es reparieren konnte? Sie verzog finster das Gesicht, verfluchte ihr Wildes Talent und wünschte sich, daß es zugänglicher und einfacher zu zähmen wäre, oder daß es einfach nicht existieren würde. Sie lauschte, als Fontana in ihrem wundervoll klaren, geschulten Sopran den Anfang des *Ave verum* sang; hörte Ching und Peake und dann Ravi und Teague mit dem Baßpart einsetzen.

Als sie fertig waren, fragte Ravi: »Kennt jeder die Mozartsche Fassung des *Ave Verum?«*

Ching sang als Antwort den Anfang, und die Stimmen der anderen fielen ein ...

O dulcis ....
O pie ....
O Jesu, Fili Mariae ....

Ravi, der leise sang und dabei auf die anderen Stimmen hörte, insbesondere auf Peakes klaren Tenor, dachte, wie seltsam es war, daß fünf Agnostiker oder Atheisten und ein verkappter Mystiker, ohne eine wahrnehmbare Religion, diese Musik sangen, die dem militanten Christenglauben gewidmet war; daß das Größte der Musik des Abendlandes in diese Religion ausgegossen worden war, die alles daran gesetzt hatte, die Welt zu erobern. Vielleicht war ihr einziger Triumph ihre Musik gewesen, ihre Messen und Hymnen, vor allem das Werk Bachs, die große Lobesflut, die sich im Lied ergoß; Musik, die im Grunde den Glauben überlebt hatte, für den sie geschrieben worden war. *»Miserere mei«*, sang Ravi leise, *»Miserere mei, Domine ...«*, und als die fünf Stimmen zu dem großen *Amen* verschmolzen, hatte er das merkwürdige Gefühl, mit allen von ihnen zu verschmelzen, intensiver als die Vereinigung im Liebesakt.

Dies ist keine religiöse Musik mehr; keinen interessiert, was die Worte bedeuten ... der wahre Leib unseres Herrn, was für ein Unsinn .... aber die Musik selbst schafft eine Art der Ehrfurcht vor allem .... ist es ein psychologischer Trick, oder ist Musik ihrem Wesen nach ein Teil Gottes? Er hatte die Schriften seines Namensvetters studiert, des großen indischen Musikers, der einmal geschrieben hatte, daß er die *Ragas*, die er spielte, nicht *erfunden* habe; daß er meditierend nach ihnen lausche, und daß sie durch sein Instrument flössen. War es das, was mit dem alten Ausdruck *Sphärenmusik* gemeint war?

Sie begannen die *Messe für Fünf Stimmen;* Ravi, der die Musik nicht kannte und vom Blatt singen mußte, mußte sich eine Zeitlang angestrengt konzentrieren; dennoch hatte er das seltsame Gefühl, daß sie sich in dieser gemeinsamen Musik einem gemeinsamen Glauben verpflichteten und miteinander verschmolzen auf eine Weise, die bedeutungsvoller war als jeder Liebesakt. Glauben woran? An den anderen? An ihre gemeinsamen Wurzeln, an die Akademie? An das Schiff? An die Sache, der sie dienten, ohne zu wissen warum – was, wenn man es genau nahm, fast wie Religion war; keiner von ihnen hatte je danach gefragt, *warum* der Weltraum kolonisiert werden mußte, warum Jahr für Jahr Sternenschiffe losgeschickt wurden. So daß sie die Priester einer seltsamen Religion des Weltraums waren ....

Priester? Oder waren sie einfach blinde Anbeter?

Als sie die *Messe* beendet hatten, schlug jemand vor, noch etwas zu singen, doch Peake schüttelte den Kopf.

»Mein Hals ist trocken. Ich muß jetzt was essen und trinken.« Er ging hinüber zur Nahrungskonsole. Moira packte ihr Cello wieder ein; sie wußte, daß sie auch etwas essen sollte. *Mein Hals ist trocken, und ich habe noch nicht mal gesungen! Was ist los mit mir?*

Sie war durch eine Schule des strikten Rationalismus gegangen, und so ging sie nacheinander die möglichen Ursachen für ihr Unwohlsein durch. Machte sie sich Sorgen wegen der DeMags? Das war ärgerlich, sicher, aber es waren schließlich nur Maschinen, und davon hatte sie Ahnung; wenn irgend etwas im Mechanismus defekt war, war es gewiß nur eine Frage der Zeit, bis sie oder Teague oder Fontana den Schaden fanden und ihn behoben, und bis dahin blieben sie eben aus dem Sportraum und beachteten alle Vorsichtsmaßnahmen, sicherten alles vor dem Freifall – sie bemerkte, daß Fontana die Noten sorgfältig in abschließbare Kästen deponiert hatte.

Hatte sie etwas gegessen, das ihr nicht bekommen war? Nein, ihr Frühstück hatte aus Vitamin-C-Sirup und Reismehlfladen mit heißer Bouillon bestanden. Etwas, das sogar einem kränkelnden Kleinkind bekommen wäre, und sie war schon immer geradezu langweilig gesund gewesen. War ihre Periode fällig? Nein, das auch nicht, außerdem hatte sie sowieso nie Probleme damit. Warum starrte sie dann mit ekelerfüllter Appetitlosigkeit auf das brutzelnde Stück Fleisch auf Fontanas Teller, auf Chings gehäuften Salat?

Ravi gesellte sich zu ihr und ließ sich in einen Sitz neben ihr nieder. »Ißt du nichts, Moira? Soll ich dir etwas holen? Einen einfachen Tee?«

»Das wäre lieb. Aber ich kann ihn mir auch selbst holen, Ravi ...«

»Da hast du ihn«, sagte Peake, der mit einem Becher in jeder Hand von der Konsole kam. »Ich wollte mir sowieso einen holen. Was ist los, Moira? Ich bin dafür da, wenn jemand krank ist.«

»Ich bin nicht *krank*«, erwiderte Moira gereizt. »Ich habe einfach keinen Hunger!«

»Du siehst aus, als ob du auch einen Brandy vertragen könntest, wie Ching eben«, sagte Peake, aber er verfolgte das Thema nicht weiter. Was immer es war, es war nicht ernst genug, als daß er seine Weisungsbefugnis hätte ausspielen wollen, sofern er in diesem Fall überhaupt eine besaß. Keiner von ihnen reagierte. Vielleicht hatte Ching doch die ganze Zeit recht gehabt, daß einer von ihnen die Autorität haben sollte, Entscheidungen zu treffen.

Moira trank ihren Tee und fühlte, wie die heiße Flüssigkeit ihre trockene Kehle löste, aber das Unwohlsein war immer noch in ihr, ein kalter Klumpen. Sie konnte sehen, daß Ravi sie besorgt betrachtete. Männer! Da ließ man sie an seinen Körper, weil man es genauso sehr wollte wie sie, und sie dachten dann, daß damit auf einmal alles anders war, daß sie irgendwie das Recht hatten, seinen Geist und auch die Seele zu besitzen! Maschinen waren da besser. Sie waren, was sie waren, ganz egal, wie man sie behandelte, solange man ihnen die Pflege zukommen ließ, der ihre physikalische und mechanische Natur bedurfte. Warum konnten sich nicht auch Männer damit zufriedengeben? Ravi war nett und reizend und charmant, ein erfahrener und leidenschaftlicher Liebhaber, aber sie fühlte sich beengt durch die Nähe, die er forderte. Hatte sie sich deshalb Peake angeboten, um zu demonstrieren, daß Ravi kein Alleinrecht auf ihren Körper und ihre Seele hatte?

Selbst Ravis Wildes Talent war ein simples; ein rein mechanisches, das die latente Rechenkunst des Gehirns ausnutzte. Irgendein Lehrer hatte einmal gemutmaßt - und scheinbar bewiesen, indem er es Kindern beigebracht hatte, die als geistig behindert eingestuft waren –, daß Lesen keine erlernte Kunst war, sondern eine Gehirnfunktion. Bei Arithmetik war es wahrscheinlich genau das gleiche. Aber Vorahnungen?

Fontana gesellte sich zu ihnen. »Ich habe gehört, wie du beim

Ave Verum mit Ravi mitgesummt hast, Moira. Also, weißt du, es gibt nichts auszusetzen an deiner Stimme, und es gibt keinen Grund, warum du nicht Tenor singen solltest, wenn du möchtest; du hast das absolute Gehör, und du müßtest nur etwas an deiner Atmung arbeiten. Ich glaube allerdings, daß du ein guter Kontraalt sein könntest, wenn du nur ein bißchen was an deinem Stimmumfang tust. Ching ist kein Kontraalt, sondern ein Sopran ohne einen hohen Stimmumfang.«

»Ich kann ein hohes B singen«, verteidigte sich Ching.

»Als ich Gesang studiert habe, habe ich gelernt, daß fast alle Mezzosoprane nur schüchterne Soprane sind!« erwiderte Fontana.

»Und ich habe gelernt«, konterte Ching giftig, »daß Soprane Faulpelze sind, die glauben, daß es einfacher ist, die Melodie zu singen, als zu lernen, wie man Noten liest und die Harmonie singt!«

Moira lachte glucksend. »Hört auf, ihr zwei. *Ich* habe gelernt, daß Sänger Hitzköpfe sind, deshalb bin ich beim Cello geblieben!«

»Wie auch immer«, sagte Fontana und kehrte damit zu ihrem ursprünglichen Thema zurück. »Ich könnte euch beibringen, genauso gut zu singen wie wir – jeder von uns –, wenn ihr bereit seid, ein bißchen daran zu arbeiten. Nicht sofort, aber ihr könnt es euch ja überlegen.«

Doch Moira hörte nicht zu. Ihr Gesicht war plötzlich ausdruckslos geworden, sie starrte ins Leere, und ihre Züge waren so erschlafft, so maskengleich, daß Fontana zurückwich; sie sah kaum noch menschlich aus. Peake machte einen erschrockenen Schritt in ihre Richtung; er hatte in dem Krankenhaus, wo er ausgebildet worden war, einmal einen Epileptiker erlebt, der genauso ausgesehen hatte, einen Sekundenbruchteil vor einem Anfall.

Dann schrie Moira, ein schriller Schrei, fast ein Sopranschrei. Und im nächsten Augenblick, wie ein Echo jenes Schreis, fühlten es alle sechs, eine harte, bebende Erschütterung, und dann gingen sämtliche Sirenen und Alarmglocken auf dem Schiff los.

...RED. ALERT.
SF

VIII

Es war eine lärmende, ohrenbetäubende Kakophonie; und zwölf Jahre Reflextraining und Sicherheitsdrill übernahmen das Handeln, ohne die Notwendigkeit bewußten Denkens. Peake fand sich dabei, wie er sich in einen Druckanzug zwängte und den Helm schloß, noch bevor Teague dazu kam, zu dem Schalter zu gehen, der die Sirenen abstellte. Noch während Moira ihren Helm befestigte, warf sie automatisch einen Blick auf den Kasten, in dem ihr Cello verstaut war. In dem Augenblick, bevor der Helm die Geräusche abschnitt, und bevor sie in dem Anzug Tonkontakt bekam, hörte Fontana, wie Teague den Schalter herunterknallte, der überall im Schiff Schotten schloß und Luftverlust auf das Modul beschränkte, das beschädigt worden war.

Aber erst nachdem Teague den ohrenbetäubenden Lärm abgestellt hatte, alle Helme geschlossen waren und das Sprechsystem wieder den Kontakt untereinander ermöglichte, fanden sie ihre Stimme wieder, um in Worte zu fassen, was passiert war.

»Ein Meteor«, sagte Moira entsetzt. »Wir sind getroffen worden, wir haben ein Loch! Aber wie konnte das passieren? Wir haben doch den Kurs so genau programmiert, um nicht in die Nähe des Asteroidengürtels zu kommen ...«

»Das sind wir auch nicht«, mischte sich Ravi ein, »aber wir brauchen auch nicht in der Nähe des Asteroidengürtels zu sein. Überall im Universum treibt verstreutes Wrackgut herum, und schon ein Stück von der Größe eines Sandkorns, das uns bei unserer Geschwindigkeit trifft – die, wie ich euch erinnern möchte, inzwischen soviel Tausende von Kilometern pro Sekunde beträgt, daß ich gar nicht daran denken mag –, könnte ein Modul stark beschädigen.« Erst jetzt dachte er daran, zu fragen: »Sind alle da und okay?«

Nacheinander, mit zitternden Stimmen, bestätigten sie, daß sie alle da und unversehrt waren. Moira dachte entsetzt: *Also deshalb hatte ich Angst, deshalb habe ich geschrien, bevor es uns erwischt hat.* Sie ließ sich zu Boden gleiten. »Ich bin in Ordnung«, antwortete sie scharf auf Peakes besorgte Frage. »Nur ein – ein bißchen zittrig.«

»Was immer es war ...«, Teague hörte seine Stimme schwanken, als ob sie jemand anderem gehörte und er nichts mit ihr zu tun hätte, »hier ist nichts passiert. Die Luft ist in Ordnung, und die Integrität des Moduls ist nicht beeinträchtigt.« Er vernahm entsetzt die technische Sprache; er hatte sagen wollen: *Die Kabine hier ist noch ganz.* Seltsam, wie Reflexe das Denken verdrängten. Er überprüfte noch einmal die Anzeigen und bestätigte: »Die Luftverhältnisse hier drinnen sind normal. Ihr könnt die Helme im Augenblick abnehmen. Die DeMags sind, soweit ich feststellen kann, intakt, und die Schwerkraft ist normal.«

Was immer sie getroffen hatte, es mußte also in irgendeinem anderen Modul des Schiffs sein, und als erstes galt es, herauszufinden, wo und wie schlimm der Schaden war.

»Es ist nicht möglich, daß es sich um blinden Alarm handelt?« fragte Peake. »Wie bei den DeMags im Sportraum, die plötzlich ausgingen – daß etwas das Alarmsystem ausgelöst hat?«

»Ich wünsche, es wäre so«, erwiderte Teague, doch Moira erhob sich und sagte: »Nein, auf keinen Fall. Hört mal, ich muß auf die Brücke ...«

»Glaubst du, der Schaden ist auf der Brücke?« wollte Fontana wissen und fragte sich, ob sich Moiras übernatürliche Fähigkeiten meldeten.

»Ich weiß es nicht. Aber – die Segel – sie sind um alle Module ausgebreitet ...«

Teague hielt sie mit einer bestimmten Handbewegung zurück, als sie auf die Sphincterschleuse zu wollte. »Keiner geht irgendwohin, Moira, bis wir überprüft haben, ob die Lebenserhaltungssysteme funktionieren, und dafür bin ich zuständig.« Er wand sich durch die Schleuse und schob sich durch den Freifallkorridor zwischen der Hauptkabine und den Quartieren. Die Kabinen standen offen um die Bekleidungsanlage, Wasser von einem tropfenden Wasserhahn schwebte in Moiras Kabine, ein abgelegtes Nachthemd in Chings. Aber die

Luftverhältnisse waren normal, die Schwerkraft kehrte zurück, als er den Knopf am DeMag-System einschaltete, und offenbar waren die Quartiere in Ordnung. Er warf einen grimmigen Blick auf die Druckanzüge, die schlaff neben der Tür jeder Kabine hingen. Er hatte nie richtig verstanden, warum in *jedem* Modul Druckanzüge sein mußten. Jetzt wußte er es. Wurde ein Modul beschädigt, blieb einem eine Zeitspanne von ungefähr acht bis zehn Sekunden, um in einen Druckanzug zu kommen. Keine Zeit, einen Anzug aus einem unabhängigen Modul zu holen!

Aber warum waren sie überhaupt getroffen worden, so weit weg vom Asteroidengürtel? Raumschutt war im übrigen so dünn verstreut, daß die Gefahr einer direkten Kollision logisch gesehen extrem gering sein mußte.

Nun, selbst bei der unwahrscheinlichsten Chance gab es irgendwann mal einen Treffer – in diesem Fall einen sehr direkten. Teague glaubte nicht einen Augenblick lang, daß die Alarmanlagen durch einen jener unentdeckten Kurzschlüsse in den Stromkreisen ausgelöst worden war, welche die DeMags ausgeschaltet hatten. Soviel Glück hatten sie nicht. Die Chancen gegen eine solche Kollision waren buchstäblich astronomisch. Dennoch, da war das Schiff, und da war das Teil, das sie getroffen hatte, am selben Ort zur selben Zeit. Und die Folgen – Sirenen, Glocken, Alarm, und *irgendwo* ein Schaden. Aber soweit waren alle sechs Besatzungsmitglieder unversehrt, und mechanische Schäden konnten lokalisiert und behoben werden. Irgendwie.

Er ließ los, stieß sich ab und schlängelte sich im freien Fall durch den Luftkorridor zurück und betrat dann wieder die Hauptkabine, wo die anderen warteten.

»Die Quartiere sind unversehrt«, berichtete er, ohne das Wasser zu erwähnen, daß jemand nicht richtig abgedreht hatte. Dies war nicht der Augenblick, sich über Bagatellen aufzuregen, aber es konnte unangenehm sein, wenn die DeMags aus waren, und er nahm sich vor, mit Moira später darüber zu sprechen. Aber erst, wenn die Augenblickliche Krise überwunden war.

»Ich werde mir als nächstes die Brücke ansehen ...«

»Nein!« unterbrach Moira ihn scharf. »Ich komme mit. Vielleicht sollten wir alle mitkommen und sehen, was passiert ist. Es könnte sein, daß ich gebraucht werde. Keine Widerrede, Teague, du weißt genau, daß ich recht habe.«

Es war nicht der Mühe wert, darüber zu streiten. Und vielleicht sollten sie wirklich alle zusammenbleiben, bis sie wußten, was genau passiert war. Er öffnete das Schott, das in den anderen Freifallkorridor führte und lauschte, aber auf der anderen Seite war kein Zischen zu hören, das auf ein Vakuum, auf ein Loch in den Raum hingewiesen hätte; auf jeden Fall gab es hier drinnen keine explosive Dekompression. Trotzdem befahl er den anderen, die Helme zu schließen, bevor sie ihm in den Korridor folgten. Die Schwerkraft war auch hier normal – was hieß, daß keine da war. Er stieß sich ab, den Korridor hinunter, während ihm der Rest nacheinander folgte; nur Ching hielt sich wieder an der Griffstange fest und zog sich zentimeterweise vor, und diesmal warteten die anderen kommentarlos auf sie.

Peake dachte gerade an die Hunderte von kleinen, blinkenden Lichtern auf den Kontrollfeldern der Brücke, die sich in dem großen bikonvexen Fenster zum Universum spiegelten. Im Geist sah er ein erschreckendes Bild vor sich: das Fenster eingeschlagen und offen zum Raum hinaus, die kleinen Lichter erloschen, und sie selbst fielen, fielen immer schneller ins Nichts der Sterne ... sein ganzer Körper war verkrampft, angespannt, und als er sich in seinem Raumanzug gegen die Sphinkterschleuse in das Brückenmodul drückte, konnte er den plötzlichen Adrenalinstoß wie ein Krampf in den Waden fühlen, ein Kribbeln in Händen und Füßen. Er war als erster im Brückenmodul, und es war wie eine Welle der Übelkeit, die Übelkeit nackter Erleichterung, als er das Fenster unversehrt fand, die blinkenden Lichter der Kontrollfelder unverändert, abgesehen von dem großen roten, zitternden Schein der ALARM-Warnung.

»Das Brückenmodul ist unbeschädigt«, stellte er knapp fest. »Luft normal.«

»Es ist meine Schicht.« Ravi öffnete seinen Helm und glitt in den Sitz. »Ich kann die Anzeigen von hier aus überprüfen«, sagte Ching. »Lebenserhaltungs-Kontrollmodul intakt; Luftver-

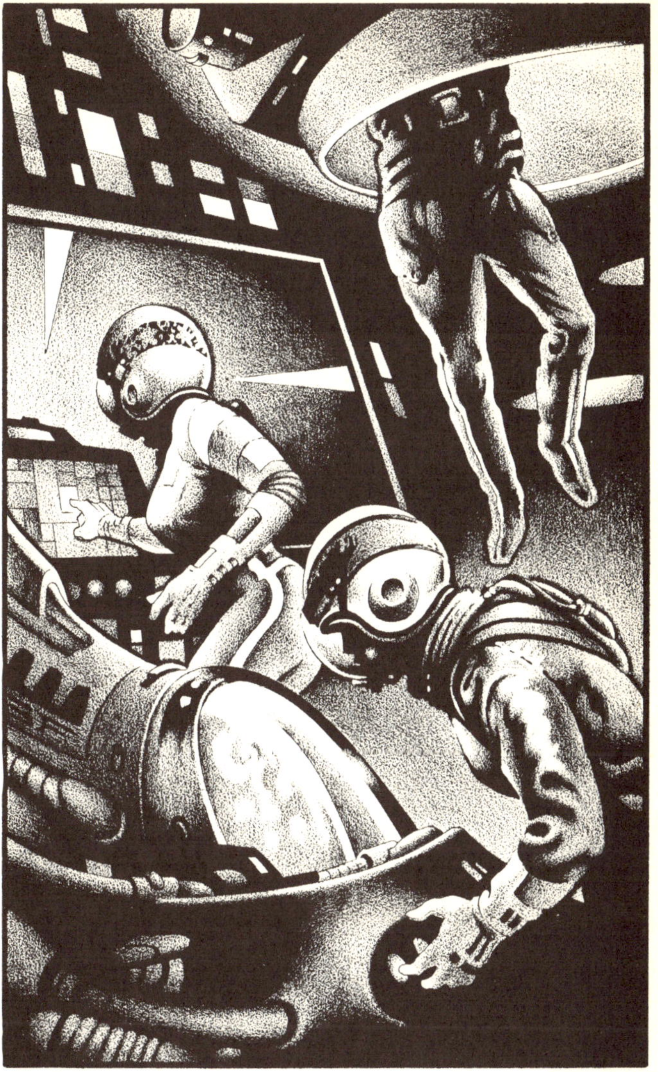

hältnisse normal. Antriebsmechanismus-Modul intakt; Luftverhältnisse normal, Kontrollen unbeschädigt.«

Ravi starrte stirnrunzelnd auf die Kursanzeige. »Das ist nicht der Kurs, den ich programmiert habe.«

»A-ha. Hier ist es«, sagte Teague, der hinter Ching stand und ihr über die Schulter schaute. »Der Sportraum; rotes Licht für explosive Dekompression. Was immer es ist, es ist mitten durch den Sportraum geschlagen. Es muß jemand hin und nachsehen, was uns getroffen hat und wie groß der Schaden ist.« Plötzlich blickte er sprachlos auf Moira. Sie hatte es *gewußt.*

»Es hätte kaum besser kommen können«, meinte Peake. »Da drinnen ist nicht viel außer leerem Raum ...«

»Jetzt ist jedenfalls Raum da drinnen«, sagte Ravi. »Reines Vakuum.«

»Na ja, wenn uns schon etwas treffen mußte, dann konnte es da am wenigsten Schaden anrichten«, sagte Peake. »Wenn es die Quartiere erwischt hätte, hätten wir eine Menge verlieren können. Oder die Hauptkabine – unsere ganzen Musikinstrumente hätten zerstört werden können. Und wenn es das Computermodul getroffen hätte – ich darf nicht mal daran *denken!*« Sie alle atmeten jetzt tiefer, als sich Spannung und Angst lösten. Die Krise war vorüber, der Schaden behebbar.

»Jemand wird in einem Druckanzug hineingehen müssen, den Schaden reparieren und das Modul wieder abdichten, aber es ist nicht eilig«, sagte Peake. »Wenn es nicht anders geht, können wir die DeMags in den Quartieren auf zwei G stellen und machen isometrische Übungen, um fit zu bleiben.«

Moira hatte nicht zugehört. Plötzlich stieß sie einen Schrei aus, als ob sie Schmerzen hätte. »Oh, *nein!*« Es war ihr, als ob es ihren eigenen Körper getroffen hätte, als sie das große, durchsichtige Segel sah, das an den Sternen draußen vor der Kabine vorbeizog. Wo es fest gewesen war, gestrafft, um das Licht aufzufangen, trieb es jetzt in Fetzen an dem Modul vorbei und außer Sicht. Es verursachte ihr fast körperliche Schmerzen, zu sehen, wie das stolze Segel zu Filmfetzen auseinandertrieb; sie konnte den Schlag, den schneidenden Schmerz fast *fühlen* .... Moira starrte entsetzt auf die Überreste der Segel und begann zu weinen.

»Deswegen heulst du?« meinte Teague ungeduldig. »Wir haben doch Reservesegel, und wenn nicht, könnten wir sie synthetisieren!«

»Das ist es nicht«, sagte Moira schniefend. »Aber – sie waren so schön, und jetzt – schau sie dir an ...«

»Laß sie in Ruhe, Teague«, warf Fontana ein. »Es ist die nervliche Belastung. Wein' ruhig, Moira, wenn es dir hilft.«

Auch Ching, die Moiras Blick folgte, fühlte Tränen in ihren Augen. Sie wußte genau, was Moira empfand. *Sie glaubt vielleicht nicht, daß ich es verstehen kann, aber ich verstehe es. Man kann den Maschinen vertrauen; sie sind das einzige, dem man vertrauen kann, sie sollen perfekt sein und sind es, sie sind das einzige, bei dem man immer sicher sein kann, daß es genau das ist, was es sein soll. Und das hier – es ist wie eine Vergewaltigung, eine Schändung, da dringt etwas in einen Bereich ein, den man für sicher, persönlich, geschützt gehalten hat.*

Sie legte den Arm um Moiras Taille, wobei sie sich dunkel erinnerte, daß sie einmal eine solche Geste von Moira zurückgewiesen hatte – aber Moira wehrte sie nicht ab, und Fontana fragte sich, ob sie Chings spröde Stimme jemals so weich gehört hatte.

»Du weißt, was jetzt zu tun ist, Moira. Du mußt sie einholen, wenn das möglich ist, ohne daß noch mehr Schaden entsteht, und versuchen, ein anderes Segel auszubreiten; wir könnten vom Kurs abkommen, wenn die Segel nicht richtig für den Antrieb gestellt sind. Aber das Ausmaß des Schadens und jede Abweichung vom eingegebenen Kurs wird im Com puter erfaßt. Ich werde das sofort überprüfen. Brauchst du Hilfe bei den Segeln, oder möchtest du es lieber selbst machen?«

Moira steht unter Schock, dachte Fontana. *Und Ching macht das, was eigentlich ich tun sollte. Wer hätte gedacht, daß sich Ching auf Psychologie versteht?*

»Ich glaube, ich – ich mache es lieber selbst«, antwortete Moira. Sie wußte, daß es absurd war, aber irgendwie hatte sie das Gefühl, daß ihre eigenen zarten Hände die Segel weniger beschädigen würden als fremde. Sie vermochte noch Überraschung über ihre eigene Reaktion zu verspüren, da sie wußte, daß ihr Verhalten völlig irrational war. *Es war, als ob Ching sie tatsächlich verstand. Aber wie konnte sie das?*

Ching klopfte ihr auf die Schulter. »Wenn du Hilfe brauchst, Moira, ich bin hier.«

Ching beobachtete Moira ein paar Augenblicke, bevor sie zu ihrer eigenen Konsole ging, aber Moiras schmale, sommersprossige Finger glitten völlig ruhig über die Kontrollknöpfe, und sie konnte sehen, wie sich draußen vor dem großen Fenster die zerrissenen Segel bewegten, als sie sich einzuziehen begannen. »Soll ich eine mögliche Kursabweichung überprüfen, Ravi?« fragte sie.

Er nickte verkrampft und runzelte die Stirn. »Ob Abweichung oder nicht, wir sind jedenfalls *nicht* auf dem Kurs, den ich festgelegt habe. Peake, hast du irgend etwas geändert, als du Dienst hattest?«

Peake schüttelte den Kopf. »Nein.«

»Das gibt's nicht.« Ching blickte stirnrunzelnd auf ihre Konsole. »Wenn es der Kurs ist, den du in die Navigationskontrollen und dann in den Computer eingegeben hast, ist es der Kurs, auf dem wir sind. Es hätte zu einer geringen Kursabweichung kommen können, als wir getroffen wurden – ich werde das gleich überprüfen ...«

»Aber wenn wir hart genug getroffen worden wären, um so weit vom Kurs abzukommen, wäre der Schaden wesentlich größer«, erwiderte Ravi. Seine Stimme klang eigensinnig.

Ching runzelte die Stirn, als sie die Leuchtziffern ablas, die auf der Anzeige erschienen. »Hast du vielleicht den Kurs geändert, nachdem Peake ihn offiziell festgelegt hat? Wenn ja, hättest du es offiziell ins Logbuch eintragen und uns Bescheid sagen sollen. Ich habe hier nämlich eine Abweichung, die zu groß ist, als daß sie durch die Schäden an den Segeln verursacht worden sein könnte, und ich sehe keine gemeldeten Kursänderungen.«

Ravi schüttelte heftig den Kopf. »Nein. Als ich die erste Schicht von Peake übernahm, habe ich eine kleine Abweichung von dem Kurs bemerkt, den *er* festgelegt hatte, und sie korrigiert, so daß wir jetzt wieder auf dem ursprünglichen Kurs sind, oder es zumindest sein sollten. Aber nach dem hier ...«, er deutete mit unsicherer Hand auf die Anzeige, »sind wir nicht mal in der *Nähe* des Kurses, auf dem wir sein sollten. Wir sind ein paar hunderttausend Kilometer näher an der Ebene der Ekliptik, als wir sein dürften, obwohl ich nicht gedacht hätte, daß wir so nahe dran wären, daß wir die Ränder des Asteroidengürtels streifen.«

Ching tastete auf ihrer Konsole nach einer Positionsanzeige und starrte ungläubig auf die Ziffern; dann wiederholte sie den Vorgang noch einmal mit besonderer Genauigkeit.

»Das ist nicht da, wo wir sind«, erklärte sie überzeugt.

»Es ist mit Sicherheit nicht da, wo wir sein sollten«, pflichtete ihr Ravi bei. »Sogar mit gegißtem Besteck kann ich unsere Position genauer als das da feststellen, wenn wir noch immer den T-5 Sternhaufen ansteuern, wie wir abgesprochen haben. Jupiter ist nicht da, wo er im Vergleich zu unserer Position sein sollte. Seht selbst.«

Er zeigte nach draußen. Sie alle konnten den großen Planeten sehen, aber nur Teague, der ihn mit den Augen des Astronomen betrachtete, zeigte Interesse. Ravis Finger flogen über seine eigene Konsole, und schließlich sagte er steif: »Lies bitte mal deine Zahlen vor, Ching. Ich habe etwas ganz anderes.«

Ching las ihr Ergebnis von der Konsole ab, und als Ravi die Stirn runzelte, glitten ihre Finger erneut über die Knöpfe, und sie ließ noch einmal Position und Kurs berechnen. Diesmal konnten alle die Unterschiede sehen.

»Aber das ist nicht das, was ich beim erstenmal bekommen habe«, sagte Peake, »und das ist das, was ich in den Kursberechner eingegeben habe. Wieso stimmt es nicht überein?«

»Augenblick mal«, mischte sich Ching ein. »Wenn du das in den Berechner eingegeben hast, dann bekommst du auch das Gleiche heraus. Ein Computer gibt auf die gleiche Frage nur eine Antwort. Deshalb haben wir sie ja. Der ganze Sinn und Zweck eines mathematischen Rechners – und genau das machst du im Augenblick mit dem Computer – ist es, menschliche Irrtümer in der Arithemtik zu eliminieren. Es ist nicht wie die Geschichte, die sie uns im Kindergarten erzählt haben, von dem kleinen Jungen, der gefragt wurde, ob er auch seine Rechenaufgaben nachgerechnet habe ...«

»*Sicher. Ich hab's dreimal nachgerechnet. Hier sind die drei Lösungen*«, zitierte Ravi mit der Geringschätzung eines Menschen, für den Mathematik eine natürliche Sprache ist und logischer als jede andere Sprache; der genauso wenig einen Fehler beim Addieren machte oder die verkehrte Gleichung nahm, wie der natürliche Grammatiker einen falschen Kasus benutzen würde. »Trotzdem, das habe ich rausbekommen, und das hier der Computer, und die beiden Ergebnisse sind völlig verschieden. Und Peake hat noch etwas anderes ...«

»Und ich sage dir noch mal, daß Computer keine Fehler machen.« Ching wurde jetzt wirklich wütend. »Nur die Leute, die sie programmieren, machen Fehler. Und in diesem Fall habe ich keinen Fehler gemacht, weil du selbst gesehen hast, wie ich die Zahlen genauso eingegeben habe, wie du sie mir genannt hast.«

»Du brauchst nicht gleich in die Luft zu gehen, Ching«, erwiderte Ravi. »Ich greife doch nicht deine Kompetenz oder deine persönliche Integrität an. Computer machen vielleicht keine Fehler, aber sie können doch mechanische Defekte haben, oder? Und Programmierer *machen* Fehler, und du hast den hier nicht ganz allein programmiert, oder?«

Ching schüttelte den Kopf. »Der größte Teil der Informationen in der Bibliothek ist im Lunardom gespeichert worden«, antwortete sie. Sie ballte die Fäuste und kämpfte gegen eine Welle des Zorns und der Angst an. Irgendwo außerhalb ihres Ichs wußte sie, daß Ravi sie nicht persönlich angriff, daß es irrational war, sich so bedroht zu fühlen. Dennoch hatte sie das Gefühl, daß es ihre eigene Integrität war, die in Frage gestellt worden war, nicht die des Computers.

Ich kann meinem eigenen Körper nicht trauen. Ich kann dem Computer nicht trauen. Gibt es noch etwas, dem ich trauen kann?

Trotzig drückte sie wieder die Tasten für *Löschen und Neuberechnen.* Diesmal konnten sie es alle sehen; eine dritte Zahlenreihe, anders als die von Ravi und auch anders als ihre eigene, entfaltete sich in Flüssigkristallziffern auf der Konsole. Gegen die aufsteigende Panik ankämpfend, löschte Ching die Zahlen, und diesmal gab sie sorgfältig die relevanten Daten für die bekannte Position des T-5 Sternhaufens ein, die Position von

SF

Kolonie Sechs und die Zeit, die seit ihrem Start verstrichen war. Ihre Finger preßten sich hart auf ihren Mund, als sie die vierte Zahlenreihe auf dem Anzeigeschirm erscheinen sah.

»Was bedeutet das?« wollte Fontana wissen. »Heißt es, daß wir auf dem falschen Kurs sind? Oder hat dieses Ding, das uns getroffen hat, den Computer beschädigt?«

»Nein«, antwortete Ching, und auch ihre Stimme zitterte, »das Computermodul ist unbeschädigt; das weiß ich so sicher wie – wie nur etwas. Aber irgend etwas stimmt nicht mit dem Computer. Ich weiß nur noch nicht, was. Was ich aber weiß, ist, daß er uns falsche Antworten gibt. Jede Menge falscher Antworten. Jeder hier bekommt eine andere Information von ihm.«

Stille. Und sechs betroffene Gesichter auf der Brücke. Keiner von ihnen mußte es in Worte kleiden. Jeder von ihnen wußte, daß sie ohne exakte Informationen vom Computer hoffnungslos verloren waren, hilflos zwischen den Sternen trieben, ohne genug exakte Daten, um zu wissen, wohin sie steuerten oder wo sie sich überhaupt befanden.

Es war Fontana, welche die Frage stellte, die ihnen allen auf der Zunge brannte:

»Kann man es reparieren?«

Ching kämpfte gegen ihre wachsende Angst – Angst, daß sie die Beherrschung verlieren und irgendwie das Falsche tun oder sagen könnte. »Ein Computer ist eine Maschine«, erklärte sie langsam und präzise. »Wir können alles, was der Computer kann, nur nicht ganz so schnell oder so gut. Und sobald ich weiß, was es ist – ein mechanischer Schaden oder ein Fehler in der ursprünglichen Programmierung zum Beispiel, sobald wir genau wissen, wo der Fehler liegt, können wir ihn reparieren. Reparieren, heißt das, wenn es ein mechanischer Schaden ist, neuprogrammieren, wenn es sich um menschliches Versagen handelt. Wir haben verflixt Glück, daß wir Ravi haben; er kann uns nämlich helfen, die Genauigkeit des Computers zu überprüfen. Aber das ist nicht das Problem. Das eigentliche Problem ist ...«, und sie schluckte hart, als sie versuchte, die schändliche Furcht in ihrer Stimme zu unterdrücken, »daß wir die ganze Zeit, während wir versuchen, den Fehler zu finden, weiter konstant bei einem G beschleunigen – das heißt neun Komma acht Meter pro Sekundenquadrat – zu der Geschwindigkeit, die wir in den vergangenen zweieinhalb Tagen erreicht haben. Und mit jeder Sekunde, die vergeht, bis wir den Schaden repariert haben, kommen wir immer weiter vom Kurs ab! Eine Kursabweichung von einem Tausendstel Grad würde auf der Erdoberfläche nicht weiter schlimm sein, denn da ist nach vierzigtausend Kilometern Schluß, und man ist wieder am Ausgangspunkt angelangt. Aber hier draußen ...«, Ching deutete mit einer stummen Geste auf die Unendlichkeit der Sterne jenseits des Observationsfensters und klammerte sich an ihren Sitz; ihr war so übel und schwindlig, als ob die Schwerkraft irgendwie weg wäre und sie endlos durch den Raum fiel, »hier draußen kann uns ein Tausendstel Grad *Millionen* von Kilometern, Lichtjahre von unserem Ziel am anderen Ende wegbringen .... Vielleicht erreichen wir nie den T-5 Sternhaufen, vielleicht erreichen wir *überhaupt* keinen Ort, wo schon einmal Menschen gewesen sind! Wir wissen nicht, ob Peake überhaupt den Kurs richtig berechnet hat, oder wohin wir fliegen oder wo wir gewesen sind ... es ist wahrscheinlich zu spät, auf den richtigen Kurs zurückzukommen, selbst wenn wir jetzt herausfinden könnten, welchen Kurs wir von der Raumstation aus hätten nehmen *sollen!* Wir fliegen hinaus ins Unbekannte, ob wir wollen oder nicht – und wir wissen nicht, wohin!«

IX

In der Stille, die auf Chings Ausbruch folgte, drehten sich die Segel leicht, so daß sie alle den transparenten Filmschimmer vor dem Oberservationsfenster sehen konnten; hinter den Segeln verschwammen die Sterne. *Alle Segel gesetzt,* dachte Peake, *und volle Kraft voraus - ins Nichts!*

»Es kann unmöglich so schlimm sein, Ching«, sagte Ravi ruhig. »Wir kennen die Positionen der Kolonien und des T-5 Sternhaufens sowie der meisten bekannten Sterne. Wenn der Computer erst mal wieder richtig funktioniert, können wir bestimmt genau feststellen, wo wir sind, im Vergleich zu dem Punkt, wo wir sein sollten, und einen entsprechenden Kurs bestimmen, der uns dort hinbringt. Schließlich ist das Schiff manövrierfähig; es ist nicht wie in den Tagen der unbemannten Raumsonden, als die Sonde, wenn sie einmal auf eine Bahn gebracht war, immer weiterflog, bis sie mit irgend etwas kollidierte oder auseinanderfiel. Wir können relativ gut manövrieren; wenn es unbedingt sein müßte, könnten wir das Schiff abbremsen, Pluto ansteuern und innerhalb seiner Umlaufbahn bleiben, bis wir genau wüßten, wo wir wären und in welche Richtung wir das Sonnensystem verlassen müßten, und dann die Antriebe wieder starten. Theoretisch könnten wir sogar umkehren und in die Richtung abbremsen, aus der wir gekommen sind, bis zu dem Punkt, wo wir vom Kurs abgewichen sind.«

Peake ließ einen leisen, müden Laut hören, fast ein Kichern.

»Ich sehe uns schon wieder auf einen Orbit neben der Raumstation gehen«, sagte er. »Sie werden sagen: Hey, was ist, schon zurück? Wir haben euch doch gesagt, ihr sollt erst zurückkommen, wenn ihr einen bewohnbaren Planeten gefunden habt. Und wir sagen: Tut uns leid, Jungs, aber die Computer, die ihr uns gegeben habt, funktionieren nicht ...«

Moira nahm eine kleine, pedantische Korrektion der erneuerten Segel vor. Sie erinnerte sich selbst an eine Frau, die sich nach einer Vergewaltigung zusammenreißt und versucht, sich mit dem Gedanken zu trösten, daß sie noch lebt, im Grunde unversehrt ist, daß noch alles funktioniert. Sie versuchte, das ekstatische Gefühl wiedereinzufangen, im Zentrum eines großen Netzes zu sein, die Bewegung des Schiffs zu kontrollieren, den Fluß des Universums – aber es wollte sich nicht wieder einstellen. Alles, was sie fühlte, war das Zittern ihrer eigenen Hände auf den Kontrollknöpfen; das einzige, was real für sie war, die Perfektion der Maschinen, solide und ohne menschliche Schwächen und Beschränkungen, war zerstört worden. Sie blickte auf das Segel, das die Sterne verwischte und dachte an seine Stärke, die in Mikrometern gemessen wurde. Wie zart und zerbrechlich es schien, wie es im Vakuum zitterte, als ob es frieren würde im Raum, wie sie in der beheizten Kabine fror.

Teague betrachtete gerade die große Scheibe des Jupiter und bedauerte die mangelnde Stabilität eines Planeten, um eine normale Ortsbestimmung vorzunehmen. Er kannte Jupiters Position im Sonnensystem, aber er wußte nicht genau, wo das Schiff war, und das bedeutete, daß es ihm unmöglich war, exakt zu sagen, wo alles andere im Verhältnis dazu war. Trotzdem sagte er: »Wir haben eine absolute Gruppe von Orientierungspunkten da draußen; Jupiter und seine Monde. Wir können exakt feststellen, wo sie sind und wo sie in diesem Augenblick nach Universalzeit sein müßten ...« Er deutete auf die ellenlangen Wahrzeit-Ziffern, die immer noch unbarmherzig weiterliefen, Präzision durch den Raum der Kabine pulsierten. »Selbst wenn uns alle kosmischen Daten im Computer verlorengegangen wären, könnten wir anhand der Positionen von Jupiter und der Sonne alles neu berechnen.«

Die Scheibe der Sonne in der Ferne, sehr vage und blaß und nur ein Fleck zwischen den Sternen in einer Ecke des linsenförmigen Fensters, schien unglaublich weit weg. Plötzlich ertönte ein lautes, schrilles Alarmsignal; alle fuhren zusammen, und Fontana stockte der Atem, als sie das pulsierende Aufblinken eines roten Alarmsignals sah.

Moiras Hände waren bereits in Bewegung und trimmten die Segel. »Schon gut«, sagte sie. »Es war nur ein Annäherungsalarm; ein in der Nähe treibender Gesteinsbrocken.« Sie griff nach einem Schalter, um die Sirene und den vibrierenden roten

Karfunkel des Warnlichts auszuschalten. »Wo immer wir sind, es gefällt mir hier nicht, und ich schlage vor, wir ändern den Kurs soweit, daß wir aus der Ebene der Asteroiden herauskommen. Wir sind nicht so manövrierfähig, daß wir es mit dem Asteroidengürtel aufnehmen könnten.«

Ching griff automatisch nach der Computerkonsole, doch abrupt hielt sie inne, ihre Hände erstarrt. »Es hat keinen Zweck, Teague«, sagte sie dünn. »Du weißt, wo wir uns in Bezug auf den Asteroidengürtel und Jupiter befinden ...«

»Ich kann uns auf jeden Fall von der Ebene der Ekliptik wegbringen, und damit werden wir den meisten Asteroiden aus dem Weg gehen«, meinte Ravi. »Aber du mußt so schnell wie möglich etwas am Computer machen, Ching. Wie lange wirst du brauchen, um ihn zu überprüfen?«

»Ein paar Sachen kann ich sofort machen«, antwortete Ching. »Ich habe wahrscheinlich in ein paar Minuten eine ungefähre Vorstellung davon, was defekt ist.« Sie berührte ein paar Knöpfe, betrachtete stirnrunzelnd die Ergebnisse und wiederholte den Vorgang. Dann pfiff sie, ein kurzer, scharfer Laut.

»Gib doch noch mal den Kurs ein, den du festgelegt hast, Peake«, sagte sie. »Laß mich dabei zusehen.«

Langsam und sorgfältig, wobei er den kleinen Rechner zur Hilfe nahm, der Teil der ständigen Ausrüstung eines jeden Navigationsstudenten war, genauso sehr ein Teil von ihm wie sein Kopf, fand Peake die Zahlen und gab sie in den Computer. Ching schaute ihm mit leicht gehobenen Brauen zu.

»Jetzt du, Ravi. Zeig mir genau, was du getan hast.«

Ravi gehorchte stirnrunzelnd.

»Okay, ich weiß, was es ist«, erklärte Ching dann. »Oder - wartet«, schränkte sie ein, als sich fünf Gesichter in hoffnungsvoller Erwartung zu ihr herumdrehten. »Ich weiß nicht genau, ob im Computer selbst ein mechanischer Defekt vorliegt; ich werde reingehen müssen, um das festzustellen. Ich müßte es auf jeden Fall tun, um herauszufinden, was mit den DeMags los ist, wenn Teague und Moira sicher sind, daß sie keinen mechanischen Defekt haben. Aber ich weiß, wie wir wenigstens mathematisch richtige Antworten vom Computer bekommen, weil ich weiß, warum er uns die falschen Antworten gibt. Ist dir bewußt, Ravi, daß du beim Umrechnen des Beschleunigungsfaktors in Tage alles durch vierundzwanzig statt durch vierundzwanzigkommanull geteilt hast?«

»Als Mathematiker sage ich dir«, erwiderte Ravi beleidigt, »daß in einer einfachen arithmetischen Funktion absolut kein Unterschied zwischen vierundzwanzig und vierundzwanzigkommanull besteht.«

»Richtig«, pflichtete Ching ihm bei, »in einer einfachen arithemtischen Funktion, und das ist der Grund, warum die Antwort, die dir der Computer gab, falsch war und du *wußtest*, daß sie falsch war. Es ist dasselbe, als wenn du ihn gefragt hättest, wie lange man bei einer Beschleunigung von einem G bis zur Umlaufbahn von Pluto braucht, und elf Stunden als Antwort bekommt – kompletter Unsinn, den die größte mathematische Niete sofort erkennen würde. Oder wenn du als Durchmesser des Mars eine Zahl von achtzehn Kilometern bekommst. Nur wenn die Zahlen astronomisch sind, ist es nicht so einfach, sie nachzuprüfen. Normalerweise ist der Computer – nein, lassen wir das. Wir haben ja festgestellt, daß keiner von euch viel Ahnung von Computern hat. Aber ich muß es euch erklären, damit wir die richtigen Antworten von ihm bekommen können.«

Sie suchte stirnrunzelnd nach Worten, mit denen sie ihnen etwas erklären konnte, das für sie sonnenklar war, nachdem sie jetzt begriffen hatte, was passiert war, aber das für die anderen so unverständlich sein würde wie es Peakes medizinische Fachbücher für sie waren. »Ich komme mir ziemlich dumm vor«, sagte sie schließlich. »Ravi ist der Mathematiker, und es wäre eine Beleidigung seiner Intelligenz, wenn ich behaupten würde, er kennt nicht den Unterschied zwischen einer reellen Zahl und einer Ganzzahl. Aber für den Computer ist das ein gewaltiger Unterschied – sie werden in einem völlig verschiedenen Format gespeichert, wobei eine reelle Zahl auf doppelt soviel Raum gespeichert ist wie eine Ganzzahl. Normalerweise wird der Computer alle Ganzzahlen in reelle Zahlen umwandeln, wenn sie in Arithmetik mit reellen Zahlen benutzt werden, aber hier scheint irgend etwas mit dem Unterprogramm

nicht zu stimmen, das dafür zuständig ist. Wenn der Computer also rechnen muß, denkt er, daß er eine reelle Zahl benutzt und nimmt die Ganzzahl und das, was im angrenzenden Speicherraum ist – wodurch es zu Ergebnissen kommt, die man nur als ›unberechenbar‹ bezeichnen kann. Was bedeutet, daß wenn man zwei und zwei zusammenzählt, man wahrscheinlich fünf oder sechzehn rausbekommt, und wenn es um kompliziertere mathematische Berechnungen geht, wird es noch problematischer. Also gut, aber wir können trotzdem die richtigen Antworten von diesem Ding bekommen …«, sie berührte stirnrunzelnd die Konsole, »solange wir genau darauf achten, alles mit einem Fließkomma zu versehen, bevor wir es eingeben – mit anderen Worten, gebt *keine* Zahl, nicht einmal einen Exponenten ohne eine Dezimale ein. Oder wir könnten versuchen, alles in ein Binärsystem umzuändern …«

»Kommt nicht in Frage«, protestierte Moira mit einem Schaudern.

»Das Binärsystem ist genauso einfach wie unser normales Dezimalsystem. Du mußt dich nur daran gewöhnen …«

»Aber ich habe keine Zeit, mich jetzt umzugewöhnen«, unterbrach Moira sie.

Ching nickte. »Trotzdem dürften wir auf jeden Fall in der Lage sein, die richtigen Antworten zu bekommen – vorausgesetzt, daß wir alles als reelle Zahlen eingeben, *und* vorausgesetzt, daß das Unterprogramm das einzige ist, was defekt ist –, aber wir sollten dem Computer trotzdem nicht vertrauen, bis ich dazu komme, alles zu überprüfen. Und das schließt die bereits in den Computer eingebauten Programme wie auch die ein, die wir selbst schreiben.«

»Besteht die Möglichkeit, daß der Meteor, der uns getroffen hat, das Computermodul beschädigt hat?« fragte Moira sachlich.

Sie alle konnten die Implikationen dieser Frage sehen, dachte Fontana. Mathematische Berechnungen für die Navigation konnten schließlich auch mit Hilfe ihrer Minirechner durchgeführt und von Ravi überprüft werden. Aber der Computer kontrollierte buchstäblich jede Funktion des Schiffs. Schwerkraft. Lebenserhaltung. Sie lebten im Augenblick noch von

Vorräten, aber bald würden sie für jeden Bissen, den sie aßen, auf Molekularsynthese zurückgreifen müssen. Auch Teague begriff es, und er meinte trocken: »Nicht, daß die Computeranschlüsse der Lebenserhaltungssysteme im Eimer sind. Fehlt nur noch, daß der Computer anfängt, H_2SO_4 statt H_2O zu synthetisieren!«

Fontana schüttelte sich. »Die Möglichkeit kann ich nicht ganz ausschließen«, antwortete Ching sachlich. »Ich werde so schnell wie möglich in das Modul steigen und alle Systeme überprüfen. Ich glaube zwar nicht, daß das Computermodul beschädigt worden ist; die Tests lassen nichts dergleichen vermuten. Aber auch wenn es intakt ist, können wir nicht ausschließen, daß durch die Wucht des Aufpralls etwas durcheinandergeraten ist. Oder – wenn wir berücksichtigen, daß das erste Versagen der DeMags vor dem Einschlag des Meteors war – daß es einen Fehler in der Programmierung, oder einen Schaden innerhalb des Speichers selbst gibt.« Sie stand auf und streckte sich nervös. »Die Krise ist vorüber. Achtet nur darauf, daß ich alle Zahlen kontrolliere, bevor ihr sie in den Computer eingebt. Ravi, weißt du, wo wir sind?«

Er biß sich auf die Lippe. »Noch nicht, aber bald. Ich mache eine Positionsbestimmung Jupiters und dreier Monde und trianguliere mit der Sonne. Es dürfte nicht lange dauern, bis ich unsere exakte Position im Bezug zu der Position weiß, auf der wir jetzt sein sollten. Ob wir dorthin zurückkommen können, ohne uns mit dem Asteroidengürtel anzulegen, ist eine andere Frage; wir könnten schon einen entscheidenden Fehler gemacht haben, bevor wir die Umlaufbahn des Mars gekreuzt haben, und es ist möglich, daß der ganze Asteroidengürtel zwischen uns und der Richtung liegt, in die wir ursprünglich wollten. Und solange uns Ching nicht bestätigt, daß wir uns wieder voll und ganz auf den Computer verlassen können, sollten wir keine größeren Kurskorrekturen vornehmen. Es könnte eine Störung in dem Mechanismus vorliegen, der die Antriebe steuert, so daß wir dem Computer genau eingeben, was das Schiff tun soll, und wie es manövrieren soll, und es statt dessen etwas ganz anderes macht.«

Er konnte sehen, wie Moira schauderte, und sie nahm die

Hände von den Kontrollknöpfen der Segel und betrachtete sie neugierig, auf eine hilflose Weise, die so völlig im Gegensatz zu allem zu stehen schien, was er von Moira wußte.

»Ich verstehe jetzt, Moira, warum sie jemand mit außersinnlichen Fähigkeiten in der Besatzung haben wollten«, sagte er. »Du hast es *gewußt,* bevor wir getroffen wurden. Und du wußtest, daß es im Sportraum passieren würde.«

»Aber nicht früh genug, daß es uns geholfen hätte«, erwiderte Moira gepreßt. Sie senkte den Blick und wollte ihn nicht ansehen.

»Ich glaube, wir sollten uns als erstes um den Schaden im Sportraum kümmern«, sagte Teague, »und das Lebenserhaltungssystem überprüfen und uns vergewissern, daß alles richtig funktioniert ...«

»Nein«, widersprach Peake ruhig. Er begann, sich aus dem Druckanzug zu schälen. »Nach einer solchen Krise sind wir alle erschöpft, und unser Blutzuckergehalt ist im Absinken, so daß wir schnell in Panik geraten und anfangen, uns alle möglichen schrecklichen Dinge einzubilden. Wie du gesagt hast, wir leben noch von Vorräten, also besteht keine Gefahr, daß wir etwas Giftiges essen, weil die Synthesizer nicht richtig funktionieren. Ich schlage vor, wir machen jetzt da weiter, wo wir unterbrochen wurden, als der Meteor eingeschlagen ist und essen erst mal was.«

Nur Ravi protestierte. »Ich möchte die Brücke nicht verlassen, bevor ich sicher bin, daß wir heil aus der Nähe des Asteroidengürtels heraus sind ...«

»Bei unserer augenblicklichen Geschwindigkeit wird das in circa sechs Minuten der Fall sein«, entgegnete Peake knapp, während er aus dem Raumanzug stieg, »und du brauchst jetzt genauso etwas zu essen wie wir übrigen. Selbst wenn wir jenseits der Umlaufbahn von Neptun wären, könnten wir die Möglichkeit nicht ausschließen, daß uns wieder so ein Steinchen erwischt. Auch wenn es so unwahrscheinlich ist, wie daß die Sonne in den nächsten zwanzig Minuten zur Nova wird. Komm mit und iß etwas, Ravi; die bloße Tatsache, daß du da sitzt, wird die kleinen Meteore auch nicht verscheuchen!«

»Du auch, Moira«, sagte Ching und blieb hinter ihrem Sitz

stehen. »Du wirst klarer denken können mit etwas im Bauch - genauso wie ich auch.«

Peake warf sich seinen Druckanzug über den Arm. »Bringt die Anzüge und die Helme zurück in die Hauptkabine und hängt sie wieder an ihren alten Platz. Ihr seht jetzt sicher, wie wichtig es ist, sie in jedem Modul und jederzeit zur Hand zu haben!«

Als sie sich nacheinander in den Freifallkorridor schoben, der sie zur Hauptkabine zurückbrachte, wo die Nahrungskonsole und ihre Musikinstrumente waren, ließ sich Teague hinter Ching gleiten. Sie hatte den Helm ihres Druckanzugs ausgezogen und ihn unter den Arm geklemmt; die Wärme im Anzug ließ ihr dunkles Haar in feuchten kleinen Ringeln am Nacken kleben. Er löste ihre Hände von der Griffstange. »Komm, ich halte dich fest«, sagte er. »Es passiert dir nichts. Du mußt lernen, keine Angst davor zu haben, Ching. Komm, leg die Arme um meinen Nacken.«

Zögernd gehorchte sie und fühlte seine rauhe Wange an ihrer. Irgendwie wirkte das Gefühl beruhigend auf die heftige Übelkeit in ihrem Innern. Unter normalen Umständen hätte sie nur sehr ungern jemanden berührt, weil sie glaubte, daß allen nur zu bewußt war, daß sie anders war; sie wußte, wie sie dachten, daß sie kein richtiger Mensch war ... als ob die genetischen Experimente ein Monster aus ihr gemacht hätten, und wenn sie sie berührten, ihre Andersartigkeit irgendwie abfärben würde. Sie hatte gelernt, immer Abstand zu bewahren. Aber unter den mehrfachen Schocks in den vergangenen Stunden wirkte Teagues Nähe warm und tröstend, und am liebsten hätte sie sich an ihn geklammert und geweint. Sie schlang erleichtert die Arme um ihn und verbarg ihr Gesicht, als er sich abstieß und sie durch den Korridor flogen und am anderen Ende sanft aufkamen. Teague schob sie fürsorglich durch die Schleuse, und sie befanden sich wieder in der vertrauten Schwerkraft der Hauptkabine. Ching ließ sich auf den Boden hinunter, zog ihren Druckanzug aus und hängte ihn ins Regal. Sie wurde unsicher, als sie sah, wie die dünne Tunika zerknittert und verschwitzt an ihren kleinen Brüsten klebte.

»Ich glaube, ich sollte unter die Dusche gehen und das Ding hier wegwerfen!«

Teague lachte leise. »Ich sehe nicht besser aus. Hier«, sagte er lachend über den langen Riß in dem dünnen, ungewebten Faserstoff seiner Hose. »Ich bin praktisch nackt! Nicht, daß es hier eine Rolle spielt. Wir sollten uns besser alle an unseren nackten Anblick gewöhnen. Solange wir nicht Kleidung zum Schutz brauchen, sehe ich keinen Grund, warum wir nicht wenigstens ab und zu unbekleidet herumlaufen sollten. Du bist doch nicht prüde, Ching, oder?«

Sie schüttelte den Kopf. Natürlich war sie an den Anblick nackter Körper gewöhnt – etwa die Hälfte des Sports in der Akademie war Gemeinschaftssport, bei dem die Studenten nackt liefen, und Kleidung wurde nur getragen, wenn sie als Stütze gebraucht wurde. Vollbusige Frauen wie Fontana hatten beim Laufen oder aktiven Sport eine Stütze gebraucht. Ching, die schmal war und einen kleinen Busen hatte, dagegen nie. Trotzdem hatte sie nie zu denjenigen gehört, die sich nackt wohler fühlten, und im allgemeinen wenigstens ein Minimum an Bekleidung getragen. Teague, erinnerte sie sich, war gewöhnlich nackt in den Sportraum oder Swimmingpool gegangen. »Du brauchst dir meinetwegen nichts anzuziehen, Teague«, sagte sie und versuchte, die Verlegenheit über ihren eigenen Widerwillen zu unterdrücken, das gleiche zu tun. »Wie du dich am wohlsten fühlst.«

»Danke.« Teague streifte den dünnen Faseranzug ab und warf ihn in einen Müllschlucker. Er bemerkte auf dem Boden ein verirrtes Blatt von seinem Notenpapier, auf das er ein paar Noten gekritzelt hatte; er hob es auf und wollte es dem Papieranzug hinterherwerfen, doch Ching hielt ihn zurück.

»Nicht, Teague. Schreib es erst zu Ende. Ich möchte wirklich sehen, was herauskommt, und ich bin sicher, Peake auch. Er versteht genug von Musik ...«

»Genug von Musik, um nichts Geringeres als Bach oder Mozart zu akzeptieren«, unterbrach Teague sie schmunzelnd, steckte es aber doch in den Kasten, in dem seine Flöte lag. Als Ravi hereinkam und sah, daß Teague nackt war, meinte er: »Das nenne ich vernünftig.« Er streifte seinen Druckanzug ab

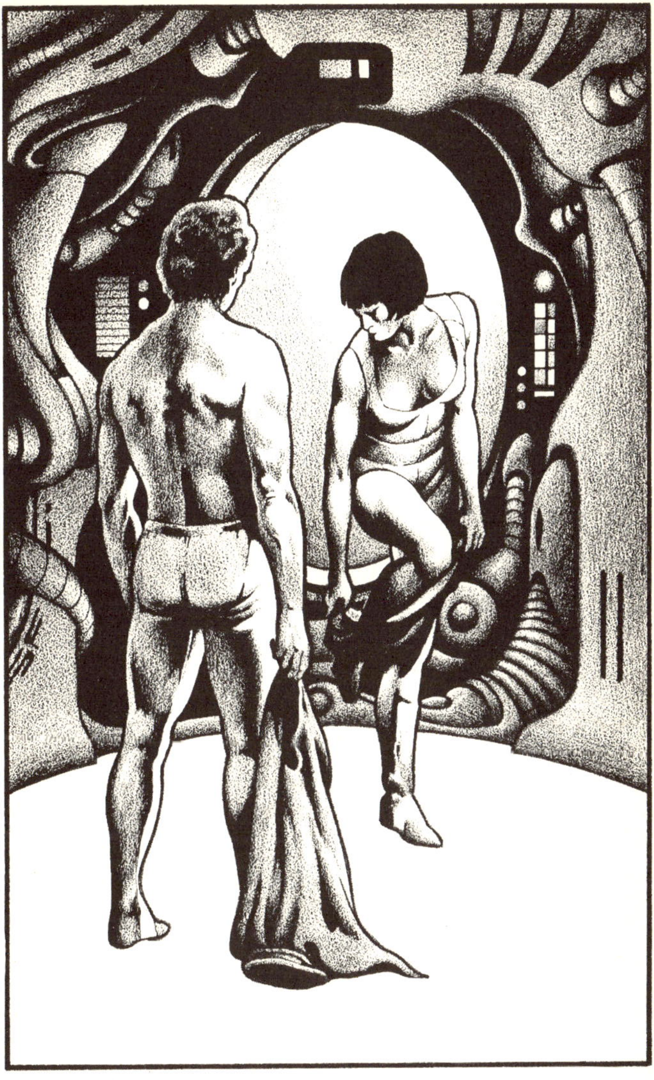

und zog einen Teil des zerknitterten Faseranzugs unter ihm ab. Als Fontana, Peake und Moira durch die Schleuse kamen, fragte Ravi: »Stört es einen von euch, wenn wir nackt rumlaufen? Wir könnten Material für Kleidung sparen, indem wir sie nur tragen, wenn wir schmutzige Arbeit machen oder geschützt sein wollen.«

»Ich habe nichts dagegen, wenn ihr nackt rumlauft, aber ich habe lieber etwas zwischen meinem Allerwertesten und den Stuhlsitzen«, erwiderte Peake. Er hängte seinen Druckanzug und den Helm in das Regal und tastete sich aus der Konsole etwas zu essen.

»Da kann ich auch einfach ein Handtuch oder so was auf den Sitz legen«, sagte Teague. Er zog eine Handvoll Fasertücher aus dem Spender am Fuß der Nahrungskonsole und breitete sie auf dem Sitz aus. »Wir recyceln die Tücher sowieso.«

»Mir ist es auch egal, ob einer etwas anziehen will oder nicht«, erklärte Moira. »Ich persönlich laufe die halbe Zeit lieber nackt rum. Nur muß eins klar sein – es ist keine sexuelle Einladung. Wenn es eine ist, werde ich es schon zu verstehen geben. Wenn ihr unterscheiden könnt zwischen zwangloser Nacktheit und provozierender, gehe ich lieber nackt.« Sie zog ihre zerknitterte Tunika und den Slip aus, holte sich etwas zu essen und setzte sich.

Ching fühlte sich beschämt und verlegen über ihren eigenen Widerwillen, sich den anderen anzuschließen, als ob sie ein Spielverderber wäre. *Ich beneide Moira um ihr Selbstbewußtsein,* dachte sie. *Ich wünsche, ich könnte auch so sein.*

»Ich habe lieber etwas am Körper«, meinte Fontana. »Ich bin ziemlich empfindlich und möchte nicht bei jedem Lufthauch anfangen zu zittern. Jedenfalls, ich ziehe vor, meine Nacktheit auf private Gelegenheiten zu beschränken, wenn es euch nicht stört.«

Wenn Fontana auch so denkt, bin ich wenigstens nicht die einzige, dachte Ching.

Ravis Augen folgten Moira; ihre blasse Haut war auch auf dem Rücken voll Sommersprossen, und ihre kleinen Brüste waren kaum mehr als braune Spitzen, der Körper einer Zwölfjährigen. Fontana und selbst Ching hatten sinnlichere Körper, aber in einem plötzlichen Erwachen sexueller Erinnerungen dachte er, wie sehr er Moira begehrte. Verdammt; und dabei hatte sie deutlich zu verstehen geben, was sie von solchen Gefühlen in Verbindung mit zwangloser Nacktheit hielt. Vielleicht war dies das Problem mit der Nacktheit, daß man sich nur mit Mühe beherrschen konnte, hier solche Assoziationen nicht zu machen, wenn man mit einer Frau zusammen war, mit der man schon geschlafen hatte. Im Sportraum oder auch auf der Brücke, wo sie bewußt etwas anderes machten, hätte er sich vielleicht nicht verraten, aber hier wußte er, daß er es tun würde.

Peake beobachtete Teague, der Ching ein Tablett brachte, und wieder betrachtete er anerkennend die ausgeprägten Muskeln, die krausen roten Haare auf Teagues Brust und das entsprechende rote Dreieck weiter unten. Er war sich deutlich seines eigenen Körpers bewußt, dünn, dunkel, schlacksig, linkisch, mit Knochen, die fast skelettartig herausstanden. *Häßlich,* dachte er. *Es ist nicht, weil ich schwarz bin. Ravi ist dunkler als ich, und er ist schön, er ist einer der schönsten Männer, die ich je gesehen habe, und ich bin eine verdammte Vogelscheuche.*

Teague bemerkte die Richtung von Peakes Blick, sah das Interesse und die Bewunderung in ihm, und plötzlich fühlte er sich verlegen und wandte die Augen ab. *Vielleicht war die Idee mit dem nackt herumlaufen doch nicht so gut, vielleicht hätte ich gar nicht damit anfangen sollen.*

Er ging mit seinem Tablett zu Peake hinüber und setzte sich auf die Ecke des langen Sitzes. Er sprach so leise, daß nur Peake es verstehen konnte.

»Hör mal«, begann er ein bißchen verlegen, weil er nicht wußte, wie er es sagen sollte, »ich kann es zwar nicht ganz so gut ausdrücken wie Moira, aber stört es dich, wenn ich so rumlaufe, Peake?«

»Himmel, nein«, gab Peake freundlich zurück. »Ich habe nur deine Muskelpakete bewundert. Ich kann noch so hart trainieren, und ich bin ziemlich kräftig und absolut fit, trotzdem sehe ich immer aus, als ob ich am Verhungern wäre!«

»Du bist eben eine ektomorpher Typ«, entgegnete Teague verlegen. Er zog das Tablett auf seinen Schoß, senkte den Blick und begann zu essen, während er wünschte, er hätte das Thema nicht angeschnitten. »Laß uns eins klarstellen«, sagte Peake ruhig. »Es stimmt, ich mag Männer, und ich bevorzuge Sex mit Männern. Aber ich falle nicht über sie her, auch nicht, wenn sie nackt herumlaufen. Daran habe ich mich beim Sport in der Akademie gewöhnt, bevor ich zwölf war. Wenn ich so stark auf nackte Männer reagieren würde, dann wäre ich schon längst verrückt geworden. Und da ist noch was, das du wissen solltest. Ich bevorzuge enthusiastische Kooperation bei meinen – wie soll ich sagen, Begegnungen. Desinteresse oder auch schon Toleranz stößt mich ab – *sehr* ab. Und die Vorstellung von Vergewaltigung ist mir genauso zuwider wie jedem anständigen Mann. Klar?«

Teague starrte auf seinen Schoß. »Ja, klar«, murmelte er. Und plötzlich bemerkte er perverserweise, daß er sich Peakes schlankem, dunklem Körper bewußt war, der anmutigen Finger, die den Löffel führten. »Du bist mir nicht böse, Peake?«

»Überhaupt nicht«, gab Peake betont munter zurück, kratzte das letzte bißchen Reis zusammen und brachte dann seinen Teller zum Müllschlucker.

Häßlich. Häßlich wie die Nacht. Nur Jimson hat nicht so gedacht, und er ist fort.

Teague kehrte zu Ching zurück, die in dem Essen stocherte, das er ihr gebracht hatte. »Du siehst angespannt aus«, meinte er sanft. »Laß mich dir ein bißchen den Nacken massieren.« Er beugte sich über sie und begann, ihre verkrampften Muskeln zu kneten, bis er spürte, wie sie sich unter seinen Händen langsam entspannte. Er massierte sie weiter, zwischen den schmalen Schulterblättern, und nach einer Weile konnte er sie dazu überreden, sich hinzulegen, und er bückte sich über sie und massierte ihre Rückenmuskeln.

»Wenn du noch lange weitermachst, schlafe ich ein«, murmelte sie schläfrig. Sie war erstaunt über sich selbst; wieder einmal verriet ihr Körper sie, diesmal nicht mit Übelkeit, sondern mit einem Gefühl der Wärme, des trägen, sinnlichen Bewußtseins. Sie hätte ewig so liegenbleiben können, mit Teagues Händen, die sich über ihren Körper bewegten.

Sein warmer Atem kitzelte ihr Ohr, als er sich über sie beugte und flüsterte: »Ich habe eine bessere Idee.«

Für einen kurzen Augenblick versteifte sich Ching unter seinen Händen; dann, noch im Bann der zärtlichen Bewegung, dachte sie: *Warum nicht?* Ihr Körper war irgendwie ganz fremd, sie hatte das Gefühl, ihn nicht zu erkennen. Sie ließ sich von Teague hochheben und halb zur Tür tragen; er hielt sie in den Armen, als sie durch den Freifallkorridor schwebten.

Ich kann meinem Körper nicht vertrauen, ich kann dem Computer nicht vertrauen. Aber ich fühle, daß ich Teague vertrauen kann. Warum nicht? Und dann, trotzig: *Warum soll ich die einzige Frau unter der Besatzung sein, die nicht weiß, wie es ist, mit einem Mann zu schlafen?*

Aber in ihrer eigenen Kabine, als er sie behutsam auszog, überkam sie wieder eine Welle der Schüchternheit, des Bewußtseins ihrer Andersartigkeit.

»Hör mal, Teague«, sagte sie zaghaft, »ich weiß nicht, ob ich – ich meine, ich habe es noch nie gemacht, ich weiß nicht, ob ich – ob ich weiß, wie. Ich weiß es bloß in der Theorie. Stört es dich?«

Teague spürte, wie ein plötzliches Gefühl der Wärme und Zuneigung in ihm aufstieg. Er beugte sich zu ihr herunter, küßte sie und öffnete sanft ihre unerfahrenen Lippen. »Nein, Ching«, flüsterte er, »es stört mich überhaupt nicht.«

X

Es waren Ravi und Moira, die sich in voller Schutzmontur durch den Freifallkorridor dem Teil des Schiffs näherten, den sie den Sportraum getauft hatten. Diesmal bewegten sie sich langsam und hielten sich an der Griffstange fest. Ein grelles rotes Licht vor der Sphincterschleuse warnte vor Luftleere und Vakuum dahinter, und die Schleuse hatte sich automatisch geschlossen und das beschädigte Modul isoliert. Ravi verschloß den ersten Sphincter des Freifallkorridors, so daß der Korridor in diesem Notfall als Luftschleuse fungieren konnte, dann schob er eine Stange in die Sphincterschleuse und drückte sie auf. Das rote Licht blinkte immer noch.

Die Sprechanlage seines Druckanzugs klang laut in seinen Ohren.

»Auf geht's. Sehen wir uns den Schaden mal an.«

Ravi hörte in seinem Helm, wie Moira scharf Luft holte, als die Tür aufging; fast ein Aufschrei, als ob ihr eigener Körper betroffen wäre. Ein großes Loch gähnte ihnen auf einer Seite entgegen; der Meteorit, oder was immer es gewesen war, hatte sie mit ungeheurer Geschwindigkeit getroffen. Er war mitten durch das Modul geschlagen, wobei er das Rudergerät zerstört hatte, auf dem Teague trainiert hatte, als ob eine Bombe eingeschlagen wäre, war dann, abgelenkt, abgeprallt und wieder hinausgefahren, wobei er ein überraschend kleines Loch gar nicht so weit weg von der Eintrittsstelle hinterlassen hatte.

»Ich glaube, unser Dach ist undicht«, versuchte Ravi zu scherzen.

Moira kicherte; es war ein kleiner, irgendwie trauriger Laut. Dann bemerkte sie, daß die Trümmer noch überall auf dem »Boden« des Raums mit der aufgezeichneten Laufbahn verstreut lagen; Chings Ballettstange war von einem herumfliegenden Teil des Rudergeräts zerschmettert worden, in der aufgerauhten, lackierten Oberfläche des Bodens waren Löcher, und Matten lagen herum. Aber die Trümmer lagen auf dem »Boden« und schwebten nicht im ganze Modul herum.

»Hier drinnen ist noch Schwerkraft«, stellte Moira fest.

»Stimmt. Die DeMags sind noch an.« Er hatte gehofft, sie ausgeschaltet zu finden, vielleicht beschädigt durch den Einschlag; dann hätte er das erste Versagen der DeMags auf eine zufällige Erschütterung oder Beschädigung der Kontrolle zurückführen können, eine hypersensitive Kontrollanzeige.

»Ein Glück«, fuhr er fort. »Sonst hätten wir zwischen herumtreibenden Trümmern Slalom laufen oder alles anbinden müssen, bevor wir mit den Reparaturen anfangen könnten.«

»Warum hätten wir das DeMag nicht einfach einschalten können – ach ja, stimmt; wir wissen nicht, ob es wieder so plötzlich angegangen wäre wie neulich und uns alles auf den Kopf gefallen wäre«, sagte Moira. »Irgendwie fange ich langsam an zu glauben, daß der Fehler nicht in den DeMags selbst liegt, sondern in der Hilfsanlage, dem Sicherheitssystem.«

»Ich weiß nicht. Obwohl ich deiner Intuition traue, was Maschinen angeht. Aber warum dann der Ausfall im Musikraum neulich?«

»Nun, wir werden es überprüfen müssen«, gab Moira abwesend zurück. Sie dachte überhaupt nicht an Ravi, und irgendwie fühlte er sich kalt, einsam und verlassen. Er hatte den Körper dieser Frau erlebt, er liebte sie und sorgte sich um sie, doch jetzt, vor der Verwüstung und der Zerstörung und dem Bewußtsein, nur knapp dem Tod entronnen zu sein – denn wenn sie alle im Sportraum gewesen wären, wären ein paar von ihnen jetzt mit Sicherheit tot –, wußte er, daß er ihr weniger bedeutete als die Teile von Teagues kaputtem Rudergerät, die sie zusammensuchte und versuchte, sie wie die Einzelteile eines Puzzlespiels zusammenzulegen.

Moira liebt mich nicht. Nicht wie sich Jimson und Peake geliebt haben; sie versucht nicht, Gott in mir zu sehen. Ich wollte sie so sehen, wollte fühlen, daß die Liebe zwischen uns ein kleines Echo der kosmischen Liebe war, die ich so schrecklich gern erfahren würde. Aber seit dem Meteoreinschlag bin ich nichts mehr für sie. Ravi akzeptierte diese Tatsache zähneknirschend. Moira war nicht sein Eigentum; sie hatte ihm sexuellen Zugang zu ihrem Körper gegeben, und da sie das Recht hatte, dies zu tun, wußte er, daß die ethischen Grundsätze, mit denen er groß geworden war, verlangten, daß sie auch das Recht hatte, ihm diesen Zugang zu verweigern, grundlos und übergangslos. Aber er hungerte physisch nach ihr, und er fühlte eine tiefe Verzweiflung, die, wie er wußte, nichts mit Lust oder dem Mangel an ihrer Befriedigung zu tun hatte.

»Ich glaube, wir sollten es zur Molekularumwandlung in den Recycler geben«, sagte er. »Es ist viel zu viel Arbeit, es zu reparieren.«

Moira schüttelte den Kopf. »So schlimm ist es nicht; und wir haben nicht die nötigen Werkzeugmaschinen, um es nachzubauen. Ich werde mich später, wenn ich Zeit habe, drangeben. Wir müssen die Schwerkraft abstellen, damit wir zur Decke hinauf und die Löcher reparieren können. Laß uns das hier gegen Freifall sichern.«

Ravi half ihr, es sorgfältig zusammenzubinden, damit die kaputten Teile nicht im Freifall herumtrieben. Nachdem sie den Schaden begutachtet hatten, begaben sie sich in die Lagermodule, um Reparaturmaterial zu besorgen, holten Teague dazu, der ihnen helfen sollte (da Teague körperlich der stärkste und kräftigste der Besatzung war), und stellten die Schwerkraft ab. Während der nächsten zwei Schiffstage reparierten sie die Schäden, füllten das Modul wieder mit Luft, testeten die geflickten Stellen auf ihre Dichte, spritzten den Raum mit Fiberglasfarbe und schleiften und erneuerten den Fußboden. Selbst das DeMag-System arbeitete wieder einwandfrei, und als sie schließlich fertig waren, schlug Ravi eine Feier vor.

»Was feiern wir denn?« fragte Moira fröhlich. »Obwohl es im Grunde keine Rolle spielt; wir brauchen keinen Vorwand, um eine Party zu veranstalten. Wir könnten das Passieren des Saturnorbits feiern.«

»Eine gute Idee«, sagte Teague. »Ich bin ganz scharf auf ein paar gute Nahaufnahmen von den Ringen ...«

»Wir werde nicht zu nahe rangehen«, erklärte ihm Ravi. »Die Ringe könnten genauso gefährlich sein wie der Asteroidengürtel!«

»Ich finde, wir sollten die Tatsache feiern, daß wir ohne weiteren Schaden aus dem Asteroidengürtel herausgekommen sind«, warf Teague ein, »oder die Musik, die wir gerade machten, als der Meteor einschlug, weil sie uns in dieser Freizeit vom Sportraum ferngehalten hat!« In den vergangenen zwei Tagen hatten sie die Arbeit nur für die gemeinsame Musikstunde unterbrochen – sie waren alle stillschweigend übereingekommen, daß diese Musikstunde das einzige in ihrem Tagesrhythmus war, auf das sie nur im äußersten Notfall verzichten würden – und zwischendurch geschlafen, gegessen oder andere anfallende Arbeiten erledigt.

»Nun, offiziell feiern wir die Wiedereröffnung des Sportraums«, sagte Moira. »Ich werde froh sein, meinen Körper mal wieder bei voller Schwerkraft zu bewegen.« Während sie sprach, überkam sie wieder ein Gefühl des Unbehagens, aber sie ermahnte sich scharf, nicht jede neurotische Anwandlung ihrer ASW zuzuschreiben. Sie hatte die DeMags diesmal bis ins kleinste durchgecheckt, und Ching hatte persönlich jeden Computeranschluß für die DeMags untersucht; es war das erste gewesen, was sie getan hatte, da es den größten Risikofaktor für mögliche Gefahren barg.

»Dann lassen wir unsere Party heute in der Musikstunde steigen«, schlug Teague vor. »Ich werde mit Moira sprechen, daß wir irgend etwas Besonders zu essen und zu trinken beschaffen. Ching hat mir mal gesagt, daß sie gern kocht, wenn es ein besonderer Anlaß und nicht einfach Routine ist. Ich werde sie fragen, ob sie es macht.«

Er begann zu lächeln, als er von Ching sprach, und Moira, die es sah, spürte einen plötzlichen Stich von Eifersucht. Teague war gutaussehend und männlich; sie war sicher, daß er ein guter Liebhaber war – aber sie wußte auch, daß Ching gerade ihr erstes sexuelles Erwachen erlebte und sich ihr ganzes Bewußtsein im Augenblick auf Teague konzentrierte. Sie wollte es Ching nicht nehmen. Sollte sie ihre erste Affäre unberührt von jedem Konflikt genießen. Sie würde früh genug lernen, wie wenig er bedeutete.

Seltsam, und ich habe Ching so bewundert, weil sie meinte, sich auf so etwas nicht einlassen zu müssen, und jetzt stellt sich heraus, daß sie nicht anders ist als wir. Macht es also jeder, versucht jeder, seine – oder ihre – Unzulänglichkeiten zu kompensieren, indem sie ihr Selbstbewußtsein im Sex ertränken? Ich brauche mir bloß Ravi anzusehen,

wie er mir mit hängender Zunge hinterherläuft ... ich bin das in der Akademie so verdammt leid geworden, daß mir die Männer hinterherliefen, als ob ich eine heiße Hündin wäre, auch wenn ich überhaupt nichts getan habe, um sie anzumachen. Sicher, Sex macht Spaß, aber wenn es Arbeit zu erledigen gibt, will ich den Sex vergessen und mich auf das konzentrieren, was ich tue! Und Ravi muß lernen, daß er mich nicht besitzt.

Aber als sie sich umdrehten, um den Sportraum zu verlassen, sah sie Ravis unglücklichen Blick, und plötzlich hatte sie ein schlechtes Gewissen.

Ich habe mich Peake angeboten. Ich habe gesagt: Vielleicht fühlst du dich dann nicht mehr so allein. *Aber wollte ich wirklich nett zu Peake sein, oder hat mich nur, wie er behauptet hat, die Tatsache gereizt, daß er einer der wenigen Männer ist, die ich nicht gehabt habe? Will ich deshalb Teague, um mein Ego zu befriedigen – daß ich jeden Mann haben kann, auch einen, der sich für jemand anderen interessiert?*

Und wenn ich bereit war, mich Peake hinzugeben, um seine Einsamkeit zu erleichtern, warum kann ich das gleiche nicht für Ravi tun, wo es doch ihm so viel und mir so wenig bedeutet? Sie fragte sich, warum ihr Stolz ihr so viel wichtiger sein sollte als Ravis Glück, und plötzlich verfluchte sie im Geiste alle Männer. Maschinen waren wirklich wichtiger, sie beschwerten sich nicht, sie spielten keine komplizierten Ego-Spiele, und wenn sie kaputt waren, konnte man sie reparieren, ohne auf irgendein Ego achten zu müssen. Man konnte mit ihnen machen, was man wollte, und sie machten nie irgendwelche Ansprüche auf einen geltend oder beschwerten sich darüber, wie man sie behandelte.

Auch der Rest der Besatzung begrüßte die Idee einer Feier, und Ching und Fontana erklärten sich sofort bereit, sich nach der täglichen Musikstunde um ein besonderes Essen zu kümmern. Teague bat um Erlaubnis, sich bis dahin entfernen zu dürfen und gab vor, daß er die Saturnringe aus der nächstmöglichen Entfernung photographieren wollte.

Als Ching das Programm zur Zubereitung des Festessens eingab, fühlte sie sich irgendwie ... *fremd.* Bei jeder Taste, die sie berührte, war sie sich deutlich des Computeranschlusses an das Lebenserhaltungssystem bewußt. Obwohl sie die Hardware im Computermodul wie auch die Kontrollkonsole auf der Brücke, wo sie an das Lebenserhaltungssystem angeschlossen war, überprüft hatte – es war der erste Schritt einer Arbeit gewesen, für die sie, wie sie verstandesmäßig wußte, den größten Teil eines Jahres benötigen würde, und bis dahin würden sie das Sonnensystem weit hinter sich gelassen haben und auf mehr als halber Lichtgeschwindigkeit sein –, fühlte sie sich unsicher. Ihre eigene Unfehlbarkeit war unwiderruflich zerstört. Sogar ihr Körper erschien ihr jetzt fremd, als ob sie nicht mehr in unbestrittenem Besitz ihres Körpers wäre. Und auch Fontanas Nähe machte sie unsicher. Ihr ganzes Leben lang hatte sie gewußt, daß es mit der Freundschaft zwischen Frauen gewöhnlich vorbei war, wenn die Rivalität um einen Mann begann. Sie hatte es selbst noch nie erlebt, weil sie in den Jahren in der Akademie sexuellen Kontakt mit anderen vermieden und nie mit einer Frau um deren männlichen Partner konkurriert hatte. Jetzt, nachdem sie ihr erstes Lebensziel erreicht hatte, für die Besatzung des Schiffs ausgewählt zu werden, hatte sie diese Regel bei einer der Frauen verletzt, von der sie gehofft hatte, daß es ihre Freundin werden könnte.

Eine der ersten Freundinnen, die sie je gehabt hatte. Sie kam sich schäbig vor und glaubte, Fontana nicht in die Augen schauen zu können.

Fontana stellte Becher – Behälter aus normalem Einwegplastik, aber irgendwie war es ihr gelungen, sie so zu programmieren, daß sie in einem fröhlichen Kirschrot herauskamen – in einem Kreis auf den großen Tisch. »So!« sagte sie. »Wenn alle da sind, brauchen wir nur noch das Essen warm zu machen, was höchstens achtzig Sekunden dauert. Was meinst du, genehmigen wir uns ein Gläschen, Ching, oder sind wir diszipliniert und warten, bis die anderen kommen?«

»Warten wir auf die anderen«, meinte Ching, dann platzte sie plötzlich heraus: »Bist du böse auf mich, Fontana?«

»Böse auf *dich,* Ching? Warum? Sollte ich?«

»Weil du und Teague – und jetzt ...«

Fontanas erster Gedanke war, zu sagen: *Meine Güte, nein! Sei nicht albern, Ching!* Doch dann besann sie sich anders; es würde aussehen, als ob sie etwas viel zu leicht nahm, das Ching augenscheinlich sehr bedrückte. »Meinst du, ich habe Grund, deswegen böse auf dich zu sein, Ching?« fragte sie, wobei sie ihre Worte sehr vorsichtig wählte.

Ching hantierte nervös mit einer Tasse und sagte, ohne Fontana dabei anzusehen: »Wußtest du das mit – mit Teague und – und mir?«

Wieder einmal war Fontana erstaunt über Chings Naivität, die bei dem unabhängigen, sachkundigen Mädchen überraschte. Sie und die anderen vier Mitglieder der Besatzung hatten sich alle denken können, was passieren würde, als Teague Ching aus der Hauptkabine getragen hatte. Was *meinte* Ching denn, was sie gedacht hatten? Aber sie sagte nur: »Ja, ich wußte es. Ihr habt euch ja keine besondere Mühe gegeben, es zu verbergen, oder?«

»Du scheinst wirklich nicht böse zu sein«, meinte Ching überrascht. Fontana schüttelte den Kopf.

»Nein, ich bin wirklich nicht böse. Teague ist schließlich nicht mein Eigentum, und irgendwie – na ja, Moira hat es schon gesagt; es ist wie eine dieser altmodischen arrangierten Ehen; nur daß wir zu sechst sind. Wir werden eine sehr lange Zeit zusammen verbringen, allem im selben Boot und isoliert. Wenn einer von uns anfängt, den anderen als seinen Besitz zu betrachten, wird es zu Problemen führen. Ich weiß nicht, wieviel du über Gruppenpsychologie und Sozialdynamik weißt – ich kann mich erinnern, daß du der Ansicht warst, es wären keine sehr exakten Wissenschaften und sie würden den Namen Wissenschaft nicht verdienen oder etwas in der Art –, aber zu den Dingen, die man herausgefunden hat, gehört, daß, um exklusive oder monogame sexuelle Bindungen zu tolerieren, eine Gruppe über einer bestimmten Zahl liegen muß – ich glaube, es ist achtzehn oder zwanzig –, so daß die übrigen Mitlieder gleiche Chancen bei der Partnerwahl haben. Wir sind eine zu kleine Gruppe, um Monogamie tolerieren zu können, Ching.«

Irgendwie fragte sich Ching, ob Fontana sie warnen wollte.

»Ich – na ja, ich bin nicht an solche Dinge gewöhnt, Fontana. Es war das erstemal, daß ich – daß ich mich in eine so enge Beziehung eingelassen habe.«

Fontana sah in dem ruhigen, fast ausdruckslosen Gesicht eine

plötzliche herzzerreißende Unschuld und Verwundbarkeit. »Bedeutet Teague dir so viel, Ching?« fragte sie sehr sanft.

»Ich mag ihn sehr«, gab Ching zögernd zu. »Er – na ja, bei ihm schien alles so natürlich und normal, ich hatte immer gedacht, ich würde Angst haben, aber ich hatte keine. Ich bin gern mit ihm zusammen gewesen, es war *schön.* Aber ich glaube nicht, daß es so etwas war wie – nun, wie bei Peake und Jimson. Ich glaube nicht, daß ich – daß ich jetzt nur Augen für ihn habe, wie es bei den beiden war. Ich fühle mich nur sehr seltsam, innerlich so anders. Ich weiß nicht mehr, was ich von mir erwarten soll, und ich war doch immer so sicher. Aber ich glaube nicht, daß es etwas mit Teague zu tun hat. Es liegt an mir selbst.«

»Gut«, sagte Fontana sanft. »Dann verstehst du, was ich sagen wollte.«

»Nur – Fontana, es tut mir leid. Ich meine, weil ich dir Teague weggenommen habe – es tut mir leid, wenn du ihn vermißt ...«

Fontana zuckte die Achseln und lachte. »Das ist nicht schlimm. Teague ist alt genug, um für sich selbst zu wählen, genau wie ich.«

»Nur – es ist, wie du gesagt hast. In einer so kleinen Gruppe gibt es nicht viel Auswahl. Es ist nicht so, als ob hier jede Menge Männer für dich herumliefen, unter denen du wählen kannst, und du hast immer irgendeinen Mann gehabt, nicht wahr?«

Ching konnte so direkt sein, daß es fast beunruhigend war, dachte Fontana. »Sicher, es ist schon ein Problem«, erwiderte sie, »aber ich nehme an, es wird sich von selbst lösen. Ich habe auch keine Ahnung, was mit Ravi und Moira wird. Ihr Verhältnis scheint im Augenblick eher lockerer als enger zu werden. Teague könnte sich überlegen, daß er für eine Weile dich will, oder daß er mich will, oder daß er uns beide will – würde dich das stören, Ching?«

Ching schüttelte den Kopf. »Ich weiß nicht. Ich glaube nicht. Ich habe ihm gesagt, daß ich erst darüber nachdenken muß, bevor – bevor es wieder passiert. Ich will genau wissen, wie ich fühle. Ich finde, es ist nicht richtig, einen Mann zu benutzen, um *mein* Selbstbewußtsein zu stärken.«

Trotzdem bemerkte Fontana, wie Ching spontan zu strahlen begann, als Teague in die Hauptkabine kam, und sie beneidete sie fast. Sie war nicht eifersüchtig wegen Teague, aber sie wünschte, sie könnte noch einmal jene erste Erregung erleben. *Vielleicht,* dachte sie, *empfindet man es nur einmal.*

Und ich habe es erlebt, vor langer Zeit; warum soll ich Ching ihre eigene Zeit der Entdeckung neiden? Sie hat lange genug gewartet.

Sie mußte später wieder daran denken, als von dem Festmahl nur noch ein paar Reste auf den Tellern übriggeblieben waren und Fontana begann, sie einzusammeln und in den Müllschlucker zu werfen. Nach einem Augenblick gesellte sich Moira zu ihr und meinte mit einem Blick auf Teague und Ching, die sich in einen Stuhl gekuschelt hatten: »Es sieht so aus, als ob wir jetzt genau die Situation an Bord haben, die sie vermeiden wollten und deshalb Jimson nicht genommen haben.«

»Sowas kommt eben schon mal vor«, entgegnete Fontana, »und ich finde, Ching hat ein Recht darauf. Aber ich glaube nicht, daß es lange genug dauern wird, um Probleme zu schaffen. Ching ist sehr vernünftig.«

»Vernünftig!« Es war ein verächtliches Schnauben, fast ein kleines Kichern. »Glaubst du wirklich, daß das wichtig ist?«

»Ich glaube, sie weiß, was notwendig ist, für alle von uns«, sagte Fontana ruhig. »Eine Zeitlang habe ich gedacht, es würden du und Ravi sein.«

»Was dir ganz sicher nicht gepaßt hätte, was?« sagte Moira scharf. »Weil dann nämlich für dich nur Peake übriggeblieben wäre!«

»Wie kommst du darauf, daß wir uns so gruppieren müssen?« wollte Fontana wissen.

»Nur so. Aber im Ernst, Fontana, was machen wir mit Peake?«

»Was führt dich zu der Annahme, daß wir uns da überhaupt einmischen sollen?« wollte Fontana wissen. »Er ist ein erwachsener Mann und alt genug, seine eigenen Entscheidungen zu treffen. Wieso meinst du, daß wir seinetwegen etwas unternehmen müssen?«

»Verdammt noch mal«, rief Moira so laut, daß sich alle Köpfe im Raum zu ihnen umdrehten, »wann wirst du endlich aufhören, jede Frage von mir mit einer Gegenfrage zu beantworten?«

»Wenn du aufhörst, so zu tun, als ob es meine Sache wäre, dir eine Antwort zu geben!« erwiderte Fontana scharf.

»Du bist doch unser Psychologe, oder?«

Fontana schüttelte langsam den Kopf. »Ich bin gar nichts, Moira«, antwortete sie leise. »Ich bin nicht mehr und nicht weniger als ihr. Ein Mitglied der Schiffsbesatzung, dem man wie allen anderen eingetrichtert hat, daß das Schiff zu schaffen das Ende all unserer Probleme sei. Und nachdem ich es geschafft habe, muß ich herausfinden, daß es nur der Anfang einer ganz neuen Reihe von Problemen ist! Die Akademie hat uns einfach losgeschickt, halb ausgebildet und den Kopf voll Fakten, aber ohne wirkliche Erfahrungen. Wir haben schon gesehen, daß Ching nicht alle Antworten für den Computer hat. Peake ist kein Arzt, er ist ein gut ausgebildeter Medizinstudent. Ich bin keine Psychologin, ich habe nur ein Psychologiestudium hinter mir. Du bist keine Technikerin – obwohl du schon soviel praktische Erfahrung hast, daß du die Antriebe montiert hast; du und Teague, ihr beide habt mehr Praxis als wir anderen zusammengenommen. Sie haben uns losgeschickt, und jetzt können wir schwimmen oder untergehen, und die Chancen, die dagegen stehen, daß eins der Schiffe durchkommt, sind verdammt groß – aber überlegt nur mal, was mit der Erde passiert ist, seit die erste Kolonie errichtet wurde! Sie bekommen ihren Erfolg, es ist ihnen jede Mühe wert, uns auszubilden und uns diese Schiffe zu geben, auch wenn nur eins von zehn durchkommt – und sie können es sich leisten, die übrigen neun einfach zu vergessen!«

Sie unterbrach sich gewaltsam, während sie gegen das aufsteigende Entsetzen ankämpfte. *Sie waren benutzt worden. Sie alle! Waren benutzt worden, hatten ihr Leben verwirkt, seit sie fünf waren. Hatten nie gesagt bekommen, wie verdammt schlecht die Chancen für ihr Überleben standen. Ja. Das Versuchskaninchen glaubt, daß es umsorgt, verhätschelt und gepflegt wird, weil es für sich wichtig ist. Aber es ist nur für die wichtig, die es für ihre Experimente brauchen!*

Wir sind alle Versuchskaninchen, und wahrscheinlich werden wir alle sterben. Und niemanden interessiert es! Sie haben eine Handvoll neuer Versuchskaninchen an Bord des Sternenschiffs Nummer 103 gesetzt und uns auf Gedeih und Verderb losgeschickt!

Und ich kann nicht mit den anderen darüber sprechen, weil sie es noch nicht wissen, weil sie es noch nicht begriffen haben .... Moira denkt, es sei für unser Überleben wichtig, wie unsere Gruppendynamik funktioniert. Wer mit wem schläft. Wir könnten alle in Anarchie oder Nihilismus verfallen, uns gegenseitig umbringen – wir werden so oder so sterben!

»Was ist los, Fontana?« fragte Peake. Er trat zu ihr und nahm ihr den Stapel Wegwerfteller aus den Händen. »Du siehst schrecklich müde aus. Komm, laß mich dir das abnehmen.«

Sie hätte Peake am liebsten angeschrien: *Sei nicht so nett zu mir, weißt du nicht, daß wir alle sterben werden, daß sie uns losgeschickt haben in den Tod? Den Meteor haben wir nur durch verdammtes Glück überlebt .... warum sollte ich annehmen, daß ausgerechnet wir die eine Besatzung von zehn sind, die überlebt?*

Aber vor Peakes dunklem, häßlichen, freundlichen Gesicht konnte sie es nicht aussprechen. »Danke, Peake«, sagte sie nur. »Ich glaube, du hast recht – ich bin wirklich müde.«

»Ich hole dir ein Glas Wein«, sagte Moira und wandte sich dem Tastenfeld zu, während sich Fontana mit Mühe zusammenriß und sich in einen Sessel neben Moira kuschelte.

»Weißt du, ich wollte mich vorhin nicht in Peakes Privatleben einmischen«, begann Moira. »Aber du kannst mir nicht erzählen, daß du dir nicht auch schon Gedanken über ihn gemacht hast. Sie haben drei Frauen und drei Männer losgeschickt, aber einer der Männer fällt aus, was zwei Männer für drei Frauen bedeutet, und keinen für Peake. Das will mir nicht in den Sinn gehen, wenn sie die Besatzungen so sorgfältig aussuchen, wie es heißt ...«

Hast du denn noch nicht begriffen, daß es ihnen egal ist, Moira, daß es völlig willkürlich ist? Es gibt alle möglichen Theorien darüber, was für eine Besatzungsmischung am ehesten überlebt, sie können es sich leisten, alle auszuprobieren. Einen Augenblick lang war sie so verwirrt von den Worten in ihrem Kopf, daß sie sich fragte, ob sie sie nicht laut ausgesprochen hatte. Aber Moira wartete immer noch auf ihre Antwort. In die Stille hinein sagte Moira mit ungewohnter Schüchternheit: »Ich – ich habe mich ihm angeboten – und glattweg einen Korb bekommen. Er ist okay. Zumindest im Moment noch. Aber wir haben *Jahre* vor uns, Fontana ...«

Vorausgesetzt, daß wir so lange leben. Fontana gewöhnte sich immer mehr an zwei verschiedene Unterhaltungsformen: was sie sagen wollte und nicht zu sagen wagte, und was sie wirklich sagte. Seufzend sagte sie das Richtige.

»Meine liebe Moira, weder du kannst etwas für Peake tun noch ich. Es ist sein Problem, und er muß auf seine Weise damit fertig werden. Früher oder später wird ihm klar werden, wie er zu Frauen steht, und er wird sich überlegen, es mit einer von uns zu versuchen. Oder er wird einen der Männer dazu bringen, es mit ihm zu versuchen. Oder er wird eine bewußte Entscheidung treffen, für sich zu bleiben und uns übrige tun lassen, was uns gefällt. Und in jedem Fall ist es seine Entscheidung. Wir sind erst ein paar Tage unterwegs. Wir müssen ihm Zeit lassen. Im Moment ist es für dich viel wichtiger, daß du dir klar wirst, wie du zu Ravi stehst, als dir Sorgen um Peake und seine Probleme zu machen – oder um Ching und Teague und *ihre.*«

Ein leises Lächeln huschte über Moiras Gesicht. »Ich würde meine Probleme im Augenblick für Chings eintauschen, aber ich weiß nicht, ob sie daran interessiert wäre. Ich bin jedenfalls froh, daß sie so zufrieden ist. Ich wünsche, ich wäre es auch.«

XI

Ching schreckte mit einem Schrei aus dem Schlaf auf, der durchdringende Schock eines Alptraums, der alte atavistische Schreck des *Fallens* ... nein, sie fiel nicht, das Schlafnetz hielt sie fest zurück; aber es gab keinen Boden, sie schwebte, drehte sich, kein Unten oder Oben, keine Orientierung – sie spürte, wie sich ihr Magen hob, hörte sich stöhnen, schloß die Augen vor dem Eindruck und kämpfte gegen ihre Übelkeit an.

Das war absurd; natürlich gab es nur eine Erklärung, die verdammten DeMags waren in ihrer Kabine ausgefallen. War es in allen Kabinen der Fall? Oder nur in ihrer eigenen, oder was? Sie klammerte sich an ihre Koje, erstarrt, unfähig zu tun, was sie jetzt hätte tun sollen: herunterklettern und das DeMag-System fest ausschalten und dann wieder an, damit die Schwerkraft wiederkam. Sie versuchte, ihre Finger dazu zu bringen, das Schlafnetz zu lösen und sich an den Schienen festzuhalten wie an der Griffstange, um sich an der Koje entlanggleiten zu lassen. Aber ihre Innenohrgänge überzeugten sie, daß sie mit dem Kopf nach unten in einem verrückten, Übelkeit erregenden Winkel vom Bett herunterhing, das sich eigentlich an einer Stelle auf halbem Weg zwischen Boden und Decke befinden sollte.

»Hey!« rief sie. War dies in allen Kabinen passiert? War außer ihr noch jemand davon wach geworden? Würde es überhaupt noch jemand bemerken, geschweige denn träumen, daß er stürzte und davon wach werden? Den anderen schien es irgendwie nichts auszumachen, keiner von ihnen fühlte jene Brechreiz erregende physische Desorientierung und Angst. Auf ihren Schrei hin waren ein paar verschlafene Laute zu hören, und dann schob Teague seine sehnigen Schultern durch die Öffnung der Kabine und steuerte mit kräftigen Schwimmbewegungen auf das Bett zu, an das sie sich klammerte. Er löste das Sicherheitsnetz, nahm sie fest in die Arme und stieß sich mit ihr ab in Richtung Boden.

»Mein armer Liebling«, murmelte er, während er über ihr

Haar strich, »hast du Angst gehabt? Du hättest sofort rufen sollen. Ich dachte, es wäre nur in meiner Kabine. Ich hätte herkommen und nachsehen sollen, ob du in Ordnung warst.«

Sie verbarg ihr Gesicht an Teagues nackter Brust und fragte sich, warum sie sich in seinen Armen so schwach, so völlig jeder Kraft beraubt fühlte. Konnte ein einfacher biologischer Prozeß, auch wenn er von Hormonen unterstützt wurde, eine solche Wirkung auf sie haben, oder war es einfach eine Sache der Suggestion und Psychologie, war es doch alles psychisch bedingt?

Während er sie mit einem Arm festhielt, bewegte sich Teague zur DeMag-Anlage und schaltete den Knopf fest aus und dann wieder an. Ching, die noch immer den Atem anhielt und gegen die Übelkeit kämpfte, fühlte, wie sich die Welt um sie herum wieder normalisierte.

»Bist du in Ordnung, Kleines? Ich seh' nur eben nach den anderen. Ich bin gleich zurück«, versprach Teague. Sie hörte, wie er nacheinander nach den anderen rief und sie beruhigte.

»Ich glaube, es war nur in deiner Kabine und in meiner, Ching, alle anderen scheinen in Ordnung zu sein.«

»Hat – es – dich geweckt?«

Er schüttelte den Kopf. »Nein, ich war noch wach und habe an meinem Streichquartett gearbeitet. Es läuft nicht so, wie ich will. Ich habe nicht die theoretische Ausbildung, die ich brauchte, und ich bin kein so guter Violinist, daß ich wüßte, ob das, was ich schreibe, spielbar ist oder nicht. Theoretisch *müßte* es das sein, aber ich kann mir nicht richtig vorstellen, ob es so klingt, wie ich es mir vorstelle. Und ich habe keine Ahnung, wie ich dieses Problem lösen soll.«

»Frag doch Peake, ob er es dir vorspielt«, schlug Ching vor. Teague war zu ihr in die Koje geklettert und hatte das Netz über ihnen beiden befestigt; er lag auf der Seite, ihr zugewandt, und sein Gesicht war in der Finsternis kaum zu erkennen; es war völlig dunkel, bis auf den schwachen Lichtstreifen vor der Tür der Kabine, aber als sich ihre Augen an die Dunkelheit gewöhnt hatten, konnte sie sehen, daß er niedergeschlagen aussah.

»Peake? Nein, das kann ich nicht. Er ist ein echter Musiker.

Er ist an große Musik gewöhnt, oder zumindest an die *perfekten* Sachen aus dem Computer, und das, was ich mache, ist so roh. Ich würde mich schämen, es Peake zu zeigen.«

»Sei nicht albern, Teague. Er mag dich, und er würde dir bestimmt gern sagen, was gut daran ist und was schlecht ist ...«

»Das ist es ja, wovor ich Angst habe«, murmelte Teague.

»Selbst wenn es furchtbar wäre – was ich mir, offen gestanden, nicht vorstellen kann, Teague –, Peake ist viel zu nett, um unhöflich zu sein oder sich deswegen über dich lustig zu machen. Er würde verstehen, was du vorhattest, und ich bin sicher, daß er dir helfen würde.«

»Das ist es nicht, was mir Probleme macht.« Teague vergrub sein Gesicht an ihrem Hals, so daß sie kaum verstehen konnte, was er sagte. »Es wäre mir egal, ob er unhöflich wäre, oder ob er sich über mich lustig machen würde, solange er mich akzeptiert. Wovor ich Angst habe, ist, daß er es einfach – einfach *nett* ansehen würde. Nett und höflich, ohne es ernst zu nehmen. Wie könnte man es ernst nehmen, wenn jemand in unseren Tagen noch Streichquartette komponiert? Es ist das gleiche wie Gedichte schreiben. Peake würde es für ein bißchen verrückt und ganz nett halten. Er würde freundlich und, nun, gönnerhaft sein, aber er würde es nicht als Musik ernst nehmen, er *könnte* es nicht.«

»Wie willst du das wissen, ohne ihn gefragt zu haben?«

»Na ja, vielleicht tue ich es doch«, sagte Teague so leichthin, daß Ching wußte, daß er es nicht tun würde. »Geht es dir besser, oder ist dir noch immer schlecht?«

»Nein, danke Teague. Aber du brauchst meinetwegen nicht hierzubleiben ...«

»Ich will aber«, flüsterte er und drückte sie an sich. »Du hast nichts dagegen, oder? Laß mich bleiben, Ching.«

Sie wußte, daß sie ihn wegschicken sollte, sie war entschlossen, ihn wegzuschicken, es war nicht richtig, Teague so zu benutzen, um ihr Selbstvertrauen zu stützen, ihre Ängste und ihre Einsamkeit zu verdrängen.

Wir sind alle dumm, dachte sie. *Teague ist dumm, weil er Peake seine Komposition nicht zeigen will. Und ich bin dumm, weil ich*

Teague bleiben lasse, wenn ich ihn wegschicken und lernen sollte, allein mit diesen Ängsten fertig zu werden!

»Hast du schon mal Liebe im Freifall versucht?« drängte Teague. »Es macht Spaß, es ist wie Fliegen ...«

So sehr sie ihm den Gefallen tun wollte, schreckte Ching doch vor der Idee zurück. »Ich glaube nicht, daß es dir Spaß machen würde, wenn ich mich dabei übergebe.«

»Oh, du machst Fortschritte. Diesmal ist dir doch nicht schlecht geworden ...«

»Aber fast. Wenn es noch ein bißchen länger gedauert hätte, dann wäre es passiert«, sagte Ching, und Teague umarmte sie. »Wir werden es schon hinkriegen. Aber Freifall hat auch seine guten Seiten. Mein Gewicht wäre zum Beispiel nicht so schwer auf dir – du bist so zerbrechlich, daß ich immer Angst habe, ich könnte dich unter mir zerdrücken!«

»Es stört mich nicht«, murmelte sie, dann zog sie ihn zu sich herunter, und es wurde still in der Kabine, bis auf murmelnde, zärtliche Liebeslaute.

Eine beträchtliche Zeit später fragte sie ihn: »Wo hast du eigentlich deine Erfahrungen in der Liebe im Freifall gesammelt? Im Lunardom?«

»Nein, hier auf dem Schiff«, antwortete Teague. Ihre Augen hatten sich inzwischen so weit an die Dunkelheit gewöhnt, daß sie sein Gesicht deutlich sehen konnte. »Mit Fontana – es macht dir doch nichts aus, wenn ich darüber spreche, oder, Ching?«

»Nein, nein, natürlich nicht. Fontana und ich haben uns auch schon darüber unterhalten. Ich weiß, daß wir nicht genug sind für – für irgendwelche permanenten Bindungen. Und, Teague, du brauchst dich ja nicht zwischen uns zu entscheiden. Es stört mich nicht, wenn du manchmal Fontana willst ...«

»Das weiß ich.« Er streichelte sie zärtlich. »Ich bin froh, daß du so vernünftig bist, Ching. Es wird eine lange Reise werden. Selbst vorausgesetzt, daß wir den Computer wieder hinkriegen.«

»Das werden wir. Ich habe eine ganze Reihe von Anschlüssen überprüft und herausgefunden, wo der Fehler liegen könnte. Ich weiß nicht, wo die Leute im Lunardom ihren Kopf

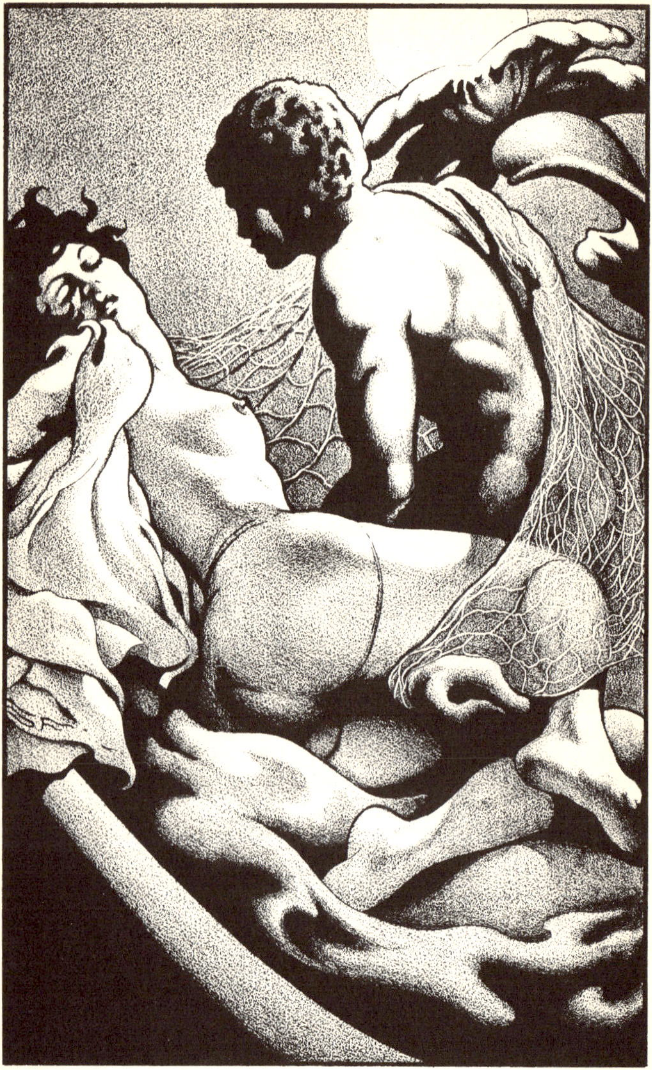

gehabt haben, als sie ihn zusammengebaut haben. Ich wünsche, ich wäre dabei gewesen, dann wäre meine Arbeit jetzt wesentlich leichter. Du hast wenigstens die Gelegenheit gehabt, beim Installieren der Antriebe mitzuhelfen!«

»Zusammen mit Fly und Dolly und Duffy und Perk«, erwiderte er lächelnd, »und jeder von uns hat sich gefragt, ob es unser erster und einziger Anblick des Schiffs sein würde.«

»Bist du eigentlich froh, daß du ausgewählt worden bist, Teague?«

»Ich weiß nicht«, sagte er schließlich langsam. »Es ist passiert, und jetzt ist es zu spät, noch darüber nachzudenken. Ich habe mein Leben lang nichts anderes gewollt, als mit auf das Schiff zu kommen, wenn unsere Klasse ihren Abschluß macht. Jetzt zweifle ich manchmal. Vielleicht einfach aus Enttäuschung. Aber doch, ich glaube, ich bin froh. Es ist ein Abenteuer. Es geschieht alles wirklich.«

Ching gähnte und verschränkte die Hände hinter dem Kopf. »Ich glaube, wir sollten versuchen, noch ein bißchen zu schlafen. Ich muß nachher noch arbeiten. Ich hätte gedacht, Liebe im freien Fall wäre viel umständlicher. Daß man jedesmal, wenn man sich bewegt, auseinandertreibt ...«

»Oh, das tut man, wenn man nicht aufpaßt«, erklärte Teague. »Es geht nicht ohne Sicherheitsnetz, sonst könnte man mit dem Kopf gegen eine Wand knallen und sich eine Gehirnerschütterung holen. Aber es macht Spaß. Freifall macht Spaß, Ching, du mußt nur lernen, dich zu entspannen, dich treiben zu lassen, bereit zu sein, auch einmal die Kontrolle über dich aufzugeben. Laß es einfach geschehen. Gib dich ihm einfach hin.«

Obwohl er sanft und ohne irgendeine persönliche Betonung sprach, fühlte Ching, wie sie rot wurde. Sie war sich bewußt, wie sehr es ihr immer noch davor graute, die Kontrolle zu verlieren, sich hinzugeben – ob im Freifall oder im Sex. »Ich *will* keine Angst vor dem Freifall haben«, sagte sie bebend. »Lehr mich, es zu mögen, Teague, so wie du.«

»Das werde ich«, versprach er. »Später. Aber jetzt schlaf, Ching. Wir haben noch eine Menge zu tun – und alles sollte überprüft und die letzten Kurskorrekturen sollten vorgenommen sein, bevor wir das Sonnensystem verlassen.«

»Wir haben noch drei Tage«, murmelte Ching. »In dieser Zeit könnte alles mögliche passieren.«

An Teague gekuschelt, schlief sie ein.

»Hast du irgend etwas in den DeMag-Anschlüssen gefunden?« erkundigte sich Moira.

Ching streckte sich und wand sich aus dem Computermodul heraus. »Bis jetzt noch nichts. Es gibt absolut keinen Grund, warum die DeMag-Systeme einfach so an- und ausgehen sollten, und deshalb müßten sie, rein logisch gesehen, anbleiben, solange sie nicht ausgeschaltet, und ausbleiben, solange sie nicht eingeschaltet werden.«

»Aber Tatsache ist, daß sie es nicht tun, und es ist einfach unlogisch. Ich mag es, wenn Maschinen logisch sind, wenn sie das tun, wozu sie bestimmt sind. Wenn sie anfangen, Mucken zu bekommen, sind sie nicht besser als ein Mann!«

»Sind alle Männer wirklich so schlimm, Moira?« murmelte Ching.

»Alle. Ohne Ausnahme. Glaub mir.«

»Na ja«, erwiderte Ching mit einem leisen Lächeln, »du mußt es ja wissen.«

Moira warf den Kopf zurück und lachte. »Weißt du was, Ching? Ich glaube, du bist ganz in Ordnung. Ich dachte schon, du wärst einfach zu sanft und verbindlich, um ehrlich zu sein, aber die Bemerkung gerade klang ziemlich normal boshaft!«

Ching hob ironisch ihre geraden Brauen. »Vielen Dank, meine Liebe. Da es von dir kommt, kann es nur als Kompliment gemeint sein!«

Sie lachten zusammen. Ching ertappte sich dabei, wie sie sich fragte, warum Moira sie plötzlich als eine von ihnen behandelte. War es einfach, daß sie sich vorher anders gefühlt hatte – und daß Moira nur auf ihre, Chings, eingebildete Andersartigkeit reagiert hatte, anstatt auf eine echte Andersartigkeit? Machte die Tatsache, daß sie ein G-N war, wirklich einen solchen Unterschied, wie sie immer geglaubt hatte? Wenn sie sich mehr wie eine von ihnen gefühlt hätte, hätten sie sie auch so behandelt?

War ihre Isolation irgendwie ihre eigene Schuld gewesen?

»Ich habe Teague versprochen, mich mit ihm im Sportraum zu treffen«, erklärte Ching und wollte an ihr vorbeigehen, doch Moira hatte plötzlich Angst und griff nach ihrem Arm, um sie festzuhalten. Aber was sollte sie sagen? Es war nicht so deutlich wie eine übersinnliche Warnung, nur ein leises, merkwürdiges Unbehagen. Sie versuchte, einen Scherz daraus zu machen.

»Man sollte einen Mann immer ein bißchen warten lassen. Damit sich deiner nie zu sicher ist.«

Ching lachte weich. »Behandelst du Ravi auch so? Ich möchte Teague lieber glücklich als unglücklich machen, Moira.«

»Das glaube ich dir«, sagte Moira mit seltsamer Bitterkeit. Doch wieder berührte sie Chings Arm, als ob sie die andere Frau zurückhalten wollte.

»Ching – sei vorsichtig.«

»Das werde ich«, versprach Ching erschrocken. Sie sah den besorgten Ausdruck in Moiras Augen und spürte, daß sie beunruhigt war, obwohl sie nicht wußte, warum. Sie umarmte Moira und küßte sie sanft auf die Wange. Sie hatte sich bisher noch keiner Frau so verbunden gefühlt, das zu tun.

»Bestimmt, Moira. Keine Sorge«, versprach sie noch einmal, bevor sie ging. Moira sah ihr noch eine kleine Weile mit gerunzelter Stirn nach und wünschte, sie könnte das seltsame Unbehagen identifizieren, das sie fühlte. *Dieser verdammte Sportraum,* dachte sie mit plötzlicher Heftigkeit, *ich wünsche, der Meteor hätte ihn einfach mit weggerissen! Ob sich einer von uns da drinnen je wieder sicher fühlen wird? Da stehe ich hier und zittere ohne Grund!*

Ravi fand sie in der Hauptkabine, wo sie müßig in ein paar Noten blätterte.

»Gehst du auf die Brücke?«

»Sofort«, antwortete sie abwesend. »Es ist Zeit für die routinemäßige Segeleinstellung.« Moira holte tief Luft. Sie genoß es, die Segel zu manipulieren, sie auf optimalen Lichtdruck zu trimmen; seit dem Meteorschaden und den verschiedentlichen Ausfällen der DeMag-Systeme und dem erschreckenden Defekt des Computers empfand sie eine eindeutige Freude an den Segeln, die genau das taten, was sie von ihnen wollte und wie sie es wollte.

In der Grundstufe haben sie mich immer Manipulator genannt. Ich glaube, letztendlich bin ich es.

»Die Segel können einen Augenblick warten«, sagte Ravi entschlossen. »Ich muß mit dir reden, Moira. Warum gehst du mir aus dem Weg?«

»Sei nicht albern, Ravi.« Moira lachte. »Wir sehen uns doch dauernd.«

»Du weißt, was ich meine.« Er nahm sanft ihre Hand. Moira machte Anstalten, sie wegzuziehen, dann seufzte sie und ließ sie in seiner. Aber so schlaff und passiv, daß er wußte, daß sie nur einen Streit vermeiden wollte. Wenn sie ihm ihre Hand entzogen hätte, wäre es weniger beleidigend gewesen.

»Wieso hast du dich verändert, Moira?« fragte er. »Wir waren ein paar Tage glücklich, und dann – dann hast du mich einfach abgewiesen. Bedeute ich dir denn gar nichts mehr?«

»Hör auf, Ravi«, entgegnete sie gereizt. »Ich bin deine Freundin, und wir sind übereingekommen, daß es so bleibt. Ich bin nicht bereit für eine emotionelle, romantische Beziehung – ich glaube nicht, daß ich es je sein werde. Die meisten Menschen sind der gleichen Meinung wie ich, daß Romantik eine Art von geistiger Verirrung ist. Wir schlafen miteinander, und wir sind Freunde, und wenn dir das nicht genügt – tut mir leid, aber ich lasse mich nicht in etwas hineindrängen, das ich nicht will. Wenn du es nötig hast, geh und schlaf mit Fontana – nachdem Teague jetzt nur noch Augen für Ching hat, ist sie wahrscheinlich einsam, und es fehlt ihr ein Mann im Bett.«

»Wie kannst du nur so zynisch sein, Moira?« meinte Ravi ruhig. »Weißt du denn nicht, wieviel du mir bedeutest?«

»Doch«, antwortete sie ungerührt, »und es gibt nichts, was mich in meinem Leben mehr genervt hat.«

Ravi zuckte zusammen, als ob sie ihn geschlagen hätte. Aber er war entschlossen, noch nicht aufzugeben. Wenn sie es verstand, würde sie sicher nicht mehr so unfreundlich sein.

»Ich weiß nicht, wie ich es ausdrücken, soll, Moira. Seit – seit bevor wir die Erde verlassen haben, bin ich – bin ich auf der Suche nach etwas. Bitte halte mich nicht für albern – es ist eine Art ...«, er zögerte, »eine Art geistiger Suche, eine Sehnsucht nach etwas, das größer ist als die Menschheit, und ich glaube, ich habe es gefunden. Es ist das, worauf Jimson und Peake sich zutasteten, indem sie versuchten, eine Art Vervollkomnung im anderen zu finden. Eine Erfüllung. Ich, ich, ich ...« In seiner Not, etwas von dem zu vermitteln, was er fühlte, begann er zu stottern. »Ich versuche, das Kosmische zu finden, das Universum, Gott, wenn du so willst. Und ich versuche, es in *dir* zu finden, Gott in *dir* zu verehren, Moira – verstehst du, was ich sagen will?«

Moira starrte ihn an, entgeistert, gelangweilt, zornig, halb versucht, ihn mit einer schnippischen Obszönität zum Platzen zu bringen. Statt dessen sagte sie in einem ausdruckslosen, harten Ton: »Ich kann mir nur vorstellen, daß du dabei bist, durchzudrehen, Ravi. Vielleicht hast du zu lange aus dem Fenster gesehen. Du solltest deine Augen lieber auf den Navigationsinstrumenten halten, sonst brauchen wir keinen Computerdefekt, um im Nichts zu landen. Ich habe noch nie im Leben einen solchen Blödsinn gehört.«

Ravi holte tief und bebend Luft; er war verletzt, und einen Moment lang hoffte sie, er würde ihr irgendeine Beleidigung entgegenschleudern, ihr eine Chance geben, ihre Worte zu rechtfertigen. Aber er sah sie nur an und sagte schließlich, fast unhörbar: »Es wäre wohl zuviel erwartet, daß du anders denkst. Aber ich liebe dich, Moira. Versuche, das nie zu vergessen.«

Er stand auf und ging aus der Kabine.

Im Sportraum hockte sich Teague hin und stellte die Schwerkraft auf halb normal. »Macht dir das etwas aus?« fragte er.

»N-nein«, sagte Ching. »Solange ich noch weiß, wo oben und unten ist.« War es das, was er damit meinte, nicht die Kontrolle verlieren zu wollen?

»Hier, versuch mal das Sprungbrett. Spring hoch und schlag einen Salto. Ich werde dich in der Luft auffangen. Ich verspreche dir, daß ich dich nicht fallen lasse.«

Zögernd sprang Ching vom Brett ab und ließ ihren schmalen Körper in einem doppelten Salto frei in der Luft drehen; fühlte, wie sich Teagues Arme um sie schlossen und sie in einem einzigen, hohen Sprung quer durch den Sportraum wirbelten.

Als er nach ein paar weiteren Übungen merkte, daß Ching nicht mehr ganz so ängstlich zu sein schien, ging Teague zum DeMag zurück.

»Diesmal ganz aus?«

Sie blickte ihn an, erschrocken und dennoch erwartungsvoll, ermutigt durch seine eigene Ungezwungenheit in der Luft. Dann nickte sie und lachte ein bißchen, atemlos. »Ich glaube nicht, daß ich vor irgend etwas Angst haben könnte, solange du bei mir bist, Teague.«

Mit einer entschlossenen Bewegung drehte Teague den Knopf ganz auf AUS, fühlte, wie er hochschwebte und machte einen Satz, um Ching zu greifen, die frei in der Luft trieb. Sie lachte wieder, schloß die Arme um ihn, ließ ihn mit ihr durch die Länge des Sportraums wirbeln, gab sich dem seltsamen, leeren Gefühl des Fallens hin.

»Du hast recht, Teague, es macht Spaß, wenn man nicht versucht, dagegen anzukämpfen!« Sie löste sich aus seinen Armen, schwebte frei, purzelte schwindelnd durch den Raum, ihr Lachen immer noch hoch und atemlos, als sie zur Decke hinaufsprang und nach unten flog. Er sprang hinter ihr her, als sie wie eine Schwalbe mit verschränkten Armen davonsegelte.

Teague fühlte den plötzlichen, harten Ruck und streckte eine Hand aus, um sich abzufangen; kam auf einem Handgelenk auf, spürte den Schmerz durch die Sehnen reißen, als das Handgelenk nachgab; hielt es mit einem Schmerzensschrei fest, während er sich bemühte, sein Gleichgewicht wiederzufinden; die Bewegung jagte Blitze neuerlichen Schmerzes durch seinen Arm, während er lief, aber zu spät. Ching fiel wie ein Stein herunter, schlug mit dem Kopf zuerst auf und blieb reglos liegen.

Peake war mit einem schweigsamen, mürrischen Ravi auf der Brücke; die beiden waren mit der mühevollen Arbeit einer Triangulation von vier Bezugspunkten aus beschäftigt, um die exakte Position des Schiffs zu bestimmen; ein notwendiges tägliches Übel, bis sie dem Computer wieder völlig vertrauen konnten.

»Ich hoffe, Ching macht ihn wieder fit, bevor wir das Sonnensystem verlassen«, murmelte Ravi.

»Das schafft sie nie im Leben. Selbst wenn sie rund um die Uhr arbeiten würde, was sie praktisch macht. Sie macht nur eine Pause, um etwas zu essen, für ihre zwei Stunden Sport und die tägliche Musikstunde, und die restliche Zeit steckt sie im Computermodul und nimmt das Teufelsding auseinander! Sie meinte, sie würde noch zehn Tage brauchen, als ich sie gefragt habe, das heißt, vorausgesetzt, sie hält diese mörderische Schinderei durch, ohne daß ihre Gesundheit oder ihre Moral leidet.«

»Sie ist im Augenblick nicht im Computer, oder?«

Peake schüttelte den Kopf. »Ich nehme an, sie schläft; sie und Fontana haben sich ein paar Musikstücke angesehen, irgendwelche ziemlich verstaubten Duette, an denen sie sich mal versuchen wollten. Oder sie und Teague sind in ihre Kabinen gegangen, um sich ein bißchen zu entspannen und auszuruhen – oder wie man's nennen will. Und das steht ihnen wahrhaftig zu, nachdem sie soviel an den Reparaturen gearbeitet haben.«

»Ich wünsche, ich könnte irgendwie helfen«, sagte Ravi, »aber ich wäre im Computer ungefähr genauso nützlich wie ein Schneeball in einem Kernreaktor.«

Peake sah den großen, dunklen Mann verständnisvoll an. »Ich weiß. Ich hasse das Gefühl, hilflos zu sein. Ich finde, sie hätten einen Computertechniker mitschicken sollen; wenn ich zu entscheiden hätte, wären die Besatzungen nie kleiner als zehn Mann. Und es würde uns allen die Reise erleichtern. Aber wie die Dinge liegen, müssen wir eben auf unserem Gebiet versuchen, was wir können, und die anderen auf ihrem gewähren lassen. Ich glaube übrigens, daß Ching dich nehmen wird, wenn sie jemanden sucht, den sie als Assistenten ausbilden kann. Du bist ein natürlicher Mathematiker – und darüber hinaus bist du klein genug, um in das Computermodul zu passen. Ich glaube, das ist entscheidend.«

»Das hat Ching auch gesagt, und ich gebe zu, daß es mich interessieren würde. Als wir uns damals für Spezialgebiete entscheiden mußten, habe ich eine Zeitlang mit Computertechnik geliebäugelt, aber nachdem ich mit Navigation und Astronomie angefangen hatte, dachte ich, daß Meteorologie und Ozeanographie nützlicher wären; zwei Spezialgebiete für im Raum, und zwei für irgendwelche Planeten, die wir untersuchen.«

»Das empfehlen sie auch gewöhnlich«, sagte Peake. »Trotzdem wünsche ich, wir hätten jemanden dabei, dessen erstes Spezialfach Navigation ist. Wenn ich mir überlege, welchen Ärger sie uns erspart hätten, wenn sie noch vier Mann mehr mitgeschickt hätten. Zumindest noch einen Navigator und einen Computerexperten. Vielleicht noch einen Arzt, und einen Techniker.«

»Ich verstehe nicht, warum sie es nicht getan haben«, sagte Ravi, »aber das werden wir natürlich nie erfahren. Ich wäre froh, wenn Mei Mei, Fly oder auch Jimson noch mit dabei wären ...«

»Es hätte dich nicht gestört, Ravi? Uns beide hier zu haben?«

Ravi schüttelte den Kopf. »Nein, natürlich nicht. Ich mochte Jimson, auch wenn er ein bißchen – nun ja, unberechenbar war. Aber ganz sicher nicht mehr als Moira.« Und wieder rührte sich plötzlich Schmerz in ihm. Er glaubte nicht, daß das, was er für Moira empfand, eine neurotische Besessenheit war. Er wollte sie ganz einfach lieben, sie umsorgen, sie als die andere Hälfte von sich selbst behandeln, sie lieben wie sein eigenes Ich, als den weiblichen Teil seiner menschlichen Natur. Sie hatte ihn so total mißverstanden. Er wollte sie nicht besitzen; wenn sie andere Männer begehrte, stand es ihr frei, sie zu nehmen, er wollte in keiner Weise ihren Horizont einengen, sondern ihr nur helfen, ihn auf kosmische Grenzen zu erweitern. Und sie hatte es zurückgewiesen, hatte es voll und ganz zurückgewiesen. Er liebte sie deshalb nicht weniger; es schien ihm immer noch, daß er durch seine Liebe zu Moira mehr über die Liebe gelernt hatte, über die Geheimnisse des Bewußtseins, die im Herzen des Lebens verschlossen waren. Nur schien es ihm jetzt, daß statt sich Gottes Selbst irgendwo in der großen, ewigen, unendlichen Weite der Sterne draußen vor dem Fenster der Brücke konzentrierte, er irgendwie mit jenem kosmischen Pulsieren verbunden war, und daß sein Echo hier im Mittelpunkt des Schiffs war, daß es in seinen Kameraden hier war. Es war in Moira, in ihm selbst, in allen anderen, und selbst Peakes grobes Gesicht erschien ihm unendlich schön, unendlich wert der Liebe und selbst der Verehrung. Er wußte, daß wenn er diese Gedanken auch nur noch ein bißchen weiterführte, sie sich in Sentimentalität und Selbstmitleid auflösen würden, aber als er jetzt Peake ansah, fühlte er, mit einem Überfluß an reiner und unsentimentaler Emotion, daß er sein Leben für ihn, oder für jeden von ihnen, geben würde, und daß er den Unterschied nicht einmal bemerken würde. Solange wie einer von ihnen lebte, würde er weiter als Teil des kosmischen Ganzen leben, das er zwischen ihnen allen fließen fühlte. Selbst der Schmerz und die Trauer, die er fühlte, weil Moira seine Liebe zurückgewiesen hatte, waren irrelevant; er war an einem Punkt angelangt, wo Schmerz und Freude irrelevant und austauschbar waren. Er würde Moira weiter lieben, er würde weiter seine Liebe über sie ausgießen, wie über Gott, gleichgültig, ob sie es akzeptierte oder überhaupt wußte. Sein Fehler war gewesen, daß er es ihr gesagt hatte, seine Liebe war nicht geringer, weil Moira sie nicht erwiderte. Während er die Position des Schiffs zwischen den Sternen beschrieb und sie vorschriftsmäßig ins Logbuch eintrug, meinte er irgendwie, mit den Zahlen seine Beziehung zu Gott beschrieben zu haben.

Dieses neue Bewußtsein war so unerwartet, so sehr fremd, daß er tatsächlich einen Augenblick innehielt und sich fragte: *Bin ich dabei, verrückt zu werden, ist dieses Frohlocken nur des Wahnsinns gefährlicher Rand der Euphorie? Vielleicht sollte ich mal mit Fontana darüber sprechen.* Und dennoch funktionierte er tadellos, seine mathematischen Berechnungen waren einwandfrei – denn Peake, der seine Arbeit am Rechner überprüfte, bestätigte sie bis auf die letzte Dezimalstelle –, er stellte akkurate Beobachtungen an, sein Körper arbeitete genauso gut, wie er sollte, er aß normal, verdaute seine Nahrung und machte mit den anderen Musik, ohne auf einen eigenen ekstatischen Trip zu gehen. Puls, Atmung, Farbwahrnehmung, Blutdruck und Urin waren bei ihm auch normal, jedenfalls hatte Peake ihnen das bei der regelmäßig alle drei Tage stattfindenden medizinischen Untersuchung verkündet. Er reagierte gut auf normale Schwerkraft, auf verminderte Schwerkraft und auf Freifall. Deshalb nahm er an, daß er physisch und psychisch normal war und sich nur in einem abnormen emotionalen Zustand befand.

Vielleicht liegt Abnormität in der Absicht des Betrachters?

Selbst das Gefühl, daß ich an Gott teilhabe, weckt keine Illusionen der Allmacht in mir. Ich persönlich bin ein sehr kleiner und hilfloser Teil; aber ich erkenne mich als einen sehr realen Teil, der des Ganzen teilhaftig wird. Ich fühle mich nicht verkleinert durch die Unermeßlichkeit des Raums, sondern vergrößert; ich bin ein Teil des Ganzen, und das Ganze ist ein Teil von mir.

Und dieses religiöse Bewußtsein macht mich geistig nicht kranker, sondern gesünder, wenn Funktionieren überhaupt ein Kriterium für geistige Gesundheit ist.

Er hatte sogar Hunger und sagte es.

»Es ist auch bald Zeit zum Abendessen«, meinte Peake gähnend. »Noch ungefähr zwanzig Minuten Standard. Teague sagte, er wollte bald anfangen, Kohlenhydrate zu synthetisieren. Ich glaube, ich werde normalen Reis und Weizen vermissen, du nicht?«

»Ich bezweifle, daß ich den Unterschied bemerken werde«, gestand Ravi. »Für mich ist ein Kohlenhydrat ein Kohlenhydrat, und die Form spielt keine Rolle. Ich habe nie die Stämme verstehen können, die lieber verhungerten, als Weizen zu essen, wenn Reis ihr bevorzugtes Rohprodukt war, oder Reis zu essen, wenn Weizen knapp oder nicht zu bekommen war.«

Peakes Lächeln war ironisch. »Vielleicht ist das der Grund, warum wir überlebt haben, statt zu sterben. Ich habe ein Hungerjahr überlebt, als ich ungefähr fünf war, und soweit ich mich erinnern kann, habe ich alles gegessen, was ich in meinen Mund stopfen konnte, ohne mir Gedanken darüber zu machen, was es war. Die Alpträume verfolgen mich heute noch. Hunger, und nirgendwo etwas zu essen. Dann erinnere ich mich daran, daß ich für die Akademie getestet wurde, und zuerst war alles, was es für mich bedeutete, *nie mehr hungern zu müssen.* Das hat mein Onkel zu mir gesagt, als er mich dort

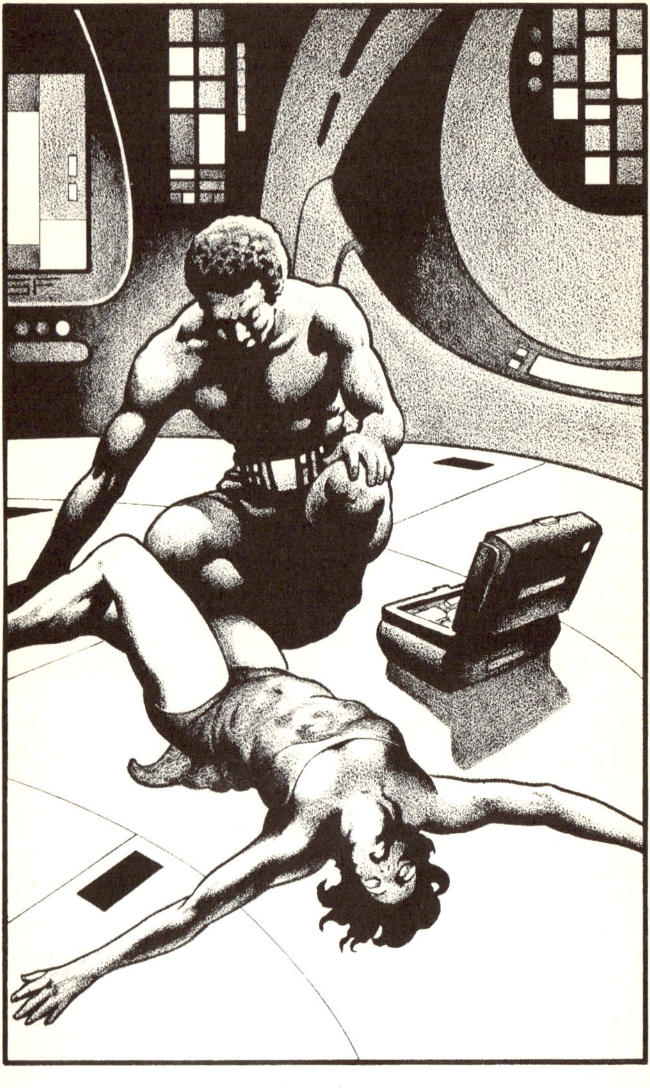

hinbrachte ... he, hör mal, wir sollen doch nicht über die Vergangenheit sprechen, oder?«

»Ich glaube nicht, daß es einem von uns schadet«, erwiderte Ravi freundlich. »Komm, Peake, wir sind hier fertig. Laß uns runter in die Hauptkabine gehen ...«

Er brach ab, denn plötzlich ertönte das Intercom.

»Peake, Peake«, meldete sich eine Stimme. »Peake, Peake, oder wer da unten ist – Peake, Fontana, egal wer, kommt bitte schnell her, es hat einen Unfall gegeben, oh, bitte, kommt schnell und helft mir ...«

»Teague!« Peake war in Sekundenschnelle aus seinem Sitz. »Teague, wo bist du?« sagte Ravi aufgeregt in das Intercom. »Bist du verletzt?«

»Im Sportraum. Die verdammten DeMags ...«

»Ich bin schon unterwegs«, unterbrach Peake ihn. »Lauf in die Hauptkabine und hol mir meine Arzttasche, Ravi – wenn ich direkt hingehe, könnte ich Zeit sparen ...«

Doch im Eingang zum Freifallkorridor vor dem Sportraum stieß er mit Fontana zusammen, die seine Arzttasche schon in der Hand hatte. »Ich habe Teague auf dem Intercom gehört und wußte, daß du das hier brauchen würdest«, sagte sie. »Beeil dich, Peake!«

Er schob sich vor ihr durch die Sphincterschleuse; sah Teague, der über Ching kniete; er bemerkte die schlaff herunterhängende Hand, kümmerte sich aber nicht weiter darum, sondern fühlte rasch nach dem Puls an Chings schlaffem Handgelenk. Ja, er war da, schwach aber unverkennbar. An ihrer Stirn war ein kleiner blauer, blutloser Fleck.

»Kümmere dich um Teagues Handgelenk«, wandte sich Peake knapp an Fontana. »Ich werde sehen, was mit Ching ist. Was ist passiert, Teague? Ist die Schwerkraft ausgefallen?« Er konnte sich nur allzu deutlich an jenes eine Mal erinnern, als er im Laufen fast mit einer Wand kollidiert wäre; Glück und eine vorzügliche Koordination hatten ihm eine Gehirnerschütterung, vielleicht sogar einen Schädelbruch erspart. Ching hatte nicht soviel Glück gehabt.

»Die Schwerkraft *war* aus«, sagte Teague. »Sie ging plötzlich an.« Er schluchzte, hielt sich die gesunde Hand vor das

Gesicht. »Sie wollte lernen, sich an Freifall zu gewöhnen, ich habe sie dazu überredet, oh Gott, es ist alles meine Schuld – ich habe ihr versprochen, ich würde sie nicht fallenlassen, ich habe ihr versprochen, es würde ihr nichts passieren, sie hat mir vertraut, oh, sie hat mir vertraut, und ich habe sie im Stich gelassen ...«

Er war offensichtlich hysterisch. »Sei still, damit ich dir die Hand bandagieren kann!« fuhr Fontana ihn an. »Deine Flennerei nützt uns nichts!« Sie war bewußt grob, und er verstummte überrascht.

»Und jetzt erzähl uns genau, was passiert ist«, verlangte sie.

Teague holte tief Luft und stieß dann einen scharfen Schmerzensschrei aus, als Fontana sein Handgelenk abtastete.

»Ein gebrochener Finger«, sagte sie zu Peake. »Vierter Finger, linke Hand. Muß wahrscheinlich geschient werden. Möglicherweise sind auch die Sehnen oder Bänder verletzt. Diese verdammten DeMags!« Sie preßte die Lippen aufeinander und untersuchte weiter Teagues Hand. »Beweg mal den Finger. Hier, tut das weh? Gut, der ist in Ordnung. Was hast du eigentlich gemacht? Bist du zu hart aufgekommen?«

»Sieh mal, ob du Ammoniak in der Tasche findest, Ravi«, sagte Peake. »Es muß ein kleines Fläschchen sein, eine Glasampulle – ja, das ist sie.« Als er sie unter Chings Nase aufbrach, fragte er sich, ob sich die Glassplitter verstreuen und gefährlich werden könnten, wenn die DeMags noch mal ausfielen. Er wollte Ching hier rausbringen, aber er wagte nicht, sie zu bewegen, bis er sicher war, daß sie keine Rückgratverletzung hatte; und das konnte er erst sagen, wenn sie bei Bewußtsein war.

Ching bewegte sich leise und schlug die Augen auf.

»Teague ....«, flüsterte sie.

»Ich bin hier, Liebes. Beweg dich nicht.«

»Was ist passiert? Bitte geh aus dem Weg, Teague ...«, sagte Peake verärgert, als Teague sich dazwischendrängte, doch als er sah, wie Chings Hände nach ihm tasteten, war er erleichtert. Also wenigstens keine schwere Rückenmarksverletzung, wenn sie ihre Hände bewegen konnte. Er streifte die dünnen Fasersandalen ab, die sie an den Füßen trug.

»Ching, kannst du die Zehen bewegen?« Aber sie hatte die Augen schon wieder geschlossen und verlor erneut das Bewußtsein.

Er mußte es wissen. Rasch wählte er eine Sonde aus der Tasche, fuhr damit über ihre Fußsohle und wurde mit einem starken Zucken der Zehen belohnt. Er fühlte sich ungeheuer erleichtert; keine Lähmung. Eine Gehirnerschütterung ganz sicher, und in Anbetracht ihres Zustands der Betäubung konnten sie auch eine Schädelfraktur nicht ausschließen; aber auf jeden Fall war das Rückenmark nicht verletzt, und man konnte sie sicher transportieren. Nicht, daß es irgendwo absolute Sicherheit gab. Die DeMags waren auch in der Hauptkabine und in den Schlafkabinen ausgefallen, was bedeutete, daß sich die Störung in den DeMags nicht auf die Anlage im Sportraum beschränkte; entweder lag es an den Computeranschlüssen, oder an den Kontrollknöpfen an den Systemen, oder es handelte sich um einen schwerwiegenden Konstruktionsfehler in den Anlagen selbst.

Entsetzt fiel Peake ein, daß Ching ihr einziger Zugang zum Computer war! Zum Teufel mit den Typen in der Akademie, die sie mit nur einem Computertechniker losgeschickt hatten! Sein Zorn auf sie wurde noch größer, als er sich an sein Gespräch mit Ravi erinnerte.

Wenn Ching schwer verletzt war, oder noch schlimmer – es graute ihm bei dem Gedanken, daß Kopfverletzungen die Verletzungen mit den meisten Todesfolgen waren –, würde der Computer vielleicht nie wieder völlig zuverlässig sein.

Und das würde bedeuten, daß sie wahrscheinlich alle dem Untergang geweiht waren …

Während er sich erhob, schob er diesen Gedanken ärgerlich beiseite. Es war mehr als wahrscheinlich, daß Ching nur eine leichte Gehirnerschütterung hatte, wie es bei den meisten Kopfverletzungen der Fall war. »Wir brauchen eine Trage«, erklärte Peake, »sonst können wir sie unmöglich durch den Freifallkorridor transportieren.«

»Selbst *mit* einer Trage wird es nicht gerade einfach werden«, sagte Fontana. »Ravi, geh zu Moira und laß dir von ihr helfen, eine Trage zu basteln, auf der wir Ching transportieren können; sie ist der beste Mechaniker an Bord.«

Aber obwohl Chings bewußtloser Körper auf einer Trage festgeschnallt und ein Sicherheitsnetz über ihr befestigt war, um sie ruhigzustellen, war das Unterfangen nicht gerade einfach; Peake, der Gefahr gegen Gefahr abwägte – bei Kopfverletzungen war jede Art von Beruhigungsmitteln gefährlich –, holte schließlich eine Druckspritze heraus und gab ihr eine Injektion. Auf Fontanas Stirnrunzeln hin – sie hatte Medizin als Nebenfach gehabt und kannte sich gut genug aus, um als kompetente Technikerin oder Assistentin zu gelten –, erklärte er knapp: »Wenn sie sich im Freifall übergibt, während sie bewußtlos ist, könnte Erbrochenes in die Luftröhre geraten, und du weißt genauso gut wie ich, was das bedeuten würde. Es wäre sicherer, sie überhaupt nicht zu bewegen. Aber ich traue den DeMags hier drinnen noch weniger als denen in der Hauptkabine.«

Doch Ching rührte sich nicht und zeigte auch nicht das geringste Anzeichen von Schmerz, als die Trage, geführt von Peake an einem und Fontana am anderen Ende, vorsichtig durch den Korridor gelenkt und durch die Sphincterschleusen manövriert wurde. Sie schoben hastig Noten zur Seite und legten sie auf den Tisch in der Hauptkabine.

Obwohl er Ching keine Schmerzen wünschte und froh war, daß ihr das Übel des Übergebens im Freifall erspart blieb, bereitete ihm diese Tatsache paradoxerweise zusätzlichen Kummer. Das Eingreifen in diese Reflexhandlung, so notwendig es gewesen war, würde eine genaue Diagnose der Verletzung, die sie erlitten hatte, noch schwieriger machen; Übelkeit war ein gutes und akkurates Maß für die Schwere der Gehirnerschütterung. Düster erinnerte er sich an ein Motto während seiner Ausbildung im Krankenhaus: besser Klagen als Koma! Um so elender es Ching gewesen wäre, desto beruhigter wäre er gewesen.

Er schob ein Lid zurück, um ihre Pupillen zu untersuchen; leuchtete mit einer Lampe in das Auge und biß die Zähne aufeinander, als er erkannte, daß es Probleme geben würde. Die beiden Pupillen waren ungleich erweitert, und diesmal konnte das Ammoniak sie nicht aus ihrer Bewußtlosigkeit holen. Er holte eine Reihe von Sonden heraus und begann, damit in ihre Füße zu stechen.

»Du tust ihr ja weh«, protestierte Teague, als Peake eine Sonde unter einen Zehennagel drückte, und er konnte fühlen, wie sich seine Zehen mitfühlend verkrampften, aber Peake sah fremd, grimmig, distanziert aus. »Ich wünsche, ich *könnte* ihr weh tun«, sagte er. »Verdammt noch mal, Teague, ich bin nicht brutal. Ich muß ganz einfach feststellen, wie sehr sie noch auf Schmerzreize reagiert!«

»Ach so. Ja.« Teague verstummte und betrachtete elend den Fremden, der Peake plötzlich geworden war; distanziert, einschüchternd effizient, überhaupt nicht mehr das freundliche, sanfte Besatzungsmitglied, sondern versehen mit dem ganzen Charisma, der Macht und Autorität der Medizin. Auch Ching war auf einmal fremd geworden, schlaff und augenscheinlich leblos, ihr Gesicht ausdruckslos, wie aus Marmor gehauen, die starren Züge in kalter, gemeißelter Stille. Ihr kleiner, blaugeäderter Fuß war wie der eines Babys, die Sohle weich und rosa, als ob noch nie auf ihr gegangen worden wäre. An der Stelle, wo Peake die Sonde unter ihren Zehennagel gedrückt hatte, war ein winziger Tropfen Blut.

Und vor nicht einmal einer Stunde hatte sie noch in seinen Armen gelacht; die Erinnerung an ihre Worte zerrte an ihm mit Schmerz und Schuld.

Ich glaube, mit dir könnte ich nie vor etwas Angst haben, Teague!

Und ich habe das hier geschehen lassen! Er schlug wieder die Hände vor das Gesicht und begann, leise zu weinen, bemüht, Peake nicht zu stören, der mit grimmiger Konzentration Reflexe testete. Ein- oder zweimal ließ er ein beifälliges Murmeln hören, aber sonst wurde sein grobes Gesicht nur düsterer und verkniffener.

Schließlich breitete er eine Decke über Ching und richtete sich mit einem Seufzer auf. Er zuckte zusammen, als er vier Gesichter zu sich herumfahren sah, als ob – der Gedanke kam ihm unfreiwillig – sie auf das Wort Gottes warteten.

Was soll ich jetzt tun? Zum erstenmal, seit er – im Alter von vierzehn – seine richtige klinische Ausbildung begonnen hatte, wurde ihm klar, wie schrecklich unvorbereitet er für einen Fall wie diesen war. Sicher, er hatte chirurgische und medizinische Erfahrung; in der Art, wie sie mutmaßlich unter gesunden jungen Leuten nötig sein würde. Er konnte einen Bruch schienen, einen Muskelriß behandeln und mit den meisten alltäglichen Verletzungen und Wunden fertig werden; er hatte rund ein Dutzend Blinddärme und Gallenblasen herausoperiert, jede Menge Wunden genäht, sogar bei einigen Entbindungen assistiert und hin und wieder einen Kaiserschnitt durchgeführt. Aber bei komplizierteren neurologischen Fällen – und es sah ganz so aus, als ob das hier einer werden würde – war er überfordert. Er hatte zwar das theoretische Wissen, aber keine Erfahrung damit.

Ich könnte genauso gut kein Arzt sein, sondern nur ein besserer Medizinstudent!

Sie warteten immer noch, jedes Gesicht verließ sich auf seine Worte. Er holte tief Luft und versuchte, zuversichtlicher zu klingen, als ihm zumute war.

»Es sieht nicht gut aus«, sagte er, »aber vielleicht ist es doch nicht so schlimm. Alles wird davon abhängen, sie ruhig und ungestört zu halten, und was in den nächsten zwei oder drei Stunden passiert. Wenn es sich um eine einfache Gehirnerschütterung handelt, wird sie ohne weitere Probleme wieder gesund werden und nur Ruhe und keine Aufregung brauchen. Ist es etwas Ernsteres – eine Schädelfraktur oder eine Blutung im Schädel selbst – nun, dann könnte es sehr, sehr ernst sein. Aber es hat keinen Zweck, sich jetzt schon verrückt zu machen. Warten wir, bis wir mehr wissen. Leider haben wir kein Röntgengerät an Bord; sie haben wohl einen so ernsten Notfall nicht vorausgesehen. Hätten wir eins, könnten wir sofort feststellen, ob sie eine Fraktur hat. So können wir nur abwarten; verschlimmert sich ihr Zustand, bedeutet das, daß es ernst ist, wenn nicht, um so besser.« Er bleckte die Zähne in einem nervösen Grinsen. »Trotz unseres ganzen medizinischen Fortschritts ist das die einfachste Medizin – abwarten, was sich tut.«

»Aber wir können doch nicht einfach hier herumsitzen und *nichts* tun«, platzte Moira verstört heraus. »Angenommen, sie – sie stirbt uns in der Zwischenzeit?«

Sie war eindeutig hysterisch, und Peake nahm Zuflucht zu einer Lehrbuchantwort; er beantwortete nicht die Frage, sondern die Angst, die dahinter steckte.

»Wir hätten sie schon tot im Sportraum finden können, Moira; so sind wir immer noch besser dran, denn sie *lebt* ja noch. Solange ich nicht weiß, was mit ihr los ist, könnte alles, was ich tue, es nur noch schlimmer machen.«

Wie er gewußt hatte, beruhigte seine absolut souveräne und zuversichtliche Art Moira für den Augenblick. Der Arzt hatte gesprochen, und für den Augenblick, zumindest, war alles gut. *Wenn sie nur wüßten, wie wenig ich mich in diesem Augenblick als medizinische Autorität fühle! Aber wahrscheinlich ist es gut, daß sie es nicht wissen.*

»So, und jetzt sollten wir Ching Ruhe gönnen«, sagte er. »Holt euch etwas zu essen aus der Konsole – irgendwas, das schnell und leise geht – und laßt sie dann hier allein. Geht in eure Kabinen, auf die Brücke oder egal wohin, aber die Hauptkabine hier muß ruhig und am besten dunkel bleiben. Ich bleibe hier und überprüfe alle paar Minuten ihre Lebenszeichen. Solange sie auf Reize reagiert, brauchen wir uns keine Sorgen zu machen. Tut sie es nicht mehr, dann – nun, machen wir uns darüber Gedanken, wenn es soweit ist.«

Ernüchtert gingen sie einer nach dem anderen zur Nahrungskonsole, tasteten sich eine schnelle und einfache Mahlzeit und verließen damit den Raum.

»Kann ich bei ihr bleiben, Peake?« fragte Teague. »Ich verspreche, daß ich ganz still sein werde und sie nicht störe.«

Peake schüttelte den Kopf. »Du würdest damit keinem von euch beiden helfen. Selbst wenn sie wieder zu Bewußtsein kommen sollte, sind deine Schuldgefühle im Augenblick das letzte, was sie brauchen kann! Sie braucht absolute Ruhe, wenn sie aufwacht, und darf auf keinen Fall irgendwie gestört werden. Und wenn sie nicht aufwacht – nun, das würde noch schlimmer für dich sein. Ich rufe dich, sobald du irgend etwas für sie tun kannst, Teague, glaub mir.«

Aber während die anderen ihre Tabletts mit Essen einsammelten, mehr aus Gewohnheit als aus Hunger, vermutete Peake, trat er an Fontana heran.

»Du bist die einzige mit einer medizinischen Ausbildung«, sagte er sehr leise. »Du weißt, was es bedeutet, wenn Ching nicht innerhalb der nächsten Stunden das Bewußtsein wiedererlangt: entweder eine subdurale oder eine depressive Schädelfraktur. Wie auch immer, du weißt, was das heißt.« Er sah auf seine Hände hinunter und zwang sich, sie ruhig zu halten. Dann sagte er, mehr zu sich selbst als zu Fontana: »Es handelt sich im Grunde um eine einfache Operation. Die Ägypter haben es mit Steinmessern gemacht, und die Leute haben es trotzdem überstanden; die Tatsache von neuem Knochenwuchs beweist, daß sie noch Jahre gelebt haben.«

Doch innerlich, unter der äußeren Ruhe, dachte er: *Meine erste wirklich große Operation, und dann muß es ausgerechnet am Gehirn sein. Und an einer Freundin!*

Haben sie mich deshalb von Jimson getrennt? Wenn er an Chings Stelle gewesen wäre, hätte ich ihn operieren können? Haben sie mich absichtlich isoliert, damit ich als Chirurg distanzierter sein kann?

»Wenn ich operieren muß, wirst du mir assistieren müssen«, sagte er mit ruhiger Stimme. »Du bist die einzige, die es kann, weil du einige Erfahrung hast. Ich hoffe, daß es nicht dazu kommt, aber möglicherweise wird uns nichts anderes übrigbleiben.«

Und dann bekam er Angst; denn Fontana starrte ihn aus großen, ausdruckslosen Augen an, als ob sie unter Schock stünde. Ihr Mund zuckte.

Und dann sagte sie scharf, und ihre Stimme war wie ein Kreischen: »Verdammt, Peake, wie dumm bist du eigentlich? Hast du es noch nicht begriffen? Glaubst du wirklich, wir könnten irgend etwas tun? Du weißt genauso gut wie ich, daß diese ganze Schiffsidee ein letzter Test ist, und wir sind diejenigen, die durchgefallen sind, so einfach ist das! Nicht diejenigen, die mit Triumph bestanden haben, sondern diejenigen, die sie für entbehrlich hielten! Die Akademie wirft uns jedes Jahr aus, wie Sporen; die Schiffsbesatzungen werden losgeschickt auf Leben oder Tod, entweder sie schaffen es, oder sie gehen unter, und wahrscheinlich sind schon neunzig von hundert der Schiffe untergegangen, aber es spielt keine Rolle, solange ein oder zwei Schiffe durchkommen, um auf den Sternen Fuß zu fasssen – das ist alles, was sie interessiert, solange die Chance besteht, daß eins von hundert Schiffen durchkommt! Wir haben keine vernünftige Ausrüstung, nicht einmal ein Röntgengerät – beweist euch das nicht, wie wenig sie unser Leben interessiert? Seht sie an!« Sie deutete auf Chings reglose Form unter der Decke. »Sie ist die einzige von uns, die etwas von Computern versteht, und wir haben einen schweren Defekt im Computer – wenn unser Leben sie wirklich *interessierte,* würden sie uns dann nicht besser ausrüsten? Wir haben noch nicht einmal die Möglichkeit, in einem Notfall mit der Erde Kontakt aufzunehmen! Wir sind tot, Peake, begreifst du das nicht? Auch wenn sie am Leben bleibt, könnte es sein, daß sie einen schweren Gehirnschaden hat und nur noch dahinvegetiert, und sie wird unseren Computer nie reparieren können - und wenn sie stirbt, hat sie bloß das Glück, als *erste* zu sterben! Und du denkst daran, ihr Leben mit einer komplizierten Gehirnoperation zu retten – du, ein halb ausgebildeter Medizinstudent, den sie mit ein paar Fakten vollgestopft und in dem Glauben losgeschickt haben, er wäre ein Chirurg? Vergiß es, Peake! Wir werden sterben, so sieht es aus, und wir müssen uns einfach damit abfinden!« Ihre Stimme wurde zu einem Schrei. »Wir sind tot, tot, tot, wir sind alle tot! Diese ganze Schiffsidee ist nur ein gemeiner, furchtbarer Scherz! Wir sind der Lachs, der stromaufwärts schwimmt, die Lemminge, die sich in den Raum stürzen - und wir gehören zu denen, die es nicht geschafft haben, wir sind tot, wir sind alle tot!«

Entsetztes Schweigen in der Hauptkabine. Peake blinzelte, schloß die Augen bei dem Ungestüm ihres Zorns. *Fontana! Ausgerechnet Fontana, die ruhige, die Psychologin, diejenige, die allen anderen bei ihren Problemen half - wenn sie so ausflippte, bestand dann überhaupt noch ein Funken Hoffnung für einen von ihnen?*

Fontana hatte keine ...

Aber Peake reagierte ohne zu überlegen, aus seiner Ausbildung; mit reinem Reflex. Er holte aus und schlug Fontana hart auf den Mund.

»Sei still.« Seine Stimme war kalt und schneidend. »Ich lasse nicht zu, daß meine Patientin durch solchen hysterischen Unsinn gestört wird.«

»Ich bin nicht hysterisch, und es ist kein Unsinn, und das weißt du«, schrie sie ihn an.

Peake nickte kurz. »Moira. Teague. Schafft sie hier raus. Bringt sie in ihre Kabine und gebt ihr eine Beruhigungsspritze, wenn es sein muß – Teague, du machst Lebenserhaltung, du kennst das Zeug. Schlag sie k.o., setz dich auf sie drauf, wenn's sein muß. Und jetzt raus mit euch. Ching braucht absolute Ruhe, und wenn ich jeden von euch mit Sedativa abfüllen muß! Raus, verdammt noch mal! Kein Wort mehr!«

Er beobachtete mit versteinertem Gesicht, wie sich Teague und Moira Fontana schnappten und sie aus der Kabine zerrten. Sie weinte jetzt, Tränen strömten über ihr Gesicht, ihr Mund war verzerrt, und noch immer kamen gebrochene Proteste über ihre Lippen.

Endlich schloß sich die Sphincterschleuse hinter ihnen; der praktische Ravi hatte die vollen Teller eingesammelt und sie mitgenommen. Peake ließ sich in seinen Sitz fallen und starrte in Chings blasses, regloses Gesicht. Nach einem Augenblick erhob er sich, tastete sich ein heißes Koffeingetränk aus der Konsole, dann setzte er sich wieder neben Ching und trank vorsichtig.

So hieß es in den Lehrbüchern. Angenommen, Fontana hatte doch recht? Ist das Ganze dann nicht eine sinnlose Geste? Sollte ich glauben, was Fontana gesagt hat, daß wir alle tot sind, und Ching einfach in Frieden sterben lassen? Während er mit angespanntem Gesicht nach dem fast unfühlbaren Puls tastete, sagte er sich, daß die Entscheidung vielleicht gar nicht in seiner Hand lag.

XII

Teague schob die sich immer noch sträubende Fontana in ihre Kabine. »Mach die Spritze fertig, Moira«, sagte er trocken.

Fontana war schwer zu Boden gefallen. Jetzt rührte sie sich und setzte sich auf. Ihre Stimme war sehr ruhig.

»Ich brauche keine Spritze, Teague. Ich werde keinen Ärger mehr machen, das verspreche ich dir.«

Teague zögerte. Dann sagte er hart: »Wir haben schon genug Probleme mit Ching. Ich glaube, wir sollten dir die Spritze geben, damit wir ganz sicher sein können, daß du uns keinen Ärger mehr machst.«

»Nein«, protestierte Fontana.

»Sie hat recht, Teague«, mischte sich Moira ein. »Peake hat selbst gesagt, daß sie die einzige mit genug Ahnung ist, um ihm zu helfen, falls er Hilfe braucht. Aber sie kann ihm nicht helfen, wenn sie unter Sedativa steht. Möchtest du, daß ich bei dir bleibe, Fontana? Brauchst du jemanden zum Reden?«

»Nein. Danke. Ich glaube, ich – ich muß eine Weile allein sein.«

Teague zögerte immer noch, doch schließlich steckte er die Spritze weg. »Also gut«, meinte er. »Aber sieh zu, daß du nicht noch mal so durchdrehst. Wenn du jemanden brauchst, dann ruf einfach. Einer von uns wird sofort kommen.« Er nahm sie rauh in die Arme und drückte sie kurz. »Hör mal, reg dich deswegen nicht auf. Peake weiß, wie sehr diese Sache mit Ching uns alle mitgenommen hat. Versuch, etwas zu essen, Fontana.«

»Na gut. Laß mir den Teller hier.« Als sich die Kabinentür geschlossen hatte, griff sie seufzend nach dem Teller und schob sich eine Gabelvoll Essen – das inzwischen kalt geworden war – in den Mund.

Trotz ihrer Erregung fühlte sie sich zutiefst gerührt. Inmitten seiner eigenen Sorge um Ching hatte er sich die Zeit genommen, zu versuchen, sie zu trösten. Ja, er hatte die Ursache ihres Ausbruchs mißverstanden, aber seine Sorge tat ihr gut.

Aber warum sollte er sich eigentlich nicht um sie sorgen? Sie waren seit ihrem fünften Lebensjahr Freunde gewesen, und für kurze Zeit auch Geliebte. Teague war nicht der Typ, der eine alte Freundin im Stich ließ, nur weil er jemand anderen liebte.

Sie sind alle meine Freunde, dachte sie, *ich bin es ihnen schuldig, mit genauso viel Würde zu sterben wie sie, und uns allen das Sterben nicht noch schwerer zu machen.*

Und dann – es war wie ein blendendes Licht – dachte sie: *Aber wir müssen sowieso alle irgendwann einmal sterben. Und die Menschen sind immer schon gestorben. Viel dummer und sinnloser. Bevor es Raumschiffe und Akademien gab, lauerte der Säbelzahntiger vor der Höhle. Die Tatsache des Geborenwerdens setzt den Tod schon voraus.*

Sie hatte immer noch jenen unausgesprochenen Zorn auf die Akademie, die sie so benutzen und sie wie Sporen von ihrem sterbenden Planeten in den Raum schleudern konnte. Denn der Planet lag im Sterben, sonst hätten sie die Akademie nicht gebraucht. Sie alle, die ganzen Studenten in der Akademie, waren zwölf Jahre von allen kleineren oder größeren Problemen der Menschheit unberührt geblieben, waren umhätschelt und beschützt worden, waren zur Crème de la Crème *der* Crème der Menschheit herangezogen worden; und, so dachte sie, wir hatten nicht zu leiden unter Kriegen, unter Hungersnöten, unter Politik, unter Energieknappheit, dem Überlebenskampf, Familienkrisen oder soziale Umbrüche. Keiner von uns hat je mit einem der kleineren Probleme der Menschheit zu tun gehabt; weil wir für das größte ihrer größeren aufgespart worden sind: das Überleben der menschlichen Rasse selbst. Und wir können nicht erwarten, auf ewig im wohlbehüteten Schoß der Akademie zu leben. Wir kämpfen mit den Geburtswehen, das ist alles. Und die erste der Geburtswehen, das erste Problem derer, die aus unserem Eden vertrieben wurden, ist das Problem des Todes. *Ich bin noch nie zuvor mit dem Tod konfrontiert worden, das ist es. Es war mir nie bewußt, daß ich ganz sicher irgendwann einmal sterben muß.*

Aber erst, wenn es soweit ist, nicht vorher, dachte sie. *Und Teil meines eigenen Kampfes ums Überleben ist, Ching dabei zu helfen, zu überleben. Also muß ich bereit sein, Peake bei dem zu helfen, was immer er tun muß.*

Entschlossen richtete sie sich auf, steckte die Gabel in das kalte und unappetitliche Essen und begann, zügig zu essen. Hinterher würde sie unter die Dusche gehen und sich ausruhen, damit sie bereit war, wenn – oder falls – Peake sie brauchte.

Sie konnte sogar den Gedanken ertragen, nicht zu wissen, ob es *wenn* oder *falls* sein würde. Die Menschheit hatte immer mit solchen Ungewißheiten gelebt. Sie war einfach etwas länger als die meisten Menschen von ihnen ferngehalten worden. Aber irgendwann mußte auch das am besten behütete Kind einmal erwachsen werden.

Teague wandte sich von Fontanas Tür ab und schlurfte, nicht in seine Kabine, sondern in Chings verlassene. Es war die einzige Möglichkeit, ihr nahe zu sein. Da war die Koje, an der noch an einer Ecke das Sicherheitsnetz herunterhing; das Netz, unter dem festgezurrt sie sich geliebt hatten. Er hatte das Gefühl, fast ihren zarten Körper an seinem fühlen zu können, ihre kleinen Brüste in seinen Händen. Er hatte etwas über die Perfektion ihres Körpers gesagt, und mit jener seltsamen Mischung aus Intellektualismus und Naivität hatte sie gelacht und gemeint, daß dies nicht ihr Verdienst, sondern auf die genetischen Experimente zurückzuführen sei, aber daß sie dankbar sei, daß sie diese Art von Perfektion besäße; wenigstens sei sie nicht frigide oder etwas ähnlich Fehlerhaftes! Sie hatten darüber gelacht, als ob es wirklich komisch wäre.

Teague glaubte, wieder weinen zu müssen, daß ihn die Schuld überwältigen würde. Seine verletzte Hand pochte, und er begrüßte fast den Beweis, daß auch er mit ihr litt. Wenn er sie nicht mit ihrer Angst vor dem freien Fall aufgezogen hätte, wenn er sie nicht gedrängt hätte, dann hätte sie sich nicht so gezwungen gefühlt, ihre Angst zu überwinden, hätte sich nicht zu diesen verdammten, verfluchten Experimenten im Sportraum verleiten lassen.

Sie hat mir vertraut, sie hat mir vertraut, sie hat gesagt, sie wüßte, ich würde nie zulassen, daß ihr etwas passiert ….

Fast gewaltsam riß er seine Gedanken von dem Gefühl der Schuld los, das ihn bedrückte, setzte sich hin und aß sein kaltes Essen. Dann, weil Teague ein Mensch war, der immer Zuflucht zu Beschäftigung suchte, wenn er Probleme hatte, machte er sich in der Kabine zu schaffen, brachte zusammen mit seinem Tablett und dem Eßbesteck ein paar abgelegte Kleidungsstücke zum Müllschlucker und machte sich dann daran, das bißchen aufzuräumen, was es aufzuräumen gab. Auf dem kleinen Schreibtisch, zur Sicherheit im Freifall sorgfältig festgeschnallt, lagen ein paar Noten, die Ching gelesen oder studiert hatte; eine Kopie des *Ave Verum,* das sie gesungen hatten, und darunter ein paar handgeschriebene Zeilen, kein sauberer Computerausdruck. Blinzelnd erkannte Teague die Seite des Streichquartetts, die er zusammengeknüllt hatte und in den Müllschlucker hatte werfen wollen.

Es schien jetzt so bedeutungslos, so unwichtig und sinnlos, und er war einst so stolz darauf gewesen. Es war keine Musik, nicht in dem Sinn, wie Bach Musik war, es war nicht wichtig, wo Ching dem Tode nahe, vielleicht schon tot war – nein, Teague klammerte sich an den Gedanken, daß Peake es ihm gesagt hätte, wenn es irgendeine große Veränderung gegeben hätte.

Er starrte auf die Melodiezeile, hörte sie in Chings feiner, lieblicher Stimme gesungen. Ching hatte sie also aufgehoben, hatte sie hier aufbewahrt, damit er sie nicht in einem Anfall von Depression weggeworfen hätte.

Und plötzlich fühlte Teague, wie das Gewicht der Schuld von seinem Herzen wich. Er hatte Ching nicht zu dem Experiment gezwungen, das zu ihrem Unfall geführt hatte; sie war begierig gewesen, frei zu sein von der lähmenden Angst und Unfähigkeit, begierig, sich im freien Fall genauso gut zurechtzufinden wie er und die anderen. Es war Teil ihres Wunschs gewesen, alles, was sie tat, so gut wie nur möglich zu tun, Teil des Charakters, der sie zu einer Computerexpertin gemacht hatte. Seine Schuld war sinnlos. Angesichts des Todes, der sie möglicherweise alle erwartete, wenn Ching nicht wieder gesund wurde, war vielleicht alles sinnlos.

Und dennoch betrachtete er sein Quartett mit neuen, liebevollen Augen. Ching hatte es für gut gehalten, für wert, aufgehoben zu werden. Vielleicht war auch das Quartett sinnlos, so sinnlos wie seine Schuld.

Aber es ist genauso wichtig, und genauso unwichtig, wie alles andere. Und als er das Blatt glattstrich, zog er einen Stift aus der Tasche und korrigierte einen kleinen Fehler in den Noten. Er sah, daß Ching schon eine andere kleine Korrektur vorgenommen hatte. Und er wußte, wenn sie einen weiteren Tag überstanden hatten, und Ching nicht starb, würde er das Quartett Peake, der unbestreitbar der beste Musiker unter ihnen war, zeigen und ihn um seine Meinung und seine Hilfe bitten. Und eines Tages, wenn sie dann noch lebten, würden sie es alle zusammen spielen. Vielleicht würde dieser Tag nie kommen, aber er würde sich trotzdem auf ihn vorbereiten.

Er rollte seinen großen Körper in der Koje zusammen, wo er und Ching sich geliebt hatten, und begann, auf dem Notenpapier zu schreiben. Er würde es zu Ende führen, für Ching, für ihre Liebe, und für ihn selbst. Und für sie alle. Denn wenn er ihnen wichtig war, dann war es auch seine Musik, das Beste von ihm, das er mit ihnen allen teilen konnte.

Moira hatte keinen Hunger, aber mit jahrelanger Disziplin zwang sie sich, zu essen. Ravi hatte ihr etwas getastet, von dem er wußte, daß sie es gern aß, dachte sie dankbar.

Sie überlegte, wie grausam ironisch es war, daß ausgerechnet Ching, die perfekteste unter ihnen, der G-N, die Unabhängige, diejenige sein sollte, die sie im Stich gelassen hatte.

Falls sie stirbt, dachte sie und erschauerte bei dem Gedanken. Sie war überrascht über ihre Reaktion. Noch am Tag, bevor sie die Erde verlassen hatten, hätte sie gedacht, daß Ching diejenige sei, die am ehesten entbehrlich war, der G-N, der, den keiner richtig mochte. Sie selbst hatte Ching *bewundert,* aber sie hatte sie nie wirklich gemocht; jetzt gestand sie sich ein, daß sie Ching *beneidet* hatte. Beneidet um ihren scharfen Verstand, um die speziellen Hoch-IQ Gene des G-N; und sogar mehr noch, beneidet um ihre absolute Unabhängigkeit. Hatte sie beneidet, weil Ching keinen Menschen zu brauchen schien, wohingegen sie, Moira, immer nach Bestätigung gesucht hatte, sich selbst in anderen Augen reflektiert sehen wollte. Den Augen von Männern. Weil sie sich durch das Wilde Talent, ihre ASW, isoliert gefühlt hatte, sich wie ein Ungeheuer vorgekommen war, hatte sie sich dem Sex zugewandt, wie sich andere Menschen Kunst, Musik oder anderen Formen der Selbstäußerung zuwenden. Sie hatte die Bewunderung genossen, die Männer ihrem Körper zollten, hatte es genossen, den stolzesten Mann zu ihrem physischen Sklaven zu machen. Und doch, erkannte sie unglücklich, obwohl sie ihren Körper jedem Mann gegeben hatte, hatte sie nie einem Mann das Glück geben können, das sie in Teagues Gesicht gesehen hatte, als sich Ching im Musikraum in seinen Schoß gekuschelt hatte.

Und jetzt würde Ching vielleicht sterben, und Teague redete sich wahrscheinlich ein, daß es seine Schuld war. *Verdammt noch mal, nein, es war nicht seine Schuld, die verdammten DeMags waren schuld; und, dachte sie, es ist auch meine Schuld. Ich kenne mich doch angeblich so gut mit Maschinen aus, und ich habe den Fehler nicht finden können. Und ich habe nicht einmal meiner ASW genug vertraut, um allen klar und deutlich zu sagen: Bleibt aus dem Sportraum – der Ärger ist noch nicht vorbei.*

Warum, fragte sie sich, hatte sie keinen gewarnt?

Und dann begriff sie es kleinlaut. Wenn sie die anderen bestürmt, bedrängt, ihnen gesagt hätte, daß ihre ASW sie unverkennbar vor weiteren Schwierigkeiten warnte, hätte sie zugeben müssen, daß sie ein Ungeheuer war, anders, nicht die fröhliche, unbekümmerte, sexy Moira, die sie alle mochten und bewunderten. Sie hätte ihre eigene Andersartigkeit zugeben müssen, ihre eigene Isolation, daß sie doch nicht völlig unabhängig und selbständig war, sondern ein furchtsames Kind im Bann von etwas, das sie trotz all ihrer Intelligenz und Begabung nicht begreifen konnte.

Ich wollte eher jemanden sterben lassen, als zugeben, daß ich Angst vor meiner eigenen ASW hatte! Wenn Ching stirbt, wie kann ich mit dieser Tatsache weiterleben?

Das ist wieder typisch für mich: Ich denke nur an mich und nicht an Ching!

Ihr wurde bewußt, daß sie alles mögliche versucht hatte, um

dies nicht vor sich zugeben zu müssen. Sie hatte versucht, sich zu bestätigen, indem sie Ravi zu ihrem Sklaven gemacht und ihm dann ihre Macht über ihn gezeigt hatte, indem sie seine Liebe zurückgewiesen hatte. Und als sie auf den Boden starrte, wußte sie, daß sie es in der Hand hatte, wenigstens dies richtigzustellen, auch wenn sie alle starben.

Wenn ich mich Peake anbieten konnte, der mich nicht will, kann ich mich auch Ravi anbieten, der mich in einer Weise will, über die ich Angst habe nachzudenken. Ich kann im Augenblick nichts tun, um Ching zu helfen. Ich könnte nichts für Peake tun, außer ihn verlegen zu machen; und wenn ich zu Teague ginge, würde er denken, und das mit Recht, daß ich so gemein bin und die Tatsache ausnutzen will, daß Ching verletzt ist. Der einzige, den ich im Augenblick glücklicher machen kann, ist Ravi.

Sie warf ihren Teller in den Müllschlucker und stahl sich still zu Ravis Tür.

Ravi hatte die DeMags so niedrig gestellt, wie er konnte. Jetzt schwebte er mit gekreuzten Beinen in der Luft und versuchte, seinen Geist in Meditation treiben zu lassen. Aber er blieb fest an seinen Körper gebunden, ohne die beruhigende Freiheit des meditativen Zustands.

Es war wahrscheinlich, dachte er, daß sie alle sterben würden. Es schien keine Rolle zu spielen. Aber er fühlte sich elend vor Bedauern über die Verschwendung. So vieles hätten sie tun können. Der ganze Kosmos wartete da draußen darauf, gesehen und erforscht zu werden, und sie würden sterben, noch bevor sie das Sonnensystem verlassen hatten.

Aber es schien, als er dort schwebte, daß er ein Teil des ganzen Schiffs war, der ganzen Besatzung, Peakes verzagenden Mangel an Selbstvertrauen mitfühlte, Fontanas überwältigende Angst vor dem Tod, Teagues Schuldgefühle ... es schien sogar, daß er Chings Leblosigkeit teilte. Er wünschte verzweifelt, daß man ihn beten gelehrt hätte. *Es gibt keine menschliche Hilfe für eine solche Krise. Deshalb brauchen wir Gott.*

Und dann fragte er sich plötzlich: Hieß es nicht, Gott zu erniedrigen, indem man sich für rein irdische Probleme an den Allmächtigen um Hilfe wandte? Wenn Gott unaussprechlich war, konnte er nicht eine Art Super-Mama sein und bei Zagen und Tränen und Ängsten trösten. Gott, wenn es überhaupt einen Gott gab, mußte etwas über und jenseits aller menschlichen Probleme sein, etwas, das in seinen göttlichen Wegen nicht in Frage gestellt, sondern akzeptiert, ertragen, *geteilt* wurde. Gott war sie alle zusammen, die Besatzung, das Schiff, die Sterne, alles. Und wie konnte er wagen zu denken, daß er allein daran litt, ein geistiges Bewußtsein finden zu müssen? Es war das gleiche Problem, das jeder von ihnen hatte: Wie man mit der erschreckenden Tatsache fertig wurde, daß jeder Mensch, jedes Atom von Materie, für immer allein ist, eingeschlossen in den Schranken seiner eigenen Gedankenprozesse. Jeder brauchte dieses Bewußtsein, NICHT allein zu sein, und wenn er sich für einen Augenblick der Wahrheit bewußt war, daß jedes Atom im großen Universum jedes andere Atom brauchte, nicht um irgend etwas zu TUN, sondern einfach um zu SEIN, dann hatte er Gott begriffen. Gleichgültig, wie er es nannte.

Und dann erhob er die Augen und sah, daß Gott, den er im Augenblick in Moira erfuhr, neben ihm war; Tränen rannen über ihr Gesicht, und sie streckte ihm die Arme entgegen.

»Oh Ravi, Ravi, ich brauche dich, ich liebe dich so«, flüsterte sie, und Ravi wußte, daß er in jenem Augenblick auch Gott für sie war.

Peake sah, wie es ihm erschien, schon zum fünften- oder sechstenmal in einer Stunde auf den Chronometer. Er beugte sich über Ching, um erneut ihre Lebenszeichen zu testen; kniff brutal in eine Muskelfalte an ihrem Oberarm. Die Reaktion war diesmal schwächer, kein scharfes Zucken mehr, wie sie es am Anfang von sich gegeben hatte. Es war sinnlos, die Augen zu verschließen. Ihr Zustand hatte sich verschlechtert. Ihre Reaktionen auf Schmerzreize, das letzte wirkliche Zeichen für Gehirntätigkeit, wurden immer geringer. Sie atmete, ihr Herz schlug, ihr Blut floß und transportierte Sauerstoff durch ihre Adern, der vorzügliche physische Organismus war da. Aber wo war die wirkliche Ching?

Er war allein auf diesem Schiff, allein mit einer Besatzung

feindseliger Fremder, und in diesem Augenblick brauchten sie ihn, er war der einzige, der Ching vielleicht retten konnte. Und Ching zu retten hieß, sie alle zu retten, denn Ching war ihre einzige Hoffnung, den Computer wieder in Ordnung zu bringen, und mit ihm die defekten DeMag-Systeme, die Navigationsprobleme, das Schiff selbst.

Er hatte also keine andere Wahl, als zu operieren. Die Frage, die er sich schon zuvor gestellt hatte, kehrte jetzt mit lähmender Wucht zurück.

Wenn es Jimson gewesen wäre, hätte ich es tun können? Werde ich weniger zimperlich sein, weil es Ching ist?

Und als er Chings kalten Fuß mit den vorsichtigen Fingern des Chirurgen berührte, wußte er plötzlich, daß die Antwort ja war. Er hätte auch Jimson operiert, wenn die Alternative Tod gewesen wäre; der Grund, warum Jimson nicht zur Besatzung gehörte, war der, daß die maßgeblichen Stellen der Akademie gewußt hatten, daß Jimson, vergraben in Mißtrauen gegen das, was er geworden war, *nicht* bereit gewesen wäre, das gleiche für ihn zu tun.

Er war nie allein gewesen. Oder richtiger, während all der Jahre mit Jimson war er allein gewesen, ohne es zu wissen; und jetzt würde er nie mehr allein sein. Er hatte nicht einen Geliebten, sondern fünf. Es spielte keine Rolle, ob er sich je dazu würde bringen können, mit einem von ihnen oder allen Sex zu machen, obwohl er annahm, daß nachdem ihm jetzt bewußt geworden war, wie tief er mit ihnen verbunden war, eines Tages, nach angemessener Zeit, auch das passieren würde. Aber wann, und ob, war unwichtig. Wichtig war, daß es jetzt seine Verantwortung war, für Ching, und für sie alle, alles zu tun, was in seiner Macht stand. Es war jetzt kein Platz für eine gemeinsame Entscheidung; er konnte sich jetzt nicht weigern, diese Verantwortung auf sich allein zu nehmen.

Er drückte auf die Taste des Intercoms.

»Fontana und Teague«, sagte er in das Gerät, »ich brauche euch hier. Ching reagiert nicht mehr, und wir müssen entscheiden, was wir tun.«

XIII

»Moira«, sagte Peake überrascht. »Ich habe dich nicht gerufen. Es wird so schon schwierig genug, auf diesem engen Raum mit einem Laienteam zu operieren. Du kannst nichts tun ...«

»Doch, du brauchst mich«, erwiderte Moira ruhig. »Du brauchst mich mehr als Fontana oder Teague. Du hast gesagt, du hättest keinen Röntgenapparat an Bord. Und ich kenne genug von Anatomie, um dein Problem zu verstehen – der Körper ist schließlich auch nur eine Maschine. Du weißt nicht, ob Ching eine Fraktur hat oder nicht, ob eine Blutung innerhalb des Schädels ist und sich Druck aufbaut. Aber ich habe ASW, Peake. Ich kann feststellen, ob ein Knochen gebrochen ist oder nicht, oder wo die Blutung ist.«

Er betrachtete sie erstaunt; daran hatte er nie gedacht. Und als er in ihre ruhigen grünen Augen schaute, wußte er, daß sie nicht mehr versprach, als sie halten konnte.

Seine Lippen zuckten. »Also gut. Ich kann alle Hilfe gebrauchen, die ich bekommen kann. Fontana, du mußt mir assistieren; wasch dir schon mal die Hände. Teague, kannst du mit Anästhetika umgehen? Nicht, daß sie Narkotika braucht, außer ein bißchen Novokain in den Schädel, aber halt' dich für alle Fälle bereit. Moira ...« Er blickte auf sie hinunter, dann schüttelte er den Kopf. Es gab nichts, was er auf diesen ungeheuren neue Aussicht hin sagen konnte, die, wenn sie sich bewahrheitete, mit Sicherheit den Unterschied zwischen Leben und Tod für Ching bedeuten würde, vielleicht für sie alle.

»Bleib bei Ching. Ich mache mich eben fertig.«

»Müssen wir ihr den Kopf rasieren, Peake?«

»Halb.« Seine dunklen Finger mit den rosa Innenflächen deuteten auf die Schläfe und beschrieben eine Linie quer über Chings Schädel. »Und spüle die Stelle mit antiseptischer Lösung. Fontana wird dir zeigen, was du tun mußt.«

Als er seine langen, sehnigen Hände wusch und sie unter das Sterilisierungslicht hielt, merkte er, daß er plötzlich in Panik geriet. Aber er holte tief Luft, wie er es gelernt hatte, und erinnerte sich, daß er keine andere Wahl hatte. Leben und Tod ließen niemandem viel Wahl.

Ching war rasiert und ihr Kopf mit dem rötlichen Antiseptikum desinfiziert worden; sie sah klein, fremd und verletzlich aus, fast gar nicht wie ein Mensch. Eine Narkose erübrigte sich; das hatte die Natur übernommen. Peak warf einen Blick auf die kleine Ansammlung von chirurgischen Instrumenten. Fontana hatte ihre Sache gut gemacht.

»Also«, sagte er entschlossen, »fangen wir an. Ich hoffe, du kennst dich mit Elektrokoagulation aus, Fontana; eine Operation am Schädel bedeutet immer starke Blutungen. Versuch, das Operationsgebiet so sauber wie möglich zu halten – du *hast* doch schon mal assistiert, oder?«

Sie lachte, ein kleines, freudloses Lachen. »Ich habe mal die Wundhaken bei einem normalen Kaiserschnitt gehalten. Und ich habe ein neugeborenes Baby beschnitten. Das ist meine ganze chirurgische Praxis. Aber ich kann mit dem Beatmungsgerät umgehen, und ich habe im medizinischen Labor auch schon mit Elektrokoagulation gearbeitet.«

Es ist noch schlimmer, als ich befürchtet habe, dachte Peake. *Wir brauchen nicht nur Glück, wir brauchen ein verdammtes Wunder!* Aber er sagte: »Tu, was du kannst.«

Als ob er Peakes Gedanken gelesen hätte, sagte Ravi leise: »Denk an die ägyptischen Mumien mit den Spuren einer Schädelöffnung am Kopf, Peake. Wenn sie es *damals* konnten, dann dürfte es für dich doch ein Kinderspiel sein.«

»Vielen Dank.« Peake blickte auf Moira. »Wenn du mir sagen kannst, was ...«

Sie hielt die Fingerspitzen dicht über Chings Schädel, ohne ihn zu berühren. Dann sagte sie fast flüsternd: »Ich *weiß* es, Peake. Da ist kein gebrochener Knochen, nicht mal ein Riß in der Schädeldecke. Es ist ein – ein Blutgerinnsel direkt *unter* der Schädeldecke – kann das sein?«

»Und ob«, erwiderte Peake. *Subdurales Hämatom,* registrierte sein geschulter Geist. *Was ich vermutet habe.* Er nahm die kleine, kreisförmige Ringsäge, hielt sie einen Augenblick summend hoch, um sie zu testen, und begann dann mit dem ersten Schnitt in den Knochen.

Moira, die Fontanas Hände beobachtete, wie sie sich um den Blutschwall kümmerten, fragte sich, wie es möglich war, daß sie das Innere von Chings Kopf genauso selbstverständlich sehen konnte wie das Äußere, daß sie das kleine, schwere Blutgerinnsel *sehen* konnte. Mit Neugier und einem Anflug von Entsetzen hielt sie das sterile Tuch bereit, um den kleinen Blutpfropf aufzunehmen. Peakes Hände tasteten vorsichtig.

»Da haben wir den Übeltäter«, meinte er und hielt ihn mit einem kleinen Instrument hoch. Moira brauchte sich das Blutgerinnsel nicht anzusehen. Sie kannte es bereits.

Vom Tisch unter ihnen war eine undeutliche Stimme zu hören.

»Was – was macht ihr mit meinem Kopf? Ich kann mich nicht bewegen, ich kann nichts sehen ...«, und ein ungeduldiges Ziehen an den Haltegurten.

»Ganz ruhig«, sagte Teague rasch. »Peake verbindet dich nur eben, du bist okay. Du kannst nichts sehen, weil du ein Tuch über den Augen hast.«

»Ach so.« Die ungeduldige Stimme verstummte, und Peake atmete aus. Er erlebte es nicht zum erstenmal; das plötzliche Wunder, der Tote, der aus dem Grab sprach. Jetzt, nachdem es vorbei war, wußte er, daß er innerlich die ganze Zeit über Angst vor irgendeiner Katastrophe gehabt hatte, vor einem neuerlichen Ausfall der DeMags. Was wäre passiert, wenn die Schwerkraft plötzlich in dem Augenblick ausgefallen wäre, als er den ersten Einschnitt gemacht hatte. Wäre das Skalpell ins Gehirn gedrungen? Vielleicht würde es eines Tages ein medizinisches Fachgebiet geben, *Freifall-Chirurgie;* Peake hoffte inbrünstig, daß er es nie erfahren würde.

»Mein Kopf tut weh. Was ist passiert?« murmelte Ching in jener klagenden, ungeduldigen Stimme.

»Du bist gestürzt. Und jetzt bleib ganz still liegen, Ching, es ist alles in Ordnung«, befahl Peake streng, und sie war ruhig. Er wußte, daß die Schicht, an der er operierte, schmerzunempfindlich im üblichen Sinn war, aber das freigelegte Gehirngewebe konnte Reizungen hervorrufen.

»Müssen meine Hände festgebunden bleiben? Ich werde mich bestimmt nicht bewegen«, murmelte sie.

»Schsch, Liebling, es ist alles gut«, beruhigte sie Teague und hielt ihre Hände, und sie war still. Später, als Peake den Schädel nähte, was ihr wirklich weh tat, begann sie leise zu weinen, aber sie beklagte sich nicht; und bald darauf schlief sie erschöpft ein, noch bevor er fertig war. Diesmal war es ein normaler Schlaf; als Peake ihre Reflexe überprüfte und sie wieder auf die Bahre umlegte, wußte er, daß sie schlafen und ohne irgendeine Erinnerung an die Operation wieder aufwachen würde. Sie würde eine kleine Narbe zurückbehalten, und mit ein bißchen Glück würde ihr Haar darüberwachsen und sie verdecken. Fontana machte sich daran, alles aufzuräumen – Ravi half ihr dabei, weil er nichts anderes zu tun hatte –, und Teague blieb in Chings Nähe, falls sie erwachte und ihn brauchte, während sich Peake einen harten Drink aus der Konsole tastete. Reine Medizin, sagte er sich bestimmt, als er sich setzte, um ihn mit Genuß zu trinken. Sein Stuhl stand neben dem Kasten, in dem Fontanas elektronisches Keyboard deponiert war, und er ertappte sich dabei, wie er an die Schubertsche *Nocturne* dachte, die er und Jimson beim letzten Konzert gespielt hatten. Er dachte ohne Bitterkeit an die schöne, schwermütige Melodie. Fontana und er würden sie spielen, wenn es Ching wieder so gut ging, daß sie wieder alle zusammen musizieren konnten.

Moira kam, um Ravi zu helfen, die schmutzigen Sachen in den Müllschlucker zu werfen.

»Weißt du, ich habe nachgedacht, während ich Peake beim Operieren zugesehen habe«, sagte sie. »Ich hätte in der Lage sein müssen, in die DeMags hineinzusehen und den Defekt in den Kontrollen zu finden, genau wie ich in Chings Kopf geschaut habe. Ich habe noch eine Menge zu erforschen, um herauszufinden, wofür meine ASW wirklich gut ist.«

Ravi lächelte sie an. »Vielleicht kann sie uns helfen, wieder auf unseren alten Kurs zurückzukommen, mein Liebling.«

»Nichts ist unmöglich«, sagte sie und schmiegte sich an ihn.

Und Sternenschiff 103 zog am Orbit des Pluto vorbei hinaus ins Unbekannte.

ENDE

Band 13 009
Marion Zimmer Bradley
Geschichten aus dem Haus der Träume
Deutsche Erstveröffentlichung

Irgendwo im sonnigen Kalifornien liegt Greyhaven, das Haus der beliebten Autorin Marion Zimmer Bradley, die mit Romanen wie DIE NEBEL VON AVALON und DAS LICHT VON ATLANTIS Weltruhm erlangte. Es ist zugleich das Heim einer großen Familie von anderen Autoren, die durch ihr Vorbild selbst dazu gebracht wurden, phantastische Geschichten zu erfinden.
In dieser Anthologie stellt Marion Zimmer Bradley ihre eigenen Geschichten und die ihrer Freunde der Öffentlichkeit vor und gibt mit ihren Einführungen einen Werkstattbericht aus der Zunft der neuen Märchenerzähler.

BASTEI LÜBBE

Sie erhalten diesen Band im Buchhandel, bei Ihrem Zeitschriftenhändler sowie im Bahnhofsbuchhandel.